Julia Scales

GAYA

Entdeckung einer neuen Welt

Roman
Erster Teil

Bibliografische Information der Deutschen Nationalbibliothek:
Die Deutsche Nationalbibliothek verzeichnet diese Publikation
in der Deutschen Nationalbibliografie; detaillierte bibliografische Daten sind im Internet über http://dnb.dnb.de
abrufbar.

2. überarbeitete Auflage 2022

Coverdesign: Karen Buchholz   www.augenzwinkern.net
Illustrationen: Paula Wyatt   paulawyatt.wordpress.com
Bildbearbeitung: Jennifer Scales   www.jennifer-scales.com

Herstellung und Verlag: BoD – Books on Demand, Norderstedt

ISBN: 9783749433377

Zweifle nie daran, dass eine kleine Gruppe engagierter Menschen die Welt verändern kann – tatsächlich ist dies die einzige Art und Weise, in der die Welt jemals verändert wurde.

Margaret Mead

Per
Marie
Amal
Harald
Runa
Tuula

Wayan
Osamu
Kazuko
Itsuko
Humaira
Kicimba
Taio

Mandisa
Lowan
Pafuri
Samira

Bastet
Cem
Ferhat

Jurij
Damian
Dalina & Irina
Elu
Raven
Vasco
Keoma
Anouk

ALPHABETISCHES
PERSONENVERZEICHNIS

Amal, 5 Jahre. Tochter von Marie, Enkelin von Haakon.

Anouk, Mitte 20. Zimmermann, Baumeister und Spezialist für Holz und Bogenschießen. Sohn von Keoma, Bruder von Elu und Onkel von Raven.

Bastet, Mitte 30. Historikerin und Archäologin, Expertin für alte Kulturen und Techniken. Frau von Cem, Stiefmutter von Ferhat.

Cem, Mitte 30. Fischer, Biologe und verantwortlich für die Aquaponik. Mann von Bastet, Vater von Ferhat.

Dalina, Anfang 30, Fachfrau für Permakultur. Frau von Jurij, Mutter von Damian und Irina.

Damian, 7 Jahre. Sohn von Jurij und Dalina, Bruder von Irina, Neffe von Vasco.

Elu, 19 Jahre. Besondere Begabung für Kinderbetreuung und Weben. Mutter von Raven, Tochter von Keoma, Schwester von Anouk.

Ferhat, 11 Jahre. Sohn von Cem, Stiefsohn von Bastet.

Haakon Lindsten, Mitte 70, auf der Erde geblieben. Professor der Astrophysik, verantwortlich für die Auswahl der Siedler und die Planung der Mission. Enkel von Ylva, Großvater von Amal.

Harald, Anfang 50. Ingenieur und Maschinist.

Humaira, Mitte 30. Copilotin, Astronautin und Ingenieurin.

Irina, 1 Jahr. Tochter von Jurij und Dalina, Schwester von Damian, Nichte von Vasco.

Itsuko, 9 Jahre. Tochter von Wayan und Osamu, Schwester von Kazuko.

Jurij, Anfang 40. Kommandant, Kosmonaut und Astrophysiker mit einem Faible für Steine. Mann von Dalina, Vater von Damian und Irina.

Kazuko, 3 Jahre. Sohn von Wayan und Osamu, Bruder von Itsuko.

Keoma, Mitte 60. Schamane und Fährtenleser. Vater von Anouk und Elu, Großvater von Raven.

Kuimba, Mitte 40. Kommunikationsexpertin und Mediatorin, leitet alle Versammlungen. Mutter von Taio.

Lowan, Mitte 30. Farmer, Ranger und Experte für Tiere. Mann von Mandisa, Vater von Pafuri und Stiefvater von Samira.

Mandisa, Ende 20. Ranger, besonderes Händchen für Nutztiere. Frau von Lowan, Mutter von Samira und Pafuri.

Marie, 30 Jahre. Ärztin. Schwiegertochter von Professor Lindsten, Mutter von Amal.

Osamu, Anfang 40. Biochemiker und Ernährungswissenschaftler. Mann von Wayan, Vater von Itsuko und Kazuko.

Pafuri, 4 Jahre. Sohn von Mandisa und Lowan, Bruder von Samira.

Per, gestorben kurz vor Abflug. Soziologe und Friedensforscher. Sohn von Haakon, Mann von Marie, Vater von Amal.

Raven, 2 Jahre. Tochter von Elu und Vasco, Nichte von Dalina und Anouk, Enkelin von Keoma.

Runa, Mitte 50. Hebamme und Kräuterheilerin. Tante von Tuula.

Samira, 12 Jahre. Tochter von Mandisa, Stieftochter von Lowan, Schwester von Pafuri.

Taio, 15 Jahre. Sohn von Kuimba.

Tuula, 17 Jahre. Nichte von Runa.

Vasco, 20 Jahre. Bruder von Dalina, Onkel von Damian und Irina, Vater von Raven.

Wayan, Ende 30. Expertin für gesunde Ernährung und Yoga mit abenteuerlicher Vergangenheit. Frau von Osamu, Mutter von Itsuko und Kazuko.

Ylva Lindsten, schon lange tot. Astrophysikerin und Entdeckerin von Gaya. Großmutter von Haakon.

INHALT

Professor Haakon Lindsten saß auf seiner Veranda und sah in den Sternenhimmel. Er liebte diese Jahreszeit, in der das Licht des Mondes und der Sterne ausreichte, um die schneebedeckte Landschaft um ihn herum zum Leuchten zu bringen. Es wirkte so friedlich hier draußen in der Wildnis, dass man fast vergessen konnte, was in der Welt geschah. Er dachte an die vielen Abende, an denen er mit seiner Großmutter Ylva auf dieser Veranda gesessen und durch das Fernglas geschaut hatte.

„Siehst Du den hellen Stern über dem Hügel? Dort liegt Gaya", hatte sie gesagt. Seitdem konnte Haakon Lindsten nicht in den Winterhimmel blicken, ohne nach dem fernen Sonnensystem zu suchen, in dem der Planet lag, dessen Existenz seiner Großmutter so viel Hoffnung gemacht hatte.

„Eines Tages werden unsere Nachfahren dorthin reisen und sehen, dass ich recht habe."

Aber weder sie noch der kleine Haakon hätten damals geglaubt, dass es schon so bald soweit sein würde. Natürlich war Ylva Lindsten längst gestorben, und es bedrückte den Professor, dass Zeit ihres Lebens kaum jemand außerhalb der Familie daran geglaubt hatte, dass Gaya tatsächlich der Erde erstaunlich ähnlich war. Dennoch hatte sie sich nicht abbringen lassen und den Glauben daran, zusammen mit ihrem Teleskop und den vielen Aufzeichnungen, an ihren Enkel vererbt.

Er sah ein fernes Blinken und für einen kurzen Moment dachte er, es sei „sein" Raumschiff. Aber das war nicht möglich, das war schon seit fünf Monaten unterwegs, er konnte es längst nicht mehr erkennen. Vielleicht war es einer der Satelliten, von denen die verfeindeten Staaten jetzt beinahe täglich neue in die Umlaufbahn schossen, um die Bewegungen der anderen auszuspionieren oder ihre Kommunikation zu stören. Bald würde es sehr eng werden im Orbit, und es war in letzter Zeit öfter vorgekommen, dass zwei dieser Trabanten zusammenstießen und auf die Erde stürzten. Aber zwischen all den Bomben fielen sie gar nicht weiter auf.

Professor Lindsten seufzte. Jetzt hatte ihn die Realität doch wieder eingeholt, dabei war er hier her gekommen, um all den Wahnsinn zu vergessen. Er versuchte, sich durch den Gedanken an seine Enkelin Amal abzulenken: Wie es ihr wohl jetzt ging? Als er sie das letzte Mal gesehen hatte, war sie erst wenige Wochen alt gewesen. Ob sie inzwischen krabbeln konnte, vielleicht sogar schon ein bisschen brabbelte? Er seufzte wieder. Der Gedanke, dass er sie nie wieder sehen würde, war kaum zu ertragen. Seine einzige Hoffnung war, dass Amal es einmal besser haben würde, dass sie nicht in dieser verrückt gewordenen Welt aufwachsen müsste, von der man sich nicht einmal mehr sicher sein konnte, dass sie morgen noch existierte.

Trotz der Decken war ihm kalt geworden. Professor Lindsten löste die Bremsen an seinem Rollstuhl, blickte noch ein letztes Mal in Richtung Hügel und hob mit einem kleinen Lächeln die Hand, wie um Amal nachzuwinken. Dann drehte er um und rollte zurück ins Haus.

ANKUNFT

Marie trat auf die Rampe und hielt die Luft an. Was sie sah, war einfach unglaublich: ganz anders, als sie es sich in all den Jahren vorgestellt hatte und doch seltsam vertraut. Das Raumschiff war auf einer großen, grünen Fläche gelandet, an deren Rand ein Urwald begann, der weiter hinten steil anzusteigen schien. Auf der anderen Seite war das Meer, komplett mit Sandstrand und sanften Wellen, wie in den Urlaubsprospekten der Erde. Langsam holte sie Luft. Natürlich wussten sie bereits, dass die Atmosphäre auf Gaya genügend Sauerstoff enthielt, trotzdem war es für Marie ein feierlicher Moment. Die Luft roch gut, nach Meer, Wald und den Blumen, die überall wuchsen. Etwas entfernt entdeckte sie einen Wasserfall, der in einem kleinen Teich endete, von dem aus ein Bach bis ins Meer floss. Dahinter wurde die Lichtung von Bäumen begrenzt, die fast bis ans Wasser reichten.

Neben ihr traten die anderen Siedler aus dem Raumschiff, alle bekleidet mit hellen Overalls und neuen Schuhen. Amal, die sich zuerst hinter den Beinen ihrer Mutter versteckt hatte, lief nun zusammen mit dem zwei Jahre älteren Damian die Rampe hinunter. Unten angekommen, blieben sie stehen und sahen staunend auf den weichen Untergrund. Amal war noch nie auf etwas anderem als dem Boden des Raumschiffs gelaufen, und Damian konnte sich wahrscheinlich nicht mehr daran erinnern, dass er noch auf der Erde laufen gelernt hatte. Marie sah sich nach seinen Eltern um. Jurij und Dalina lächelten ihr zu und gemeinsam gingen sie die Rampe hinunter zu den Kindern, die sich immer noch ungläubig umsahen.

Die anderen Erwachsenen waren je nach Temperament erst einmal oben auf der Rampe stehen geblieben oder schon dabei, die nähere Umgebung der Landestelle zu untersuchen. Sie alle hatten den gleichen staunenden Ausdruck auf ihren Gesichtern wie die Kinder. Schließlich hatten sie seit über fünf Jahren auf diesen Augenblick gewartet und nicht gewusst, was genau auf sie zukommen würde. Hier sah alles so perfekt aus, dass manche glaubten zu träumen. Bisher hatte niemand ein Wort gesagt, wie um den feierlichen Augenblick nicht zu zerstören, und als sie jetzt anfingen, sich gegenseitig auf Dinge aufmerksam zu machen, hielten sie die Stimmen gesenkt.

Der Boden war weich und von einer Art Moos bedeckt, das federnd nachgab. Winzige Blüten leuchteten darin, gelbe sternförmige, rote runde und blaue, die fast aussahen wie vierblättrige Kleeblätter. ‚Ein gutes Zeichen‘, dachte Marie. Sie kniete sich hin, um die Pflanzen näher zu betrachten, und war überrascht, wie feucht das Moos war. Jetzt sah sie auch kleine Tiere darin krabbeln, aber sie waren so schnell, dass Marie nicht genau erkennen konnte, was es war. Bevor sie sich näher damit befassen konnte, kam Amal angerannt.

„Mama, komm schnell, ich will dir was zeigen." Ungeduldig zog sie ihre Mutter am Arm hoch und lief dann Richtung Teich, ohne sich noch einmal umzudrehen.

Marie hätte sich lieber jedes Detail in der Nähe der Landestelle genau angeschaut, aber als sie sah, wie ihre Tochter auf das Wasser zu rannte, beeilte sie sich hinterher zu kommen. Plötzlich wurde ihr klar, wie behütet Amal bisher aufgewachsen war. Natürlich konnte man sich auch in einem Raumschiff verletzen. Damian hatte es sogar geschafft, sich das Bein zu brechen, als er vom höchsten Baum im Garten gesprungen war, um zu testen, ob er fliegen konnte. Aber hier war alles unbekannt. Marie hatte keine Ahnung, wie tief der Teich war, welche Tiere es gab, welche Pflanzen giftig waren, nicht einmal wie sicher der Untergrund war. Sie wusste weder wie sie ihre Tochter schützen sollte, noch vor was sie überhaupt beschützt werden müsste. Sie fühlte sich auf einmal hilflos und überfordert, und Tränen stiegen ihr in die Augen.

Aber dann kam sie zum Teich. Amal stand mit etwas Abstand zum Wasser und trippelte aufgeregt von einem Fuß auf den anderen, so dass ihre langen blonden Zöpfe hüpften.

„Komm endlich, Mama! Hier ist alles Glitzer!"

Marie schaute in den Teich und alle negativen Gefühle verschwanden. Es war einfach wunderschön. Das Wasser war glasklar und der Boden des Teiches war von silbern und golden glitzerndem Sand bedeckt, in dem blaue und rote Steine funkelten. Darüber glitten schlanke Fische in unterschiedlichen Größen und Farben. Am Wasserfall tanzten Tropfen auf der Oberfläche und der Sprühnebel schillerte in allen Regenbogenfarben.

,Das ist wirklich das Paradies', dachte Marie.

Harald trat neben sie.

„Ist es nicht herrlich?", fragte sie ihn.

„Hmpf. Zu schön, um wahr zu sein, würde ich sagen", erwiderte er mürrisch. Marie seufzte. Das war zu erwarten gewesen. Harald war schon immer der Typ gewesen, der bei allem sofort sah, was noch verbessert werden könnte. Das war ja auch gar nicht so schlecht für einen Ingenieur. Aber im Laufe des Fluges war er zudem immer schwermütiger geworden, und jetzt war es kaum noch möglich, ihm ein Lächeln zu entlocken. Das konnten nur noch die kleinen Kinder, die ihn trotz seines ruppigen Tons liebten. Wenn Irina mit den Händchen ruderte oder ihn sabbernd anlachte, erhellte sich plötzlich Haralds Gesicht und man bekam eine Ahnung davon, wie er als junger Mann gewesen sein mochte. Allerdings nur bis er merkte, dass ihn ein Erwachsener beobachtete, dann setzte er gleich wieder seine unbewegte Maske auf und machte eine grantige Bemerkung.

Im Wasser bewegte sich nun ein großer Schatten, und ein massiger Fisch schwamm auf sie zu. Sein Maul war voller spitzer, breiter Zähne und der Kopf sah aus, als würde er aus Hornplatten bestehen. Die kleinen Fische flitzten auseinander, aber für einige war es zu spät und sie verschwanden im Maul des Angreifers.

„Siehst du", sagte Harald. „Doch nicht alles friedlich hier."

Bevor Marie darauf antworten konnte, kam Amal zu ihnen. „Hört ihr das?", fragte sie. Tatsächlich waren jetzt Geräusche zu hören, die sie vorher nicht wahrgenommen hatten. Entweder waren sie zu beschäftigt gewesen, die visuellen Eindrücke zu verarbeiten, oder die Tiere waren vor Schreck über die Ankunft der Fremden vorübergehend verstummt. Jetzt kam aus dem Urwald vielstimmiger Gesang wie von Vögeln, es raschelte und ab und zu knackte es laut, so als ob größere Tiere durchs Unterholz gingen.

„Gehst du mit mir in den Wald, Harald?", fragte Amal vertrauensvoll, und Marie wollte schon entsetzt „Nein" rufen, aber Harald kam ihr zuvor.

„Lass uns erst einmal hier die Lichtung fertig erkunden", sagte er in fast freundlichem Ton. „Willst du mit mir am Bach entlang zum Meer laufen? Ich frage mich, ob es dort auch Fische gibt."

Amal willigte sofort ein und hüpfte zum Bach. „Hier sind auch welche!", rief sie begeistert, dann nahm sie Harald an der Hand und sie folgten dem Bach bis zum Meer, wobei sie immer wieder stehen blieben und ins Wasser sahen.

Marie blickte sich um. Überall auf der Lichtung sah sie ihre Freunde in kleinen Gruppen die Umgebung erkunden. Anscheinend waren sich alle stillschweigend einig, erst einmal nicht in den Urwald zu gehen. Marie versuchte, die Entfernungen abzuschätzen. Sie wusste, dass das Raumschiff einen Durchmesser von 150 Metern hatte. Ungefähr die gleiche Strecke war es zum Waldrand und etwa halb so weit bis zum Strand, so dass die Lichtung wohl an die 400 Meter breit war.

Sie entdeckte Dalina, die am Waldrand stand und einen Baum untersuchte. Ihre kleine Tochter hatte sie wie so oft auf den Rücken gebunden, vermutlich schlief Irina tief und fest. Marie ging zu ihrer Freundin und sah sich unterwegs aufmerksam um. Sie entdeckte viele weitere kleine, bunte Blumen im Moos und auch einige größere Pflanzen mit federartigen, dunkelgrünen Blättern.

„Das sieht aus, als wäre es essbar", sagte die junge Frau, als Marie bei ihr ankam, und zeigte auf die roten Früchte des Baumes. „Ich musste Damian schon davon abhalten, eine zu pflücken."

Marie sah zu Dalinas Sohn, der in einiger Entfernung mit seinem Vater auf dem Boden hockte, etwas untersuchte und aufgeregt gestikulierte.

„Das ist wohl der spannendste Tag in ihrem bisherigen Leben", sagte sie zu Dalina.

„Ja, spannend. Und großartig, abenteuerlich und aufregend. Beängstigend ist es wohl nur für uns, oder?" antwortete Dalina, und in ihren Augen sah Marie einen Schimmer ihrer eigenen Panik von vorhin.

„Ja, jetzt ist es vorbei mit der Rundum-Sicherheit. Aber wir wussten ja, dass das passieren würde, und wir können sie nicht immer in Watte packen. Außerdem, immerhin gibt es hier keine Explosionen", erwiderte sie mit mehr Leichtigkeit, als sie wirklich fühlte.

Dalina lächelte. „Du hast recht. Lass es uns positiv sehen. Unsere Kinder können endlich frische Luft atmen und die Welt entdecken. Vielleicht können wir uns etwas von ihnen abschauen."

AUF DEM DACH

Ferhat stand am Ufer und schaute ins Meer. Er hatte seine Schuhe und Socken ausgezogen und ließ sich die sanften Wellen über die Füße schwappen. Der Sand war weich und das zurückfließende Wasser spülte kleine Kuhlen unter seine Zehen. Er schloss die Augen und versuchte sich zu erinnern, ob sich der Strand auf der Erde auch so angefühlt hatte. Dieses Kitzeln kam ihm bekannt vor, aber ganz sicher war er sich nicht. Es war einfach zu lange her, fast sein halbes Leben. Aber das kühle Wasser, der sanfte Wind, die Sonne auf seinem Gesicht, das Rauschen der Wellen, all das wirkte sehr vertraut. Nur irgendetwas fehlte. Ferhat dachte eine Weile nach, dann fiel es ihm ein: Möwen. Oder irgendwelche anderen Seevögel, die sich kreischend um Fisch stritten.

Plötzlich stand Samira neben ihm. „Ich klettere aufs Raumschiff, kommst du mit?", fragte sie.

Ferhat sah sie überrascht an. „Wie willst du denn da hoch kommen?"

Samira grinste. „Auf der anderen Seite ist eine Leiter, extra dafür vermutlich. Und das Dach ist flach genug, so dass wir drauf laufen können, wenn wir ein bisschen aufpassen. Von da oben können wir viel weiter sehen. Also was ist?"

Ferhat zögerte. Er fand das klang ziemlich gefährlich. „Sollen wir nicht erst die Eltern fragen?"

Samira sah ihn mit blitzenden Augen an. „Untersteh' dich. Du kannst ja unten bleiben, wenn du Angst hast. Ich geh da jetzt hoch. Und wehe, du verrätst mich!" Sie drehte sich um und lief zum Raumschiff, ohne sich noch einmal umzusehen.

Ferhat seufzte. Samira war zwar nicht viel älter als er, aber sie schaffte es immer wieder, ihm das Gefühl zu geben, er sei ein feiges Baby. Er überlegte. Wenn da wirklich eine Leiter war, dann war es bestimmt auch sicher, hochzuklettern. Und er würde schon gerne mehr von der Insel sehen. Er sah sich noch einmal um. Sein Vater stand am Teich und schien in die Betrachtung der Fische versunken. Bastet war mit Samiras Eltern Mandisa und Lowan am anderen Ende der Lichtung. Keiner beachtete ihn. Er atmete tief durch, dann zog er sich seine Schuhe wieder an und folgte Samira.

Als er das Raumschiff umrundet hatte, sah er sie schon auf der Leiter. Das Raumschiff stand auf vielen starken Metallfüßen, der Boden und damit auch die unterste Sprosse der Leiter war in etwa eineinhalb Metern Höhe.

Samira strahlte ihn an: „Komm hoch, es geht ganz leicht. Du musst nur ein bisschen springen und dich hochziehen."

Ferhats Mut sank wieder. Er war nicht besonders sportlich. Außerdem, wenn die Leiter so konstruiert war, dass Kinder nicht hochkamen, dann hatte das bestimmt einen Grund. Vielleicht sollte er lieber wieder gehen.

„Was ist los, traust du dich nicht? Oder brauchst du Hilfe?" Samira war schon wieder auf dem Weg nach unten. Sie sprang elegant von der Leiter ab und landete sicher im Moos.

„Hier, stell dich auf meine Hände, dann kommst du hoch." Sie verschränkte ihre Finger und sah ihn auffordernd an.

Ferhat blickte noch einmal zweifelnd die Leiter hoch, aber jetzt gab es kein Zurück mehr. Er stellte den Fuß in Samiras Hände, stemmte sich hoch und bekam die unterste Sprosse zu fassen. Samira schob etwas von unten, und endlich war er auf der Leiter. Er kletterte ein paar Sprossen hoch und sah sich dann um. Samira sprang einfach aus dem Stand, um an die Leiter zu kommen, hangelte sich dann mit baumelnden Beinen drei Sprossen hoch und stellte ihre Füße auf die Leiter.

„Los geht's, worauf wartest du?", fragte sie.

Beklommen machte Ferhat sich an den Aufstieg. ‚Wenigstens kann sie mich auffangen, falls ich abrutsche‘, dachte er. Aber er rutschte nicht ab, und als er am Ende der Leiter auf das nur sanft gerundete Dach kletterte (oder eher robbte), ließ ihn der Ausblick alle Bedenken vergessen. Sie waren nun etwa 15 Meter über dem Boden und konnten die ganze Lichtung überblicken. Ihre Eltern und die anderen Siedler liefen darauf herum, manche schienen irgendetwas am Boden genauer zu untersuchen. Niemand schaute nach oben zu den beiden Kindern. Ferhat sah sich weiter um. Jetzt konnte er sehen, dass der Wald zur rechten Seite deutlich größer war als vor ihnen. Er stieg einige hundert Meter sanft an, dann wurde es steiler. Dahinter waren gelbliche Felswände zu erkennen, die sich in einem Halbkreis um die Bucht zogen. Sie fielen fast senkrecht ab und oben an der Kante standen keine Bäume, sondern hohes Gras.

„Wäre es nicht wunderbar, da oben auf dem Berg zu stehen?“, fragte Samira.

„Ich glaube, nicht mal du kommst diese Felswände hoch“, entgegnete Ferhat.

Doch Samira wies nach links, wo die Felswand tatsächlich flacher zu werden schien. Ein Vorsprung zog sich bis fast zum Strand und war dort kaum höher als das Raumschiff. Hier waren auch keine Bäume, das Moos reichte bis zur Klippe.

„Man muss nur da hoch klettern und dann an der Kante entlang laufen, dann kommt man bestimmt ganz leicht bis da oben.“

‚Ganz leicht‘, dachte Ferhat spöttisch. ‚Du vielleicht.‘

„Komm, lass uns nach vorne gehen!“, rief Samira und setzte sich auch schon in Bewegung.

Ferhat folgte ihr vorsichtig, wobei er versuchte, einen möglichst großen Abstand zum Rand zu halten. Es gab einen Ring von etwa 10 Metern Breite, auf dem man gut laufen konnte, dann begann das riesige Dachfenster, durch das man den Garten sehen konnte. Von hier oben war die symmetrische Anordnung gut zu erkennen. In der Mitte lag die runde Wiese mit den Obstbäumen und Beerensträuchern, auf der die Ziegen grasten, Hühner pickten und auch die Bienenstöcke standen. Umgeben war die zentrale Wiese von einem breiten Wasserbecken, über das an vier Stellen Stege aus Metallgitter führten. So war sichergestellt, dass die Ziegen nicht an die Beete kamen und nur das fraßen, was die Siedler ihnen brachten. Im umliegenden Gemüsegarten mit seinen verschiedenen Klimazonen wuchsen Pflanzen aus aller Welt in mehrstöckigen Beeten oder kletterten an der Wand nach oben.

Ferhat hatte nie verstanden, warum der Garten ein Glasdach hatte, wo doch dahinter nur das dunkle Universum war und zur Beleuchtung überall Lampen hingen, aber jetzt glaubte er zu verstehen, dass Professor Lindsten weiter in die Zukunft gedacht hatte. Sie würden wohl noch einige Zeit hauptsächlich von diesem Garten leben, da konnte man auch das Sonnenlicht ausnutzen. Wobei, das war ja gar nicht die Sonne. Ihm fiel auf, dass er überhaupt nicht wusste, wie dieser Stern eigentlich hieß. Er würde Jurij fragen müssen.

Samira riss ihn aus seinen Gedanken. „Träumst du schon wieder? Komm her, schau dir das an!" Sie stand weit vorne, kurz bevor die gebogene Glasscheibe der Brücke begann, und deutete vor sich auf den Boden. „Siehst du diesen komischen Fleck? Was ist das?"

Ferhat trat ein paar Schritte näher, gerade so viel, dass er sehen konnte, worauf sie zeigte. Doch dann siegte die Neugier und er stellte sich neben Samira. An einer Stelle war die ansonsten hellgraue Hülle des Raumschiffes bräunlich verfärbt, teilweise fast schwarz.

„Keine Ahnung", erwiderte er, „aber ich glaube, das sollten wir den Erwachsenen zeigen. Irgendwas stimmt da nicht."

Bevor Samira antworten konnte, hörten sie ein seltsames Klopfen neben sich. Ferhat zuckte zusammen, und selbst Samira schaute unsicher. Dann öffnete sich nicht weit von ihnen entfernt der Boden, und Vasco streckte seinen Kopf heraus.

„Was macht ihr denn hier oben?", fragte er und kletterte aus der Luke, dicht gefolgt von Humaira.

„Das gleiche könnte ich dich fragen", antwortete Samira trotzig.

Der junge Mann grinste. „Humaira meinte, wir sollten das Raumschiff auf Schäden untersuchen, und ich wollte mir mal anschauen, wo wir hier genau gelandet sind."

Die Copilotin sah Samira mit ihren großen dunklen Augen durchdringend an. Dann blickte sie auf den Boden vor den Kindern. Sie kniete sich hin, um den Fleck genauer zu untersuchen. Schließlich wandte sie sich an Ferhat und Samira: „Klettert bitte runter und schickt Harald und Jurij zu uns hoch. Das hier sollten sie sich anschauen."

„Was ist das?", fragte Ferhat.

„Das kann ich noch nicht genau sagen, aber es sieht aus, als wäre es hier zu warm geworden. Hol jetzt bitte die anderen. Du wirst es schon noch erfahren." Sie lächelte ihm aufmunternd zu, und Ferhat und Samira machten sich auf den Weg nach unten.

„Seltsam, dass es gar keinen Ärger gab, oder?", fragte Ferhat.

Samira nickte nachdenklich. „Irgendwas stimmt da nicht", wiederholte sie seine Worte.

Am Fuß der Leiter teilten sie sich auf. Samira lief zu Jurij, Ferhat machte sich auf die Suche nach Harald. Er entdeckte ihn am Strand, wo er mit Amal Steine ins Wasser warf. Fast wirkte er glücklich dabei. Aber als er Ferhat bemerkte, verschwand sein Lächeln und er blickte dem Jungen aufmerksam ins Gesicht.

„Was gibt's?", fragte er.

„Ich weiß nicht genau, aber du sollst schnell zu Humaira aufs Raumschiffdach kommen. Da ist eine komische braune Stelle."

Harald blickte zum Raumschiff und sah Humaira und Vasco nahe der Brücke stehen. Er drückte Ferhat seinen Stein in die Hand.

„Hier, lass dir von Amal zeigen, wie man sie hüpfen lässt. Ich bin bald wieder da." Er sagte es leichthin, aber er wirkte beunruhigt, als er zum Raumschiff lief.

„Was ist denn los?", fragte Amal, aber Ferhat konnte es ihr auch nicht sagen.

„Bestimmt nichts Wichtiges", behauptete er, „Zeig mir mal wie das mit den Steinen geht."

Amal ließ sich leicht ablenken und warf einen Stein flach übers Wasser. Er traf eine kleine Welle und versank mit einem Plopp. Unbeirrbar warf sie einen Stein nach dem anderen, und schließlich traf sie im richtigen Winkel und der Stein hüpfte ein paar Mal hoch. Ihr Jubel war so ansteckend, dass Ferhat seine Sorge fast vergaß.

ABENDKREIS

Kuimba trat vor die Tür des Raumschiffes und ließ ihren Blick über die Lichtung schweifen. Dann schlug sie zweimal an die Klangschale in ihrer Hand.

„Zeit für den Abendkreis", rief sie mit ihrer melodischen, tragenden Stimme. Nach und nach kamen die Siedler zum Raumschiff zurück.

„Ich schlage vor, wir machen das heute hier draußen. Ist es in Ordnung für euch, dafür zu stehen?"

Alle nickten und formten einen Kreis. Zweimal am Tag trafen sich alle Siedler zum Morgen- und Abendkreis. Dies war die Gelegenheit für die Tag- und Nachtschicht, sich auszutauschen, Neuigkeiten an alle mitzuteilen und wichtige Entscheidungen zu besprechen. Jeder Kreis begann mit einigen Minuten des Schweigens, in der alle zur Ruhe kamen, sich klar darüber wurden, was in den letzten Stunden wichtig gewesen war und ob sie etwas sagen wollten.

Auch jetzt hörten sie die vertrauten Worte von Kuimba: „Wir werden ganz still. Wir lassen unsere Gedanken zur Ruhe kommen und konzentrieren uns auf unsere Atmung. Alles ist wie es ist, und alles ist gut."

Die meisten schlossen ihre Augen und lauschten den vertrauten Atemgeräuschen der anderen, dem gelegentlichen Husten oder Rascheln der Kleider. Heute gab es jedoch noch viel mehr zu hören. Das Rauschen des Meeres, das Knacken im Wald, die Vogelstimmen – wenn es denn Vögel waren. Sie spürten die Sonne auf ihrer Haut und den Wind, der ganz sachte vom Meer her wehte.

Nach einiger Zeit schlug Kuimba wieder an die Klangschale und als der Ton verklungen war, sprach sie weiter.

„Wir kommen zurück zur Gegenwart und öffnen unsere Augen." Sie machte eine kurze Pause und fuhr dann fort. „Heute ist ein besonderer Tag. Wir haben fünf Jahre darauf gewartet, und jetzt ist es soweit. Wir sind wie geplant gelandet, und was wir bisher gesehen haben ist wie Professor Lindsten es vorhergesagt hat. Möchte jemand sagen, was ihn beschäftigt, oder erzählen, was er entdeckt hat?"

„Ich habe Glitzerfische gesehen! Sie sind fast so wie unsere Fische im Garten!", platzte Amal heraus.

Kuimba lächelte über so viel Begeisterung. Damian hob die Hand und sie nickte ihm aufmunternd zu.

„Wir haben Krabbeltiere entdeckt. Ganz viele und sie reden miteinander!"

Sein Vater Jurij ergänzte: „Ja, sie sind etwa so groß wie Ameisen und sie scheinen über ihre Fühler miteinander zu kommunizieren. Wir haben beobachtet wie sie gemeinsam eine Frucht weggetragen haben, die zehnmal so groß war wie sie."

Taio, Kuimbas Sohn, meldete sich als nächster.

„Ich habe kleine fellige Tiere im Gebüsch gesehen. Sie haben sich aber ganz schnell versteckt", sagte er mit seiner sich überschlagenden Stimme. Seit einigen Wochen war er im Stimmwechsel und auch sonst hatte er sich in den letzten Monaten sehr verändert. Seine dunkle Haut war immer noch so glatt wie die seiner Mutter, aber damit hörten die Gemeinsamkeiten auch schon auf. Während sie eher klein, rund und weich war, war er groß und schlaksig geworden. Er verbrachte weniger Zeit mit den anderen Kindern, stattdessen zog er sich häufig in die Bibliothek zurück oder streifte durch das Raumschiff und half den Erwachsenen bei ihren Aufgaben, wobei er aber kein großes Durchhaltevermögen zeigte. Sein Umgang mit Tuula, die zwei Jahre älter war als er und schon fast eine junge Frau, war merklich distanzierter geworden, so als wüsste er nicht mehr genau, wie er sich ihr gegenüber verhalten sollte.

Es hatte sich so eingebürgert, dass die Kinder am Anfang der Versammlungen redeten, weil sie noch nicht so geduldig waren und oft den Kreis früher verließen und spielen gingen, während die Erwachsenen noch über „langweiligen Kram" redeten. Heute aber waren sie sehr gespannt, was die anderen zu sagen hatten. Kuimba schaute in die Runde zu den anderen Kindern, um zu sehen, wer noch etwas sagen wollte. Ferhat und Samira tuschelten miteinander und schienen schon Pläne zu schmieden, was sie als Nächstes machen wollten. Irina war aufgewacht, ihre Mutter hatte sich im Schneidersitz auf dem Boden gesetzt und stillte sie. Die kleine Raven stand neben Elu, hielt die Hand ihrer Mutter und drückte mit dem anderen Arm ihre Stoffpuppe an sich. Der dreijährige Kazuko saß auf dem Arm seines Vaters und schaute sich mit großen Augen um.

Seine Schwester Itsuko meldete sich nun zu Wort: „Wo sind wir denn jetzt genau? Warum durften wir erst so spät raus? Und was machen wir als Nächstes?"

Kuimba lächelte. Itsuko trug ihren Namen „das fragende Kind" wirklich zu Recht. Sie war ebenso neugierig wie Amal, aber von ganz anderem Temperament. Statt loszulaufen und Dinge auszuprobieren und zu untersuchen, durchdachte sie lieber alles in Ruhe. Sie sah eigentlich immer aus, als würde sie ihre Umwelt genau analysieren, und manchmal war der durchdringende Blick, mit dem sie ihren Gesprächspartner musterte, kaum auszuhalten. Wenn man ihr etwas erklärte, fragte sie so lange nach, bis sie jedes Detail verstanden hatte und brachte damit die Erwachsenen oft an ihre Grenzen. Eine der häufigsten Antworten war daher: „Geh in der Bibliothek nachsehen."

Humaira dankte Itsuko für ihre Fragen und wandte sich an alle. „Wie ihr gemerkt habt, hat die Landung heute früh wie vorgesehen geklappt", sagte die Copilotin.

„Wir konnten wie geplant auf einer der größeren Inseln auf der Nordhalbkugel landen und ich finde, Jurij hat diesen Platz gut gewählt." Sie lächelten den Kommandanten an.

„Heute Vormittag haben wir einige Tests gemacht und Proben untersucht, die der Greifarm herein gebracht hat. Luftdruck, Temperatur und Sauerstoffgehalt sind wie berechnet, und die Natur hier sieht ebenfalls in etwa so aus wie der Professor vermutet hat. Osamu, kannst du schon etwas zu den Pflanzen sagen?"

Der Biologe setzte Kazuko ab und blickte zögernd in die Runde. Immer noch wirkte er schüchtern, obwohl sie sich doch inzwischen alle so vertraut waren. Er sprach nicht gerne vor der Gruppe und fühlte sich allein in seinem Labor am wohlsten. Aber natürlich war das jetzt genau sein Thema.

„Soweit ich das bis jetzt beurteilen kann sind die Pflanzen ganz ähnlich aufgebaut wie auf der Erde. Der Einfachheit halber werden wir also wie besprochen die Pflanzengruppen und Bestandteile wie auf der Erde benennen. Ich habe schon einige Blätter untersucht, die Strukturen basieren auf Kohlenstoff und sie betreiben Photosynthese. Es scheint Obstbäume zu geben, ob diese Früchte für uns essbar sind werden wir in den nächsten Tagen testen. Dalina wird die Pflanzen katalogisieren und mir jeweils Proben bringen, die ich untersuche. Bis wir die Ergebnisse haben, gehen wir sicherheitshalber davon aus, dass alles giftig ist. Bitte fasst also Pflanzen nur mit Handschuhen an und stellt auch sicher, dass die Kinder nichts berühren oder gar in den Mund stecken. Dalina, brauchst du Hilfe beim Sammeln?"

Dalina wies auf ihren kleinen Bruder, der inzwischen allerdings schon einen halben Kopf größer war als sie.

„Vasco wird mir helfen und wenn Anouk auch mitmachen könnte, wäre das großartig. Er kennt sich so gut mit Holzarten aus, dass er eine große Unterstützung bei der Einordnung der Bäume und Sträucher wäre."

Sie blickte zu Anouk, der stumm nickte. Dalina fuhr fort: „Wir werden hier auf der Lichtung anfangen. Am Waldrand gibt es genug unterschiedliche Pflanzen, um uns eine Weile zu beschäftigen, einige tragen auch eine Art Beeren. Osamu wird sowohl die Früchte als auch die Blätter und Wurzeln untersuchen. Vielleicht gibt es da auch essbare, stärkehaltige Exemplare wie auf der Erde. Runa wird sich die kleineren Pflanzen genauer anschauen."

Sie nickte der älteren Frau zu. Runa strich sich die langen grauen Haare aus dem Gesicht und strahlte.

„Ja, ich darf endlich wieder Kräuter sammeln. Oder was auch immer ich hier finde. Ich bin sicher, hier gibt es auch Pflanzen mit heilsamen Inhaltsstoffen, ebenso wie giftige. Einiges kann man im Labor sicher schnell herausfinden, vieles wird sich erst im Laufe der Zeit zeigen. Tuula wird mir helfen." Sie nickte ihrer Nichte zu.

„Was ist mit den Tieren? Warum sind hier so wenige?", fragte Itsuko.

Lowan meldete sich zu Wort. Er war auf einer Farm im australischen Outback aufgewachsen und später nach Südafrika gegangen, um in den Nationalparks zu arbeiten. Wilde Tiere waren also seine Spezialität.

„Wir wissen nicht, ob es wirklich so wenige gibt, Itsuko. Du hast recht, dass sich bisher nur wenige haben blicken lassen. Aber wir hören jede Menge Geräusche im Wald und es könnte auch sein, dass einige Tiere nachtaktiv sind. Außerdem haben sie sich vielleicht versteckt, immerhin ist so ein Raumschiff für sie ja auch ein ungewohnter Anblick, und dann kamen da auch noch so komische Lebewesen raus, die jetzt überall herumtrampeln." Er zwinkerte Itsuko zu, die ihn mit einem ihrer seltenen Lächeln belohnte, und sprach dann weiter.

„Ich werde heute die Nachtschicht übernehmen und von innen beobachten, was sich hier draußen tut. Und ab morgen werden Cem, Mandisa und ich anfangen, die Tiere zu untersuchen, die sich uns zeigen. Cem konzentriert sich natürlich auf die Fischartigen, davon haben wir ja schon einige gesehen."

Jurij fasste zusammen: „Morgen geht es also ernsthaft los mit der Entdeckung unserer neuen Welt. Alle die jetzt keine konkrete Aufgabe bekommen haben, erkunden die Lichtung auf eigene Faust, aber bitte bleibt immer mindestens zu dritt und keiner geht in den Wald oder ins Wasser. Wer ein Tier entdeckt, meldet es Mandisa oder Cem, aber nicht anfassen oder gar einfangen! Spannende Pflanzen zeigt ihr Dalina oder Runa, auch diese bitte nicht anfassen. Harald und ich werden das Raumschiff weiter auf Schäden untersuchen. Wir haben eine kleine verfärbte Stelle entdeckt, die wir genauer prüfen müssen, und wir werden verschiedene Tests laufen lassen. Wenn der Landeplatz in ein paar Tagen immer noch so gut geeignet scheint, werden wir unser Raumschiff fest verankern und die Stelzen weiter ausfahren, damit drunter mehr Platz ist. Wir werden bis auf weiteres darin wohnen und uns wie gewohnt versorgen, Garten- und Kochdienst und so weiter bleiben also bestehen. Die Nachtwache heute übernehmen nur Lowan und Humaira. Wir brauchen keine komplette Besetzung mehr, wenn wir nicht fliegen, und morgen sollen alle möglichst fit sein, um das Tageslicht zu nutzen."

Kuimba sah in die Runde: „Noch irgendwelche Fragen? Nein? Dann ist es bald Zeit, hinein zu gehen. Wie ihr seht ist die Sonne schon fast untergegangen, und ich bin bestimmt nicht die Einzige, die Hunger hat. Keoma und Elu bereiten heute für uns das Abendessen vor. Wir treffen uns in einer halben Stunde im Speisesaal. Oh, und Marie bittet darum, dass alle Erwachsenen heute Abend ins Kaminzimmer kommen, wenn die Kleinen schlafen."

Sie nahm die Klangschale in die Hand, und alle schlossen die Augen und atmeten dreimal tief durch, begleitet von den vertrauten Tönen, so wie jeden Abend. Dann fanden sie sich zu kleine Grüppchen zusammen und spazierten noch eine Runde über die Lichtung oder gingen kurz in ihre Kabine, bevor sie sich auf den Weg zum Abendessen machten.

ABENDESSEN

Keoma ging langsam auf das Raumschiff zu. Seine Tochter Elu folgte ihm, die kleine Raven auf der Hüfte balancierend, und reichte ihm an der Rampe die Hand. Seine Knie machten ihm zunehmend Probleme. Auf ebenen Flächen konnte er noch gut laufen, aber Treppen waren schon schwieriger und die schräge Rampe war eine echte Herausforderung. Er musste sich wohl eingestehen, dass er alt wurde, ein echter Großvater eben. Elu hatte vor einigen Wochen erst ihren 19. Geburtstag gefeiert, aber er war spät Vater geworden und hatte kurz danach seine Frau verloren. Wie so viele ihrer Generation war sie an einem Hirntumor gestorben. Die beiden Kinder allein aufzuziehen war anstrengend gewesen, auch wenn er zumindest in den ersten Jahren noch die Unterstützung seiner Schwester gehabt hatte. Er hatte versucht, ihnen sowohl die Vorteile der modernen Welt zu zeigen (wobei sich die Rollen von Lehrer und Schüler recht bald umgekehrt hatten), als auch die Traditionen seines Volkes aufrecht zu erhalten. Die Sommer hatten sie im Reservat bei seinen Verwandten verbracht, wo die Kinder Fischen, Jagen, Spurenlesen und verschiedene Handwerke gelernt hatten, ebenso wie die alten Lieder und Geschichten.

Zu Keomas heimlicher Enttäuschung wollte sein Sohn Anouk als Teenager nicht mehr mitkommen. Er verbrachte den Sommer lieber mit seinen Freunden in einem Sommercamp, jedes Jahr mit einem anderen Schwerpunkt, von Fußball über Wassersport bis hin zu Computer- und Roboterprogrammierung, so dass Keoma sich schon Sorgen gemacht hatte, dass der Junge nie herausfinden würde, was er mit seinem Leben anstellen wollte.

Doch dann hatte Anouk überraschend verkündet, mit Holz arbeiten zu wollen. Er jobbte einen Sommer als Holzfäller und begann anschließend eine Ausbildung als Zimmermann. Bald erkannte sein Vorgesetzter Anouks Talent für komplexere Projekte und nahm ihn mit zu seinen Baustellen für Holzhäuser in ganz Nordamerika. Anouk, der bis dahin Bücher weitgehend vermieden hatte, fing nun an, sich über traditionelle und moderne Holzhäuser auf der ganzen Welt zu informieren und schleppte jede Woche große Bildbände aus der Bücherei an. Und dann beschloss er, nach Europa zu gehen, um die dortigen Hausbautechniken zu erlernen. Mitten im skandinavischen Wald lernte er Haakon Lindsten kennen, weil er mithalf, dessen Dach zu reparieren, und war bald begeistert von der Idee, auf Gaya ganz neu anzufangen. Professor Lindsten hatte ihm erzählt, dass es auf dem fernen Planeten auch Bäume gab, und natürlich würden die Siedler Häuser brauchen.

Für Anouk war dies ein riesiges Abenteuer, und als er an Weihnachten nach Hause kam, erzählte er seiner Familie davon. Keoma und Elu waren zunächst wenig begeistert, doch Anouks Enthusiasmus war ansteckend und so beschlossen sie, ihn nach Skandinavien zu begleiten, um mehr über das Projekt zu erfahren. Und dann war alles ganz schnell gegangen, die Expedition war viel früher gestartet als ursprünglich geplant und Professor Lindsten hatte Keoma und Elu gefragt, ob sie nicht mitkommen wollten. Einen Schamanen und Fährtenleser konnte man schließlich immer brauchen, hatte er gesagt. Und Keoma vermutete, dass Professor Lindsten auch die zukünftige Bevölkerungsentwicklung seiner Kolonie im Blick hatte und daher über eine zusätzliche junge Frau froh war. Kurz vor diesem Treffen hatte Keoma die Nachricht erhalten, dass die jahrelangen Proteste umsonst gewesen waren und das Reservat für Fracking freigegeben wurde, um der Erde ihre letzten Gasreserven abzupressen. Elu litt an ihrem ersten großen Liebeskummer und Verwandte hatten sie nicht mehr, daher war die Entscheidung ihnen recht leicht gefallen und bisher hatte Keoma es nicht bereut.

Die vergangenen Jahre hatten ihm den Glauben an die Menschheit zurückgegeben, hatte Keoma kürzlich halb scherzhaft behauptet. Die Gemeinschaft an Bord war einfach außergewöhnlich. Obwohl sie alle so unterschiedliche Hintergründe und Lebenserfahrungen hatten, hatte sich eine tiefe Verbundenheit entwickelt. Da man sich an Bord nicht wirklich aus dem Weg gehen konnte, mussten sie ihre Konflikte möglichst schnell und für alle zufriedenstellend lösen. Die täglichen Morgen- und Abendkreise waren eine gute Gelegenheit, und wenn es zu Differenzen zwischen zwei Personen kam, die diese nicht selbst ausräumen konnten, riefen sie einen Dritten als Mediator zu Hilfe. Natürlich war nicht immer alles ganz glatt gelaufen, aber weil alle daran interessiert waren, gut zusammenzuleben, hatten sie immer recht bald eine Lösung gefunden. Oder zumindest einen Waffenstillstand, dachte er mit einem Seitenblick auf seine Tochter.

Die Siedler hatten die Reisezeit genutzt, um sich gegenseitig auszubilden. Begonnen hatte es damit, dass jeder für den Dienst im Garten eingeteilt wurde und dort sowohl die Pflanzen als auch die Fische und anderen Tiere versorgen musste. Zunächst gab es einen Grundkurs Aquaponik, denn diese Technik von gleichzeitiger Fischzucht und Gemüseanbau war den meisten noch fremd. Sehr schnell hatten alle verstanden, wie genial sie war: Die Fische lieferten durch ihre Ausscheidungen die Nährstoffe für die Pflanzen, die wiederum das Wasser filterten, damit es den Fischen gut ging. Cem hatte etwa ein Jahr vor dem Start der Expedition begonnen, das System einzurichten, und mit verschiedenen Pflanzen und Fischarten experimentiert. Ein paar Monate vor

Abflug war es so perfektioniert, dass es sich vollständig selbst trug. Die Buntbarsche ernährten sich von Algen und Wasserlinsen, außerdem wuchsen Salat, Gemüse, Erdbeeren sowie verschiedene Kräuter in den „Wasserbeeten" der Aquaponik-Anlage.

In einem anderen Teil des Gartens waren Keomas Lieblingspflanzen angebaut. Hier wuchs Mais in verschiedenen Entwicklungsstadien, an dessen Stängeln unterschiedliche Bohnensorten empor kletterten, und darunter wanden sich die langen Ranken von Kürbissen. Keoma erinnerte sich daran, dass er als kleiner Junge in der Schule gelernt hatte, wie die britischen Siedler von Jamestown im ersten Winter fast alle verhungert wären, wenn ihnen nicht die Ureinwohner mit ihren „drei Schwestern" Mais, Bohnen und Kürbis geholfen hätten. Seine Großmutter hatte in ihrem Garten im Reservat immer Mais angebaut und daran farbenprächtige Feuer- und Stangenbohnen hoch klettern lassen, und Keoma und seine Geschwister hatten in dem Feld Verstecken gespielt. Hier im Raumschiff liefen die Hühner manchmal zwischen den Maispflanzen umher, allerdings bevorzugten sie eher das Hirse- und Sonnenblumenbeet, weil da öfter etwas für sie zu finden war.

Keoma und Elu betraten den Speisesaal, der sich im Gartengeschoss des Raumschiffes befand. Er hatte große Fenster, durch die man während der Reise jederzeit den Sternenhimmel hatte sehen können. Doch jetzt war die Aussicht ganz anders: Über dem Meer leuchtete der Himmel in verschiedenen Rot- und Orangetönen, ab und zu blitzte etwas auf. Vermutlich waren das kleinere Asteroiden, die von der untergehenden Sonne beschienen wurden. Elu setzte Raven auf dem Boden ab, die gleich etwas wackelig, aber zielstrebig in Richtung der Spielecke lief, und ging weiter in die angrenzende Küche, während ihr Vater begann, die Teller auf den drei großen Tischen zu verteilen. Sie stellte die fertigen Gerichte, die sie vor dem Abendkreis vorbereitet hatten, auf die Theke zwischen Küche und Speisesaal: grüne Bohnen mit Zucchini und Paprika, Hirse und einen Salat aus Gurken und Algen, Kürbissuppe und Hähnchen-Kichererbsen-Curry. Ganz frisch briet sie noch eine Eierspeise mit Tomaten und Ziegenkäse. Während diese stockte, öffnete sie den Backofen und holte eine große Form mit Gemüse sowie mehrere Fische heraus. Dann verteilte sie beides gleichmäßig auf drei Platten.

Anfangs hatten die eingeteilten Köche immer etwas aus ihrer Heimat gekocht, beziehungsweise versucht, die bekannten Gerichte an die eingeschränkte Zutatenauswahl anzupassen. Mit der Zeit hatten sich einige Gerichte durchgesetzt, die bei allen Siedlern gut ankamen und die jetzt jeder kochen konnte. Die Algenrezepte stammten hauptsächlich von Osamu und seiner Frau Wayan, ebenso wie das Hirse-Sushi. Mit Mais und Bohnen kannten sich sowohl Keoma als auch Dalina bestens aus, und Marie und Cem hatten viele verschiedene Fischgerichte beigetragen. Runas kreativer Kräutereinsatz hatte die Rezepte aufgepeppt, und ab und zu trafen sich ein paar Leute in der Küche, um etwas ganz Neues auszuprobieren. Sogar Kuchen hatten sie gebacken, aus Süßkartoffeln und Sonnenblumenkernen und mit Beeren verziert.

Nach und nach kamen die anderen Siedler in den Speisesaal und verteilten sich an die drei Tische. Sie unterhielten sich angeregt über alles, was sie in den letzten Stunden gesehen und erlebt hatten, und darüber, was sie morgen machen wollten. Keoma stellte die letzten Schüsseln auf die Tische und setzte sich dann an den mittleren Tisch neben Bastet und Mandisa.

Die beiden Frauen verstanden sich prächtig, obwohl sie
auf den ersten Blick nicht viel gemeinsam hatten. Bastet, die
aus Kairo stammte, hatte einmal scherzhaft gesagt, mit
diesem Namen sei ihr ja gar nichts anderes übrig geblieben,
als Ägyptologie zu studieren. Ihre Eltern hatten sie nach einer
antiken Fruchtbarkeitsgöttin mit Katzenkopf benannt. Statt
der spektakulären Königsgräber hatte sie aber vor allem das
Leben der einfachen Menschen interessiert, und dabei war sie
in der Zeit immer weiter zurück gegangen und hatte sich
schließlich auf den langen Zeitraum des Übergangs von
Jäger- und Sammler-Kulturen zu Ackerbau und Viehzucht
im Fruchtbaren Halbmond spezialisiert. Sie war sehr belesen
und verstand es ausgezeichnet, ihr Wissen in spannende
Geschichten zu verpacken, so dass Kinder und Erwachsene
ihr gerne zuhörten.

Mandisa hingegen war mit 14 schwanger geworden, hatte
die Schule abgebrochen und sich mit Gelegenheitsjobs
durchgeschlagen. Als ihre Tochter Samira drei Jahre alt war,
hatten sie ihr Township verlassen, weil beide davon
träumten, einmal Elefanten und Löwen zu sehen. Sie waren
auf gut Glück mit ihrem letzten Geld zum Kruger-
Nationalpark gereist, und dank ihrer Beharrlichkeit hatte
Mandisa es geschafft, eine Stelle als Hilfskraft zu bekommen.
Sie bewies ein Händchen für Tiere, gepaart mit
Organisationstalent, und so wurden ihr immer mehr
verantwortungsvolle Aufgaben übertragen. Dann hatte sie
Lowan kennen gelernt, der sich entgegen der Meinung ihrer
Freunde als fürsorglicher Ziehvater herausgestellt hatte. Er
war mit mehreren kleinen Geschwistern aufgewachsen und
hatte eine natürliche Leichtigkeit im Umgang mit Kindern,
die Mandisa oft beneidete, besonders seit der Geburt ihres
Sohnes Pafuri vor vier Jahren. Er schaffte es scheinbar
spielend, auf die sehr unterschiedlichen Bedürfnisse der
beiden Kinder einzugehen, während das Verhältnis zwischen

Samira und ihrer Mutter in letzter Zeit deutlich schwieriger geworden war.

Mandisa und Bastet unterhielten sich gerade darüber, welche Tiere sie wohl am nächsten Tag entdecken würden, und Keoma hörte interessiert zu, während er den Fisch zerteilte.

„Meinst du wir können bald mal was anderes essen?" fragte Mandisa ihn. „Fische scheint es ja schon mal zu geben. Ich meine, wir haben ja wirklich recht abwechslungsreiche Rezepte gefunden, aber letztlich bleibt es doch immer Buntbarsch."

Bastet nickte zustimmend. „Ja, es wird wirklich Zeit für neue Geschmäcker. Ich hoffe, Osamu findet schnell heraus, was wir essen können."

Keoma sah die beiden Frauen nachdenklich an. Er hatte schon eine Weile über diese Frage gegrübelt und war noch zu keiner zufriedenstellenden Lösung gekommen.

„Ich weiß nicht, ob es so gut ist, wenn wir gleich nach unserer Ankunft anfangen, hier Tiere zu töten", sagte er bedächtig. „Wir sollten die Geister dieses Planeten nicht sofort gegen uns aufbringen. Und wer kann schon wissen, wie der Kreislauf des Lebens hier funktioniert? Wenn wir Fische entnehmen, vielleicht fehlen sie einem anderen Lebewesen als Nahrung? Haben wir nicht auf der Erde genug angerichtet?"

Bastet und Mandisa schwiegen betroffen und dachten eine Weile darüber nach.

Dann sagte Mandisa: „Aber wie sollen wir dauerhaft auf diesem Planeten leben, ohne in das Ökosystem einzugreifen? Ich denke nicht, dass das funktionieren wird. Natürlich könnten wir auch weiterhin nur aus unserem Garten essen, aber sobald wir uns draußen bewegen greifen wir doch ein. Wir werden ja auch Häuser bauen und dafür Bäume fällen. Dafür ist Anouk schließlich hergekommen, oder nicht?"

Keoma nickte. „Du hast recht, wir können nicht hier sein ohne den Lauf der Dinge unwiderruflich zu beeinflussen. Das war schon klar als wir losgeflogen sind, und wir haben ja auch oft darüber gesprochen. Ich denke nur, wir sollten behutsam vorgehen. Ich werde morgen mit Runa und Wayan versuchen, Kontakt mit der Geisterwelt hier aufzunehmen, vielleicht bekommen wir ein Zeichen."

Bastet und Mandisa sahen sich zweifelnd an. Sie waren bodenständige Frauen, die sich lieber an beweisbare Fakten hielten als an Geisterglauben. Aber beide hatten auch schon Dinge erlebt, die sich nicht wissenschaftlich erklären ließen. Und sie respektierten Keoma sehr, so dass sie ihre Zweifel für sich behielten.

Vom Nebentisch ertönte schallendes Gelächter. Dort saß die immer fröhliche Kuimba neben Lowan, der kaum einen Satz sagen konnte, ohne einen Witz einzubauen. Diesmal schien die Belustigung aber von etwas auszugehen, was Ferhat gesagt hatte. Bastet sah versonnen zu ihrem Stiefsohn und erinnerte sich daran, wie sie ihn zum ersten Mal gesehen hatte. Damals war er ein schüchterner Vierjähriger, der in ihrer Gegenwart kaum ein Wort herausbrachte und sich stundenlang mit seinen Spielzeugautos beschäftigen konnte. Sie hatte Cem kennengelernt, als sie beide auf einer Konferenz im gleichen Hotel in Rom waren, und abends an der Bar hatten sie sich gegenseitig vom Ackerbau in der Jungsteinzeit und dem Artensterben im Mittelmeer erzählt und es jeweils erstaunlich interessant gefunden. Ferhats Mutter war einige Monate zuvor an Krebs gestorben und Cem hatte lange gezögert, bevor er Bastet seinen Sohn vorstellte. Diese Vorsicht hatte sich als richtig erwiesen. Ferhat brauchte eine Weile, um sich an die neue Situation zu gewöhnen, aber dann taute er auf und schenkte Bastet sein volles Vertrauen. Jetzt auf der langen Reise hatte er sich Lowan als sein großes Vorbild ausgesucht, und inzwischen fand Bastet seinen feinen Humor wesentlich angenehmer als die dauernden Witzeleien des Rangers.

Keoma holte Bastet zurück in die Gegenwart.

„Du müsstest doch wissen, welchen unwiderruflichen Einfluss der Mensch auf die Natur hat. War es nicht so, dass mit der Entstehung der ersten Siedlungen die Landschaft für immer verändert wurde?"

Bastet nickte zögernd. „Naja, die Landschaften haben sich natürlich im Laufe der Erdgeschichte immer wieder verändert, und es spricht viel dafür, dass Ackerbau und Viehzucht auch eine Reaktion auf veränderte Umweltbedingungen war. Aber du hast natürlich recht, als Jäger und Sammler waren die Menschen sehr viel mehr gleichberechtigter Teil des Ökosystems. Dann begannen sie ihre Umwelt bewusst nach ihren Bedürfnissen zu gestalten, ohne vorher absehen zu können, was die Konsequenzen sein würden. Und vor allem führte die bessere Nahrungsversorgung dazu, dass Frauen auch während der Stillzeit wieder schwanger werden konnten, mehr Kinder überlebten und die Menschen älter wurden. Daher wuchs die Bevölkerung viel schneller."

Tuula schaltete sich ein. „Aber wir können das jetzt doch besser machen. Schließlich wissen wir welche Konsequenzen das alles hatte." Sie war wie immer optimistisch.

„Das wird uns nicht helfen", murmelte Harald, aber nur Cem hatte ihn gehört.

Der Fischkundler wandte sich an Tuula. „So genau wissen wir das nicht. Klar, wenn wir den ganzen Wald abholzen würden, nähmen wir den Tieren ihren Lebensraum, es käme zu mehr Erosion und letztlich würden wir diese Insel in eine Wüste verwandeln, so wie es die Römer mit Nordafrika gemacht haben."

Bastet öffnete den Mund, wie um ihm zu widersprechen, aber Cem fuhr ohne Pause fort und sie unterbrach ihn nicht.

„Aber wie Keoma vorhin gesagt hat, wir wissen nichts über den Kreislauf des Lebens hier. Wir können nur versuchen, so viel wie möglich darüber heraus zu finden bevor wir anfangen, die Umwelt zu verändern. Und zum Glück sind wir hier ja gut versorgt.“ Er nahm sich noch eine Portion Ofengemüse und lächelte Tuula an. „Ich bin jedenfalls sehr gespannt, was uns hier erwartet und wie wir unseren Platz in diesem Kreislauf finden werden.“

YLVAS GESCHICHTE

Nach dem Abendessen blieben die meisten noch etwas sitzen und schmiedeten Pläne für die kommenden Tage. Als Amal gähnte, ging Marie mit ihr zu ihrer Kabine und sie bereiteten sich für die Nacht vor. Die Privaträume der Siedler waren auf den verschiedenen Decks verteilt und die meisten Bewohner hatten sie vor dem Abflug nach ihrem persönlichen Geschmack eingerichtet. Marie und Amal hatten zwei Zimmer und ein Bad für sich, und Marie hatte Holzmöbel und Teppiche mitgebracht. Im Wohnraum stand ein alter Tisch, der aus dem Bauernhaus ihrer Eltern in der Bretagne stammte und an dem schon ihre Großeltern gegessen hatten. Jetzt waren dort Amals Malsachen verteilt.

Als sie zusammen im großen Bett im Schlafraum lagen, fragte Amal: „Erzählst du mir die Geschichte von Uroma Ylva?"

Marie lächelte. Diese Geschichte hatte sie bestimmt schon hundert Mal erzählt, aber es war kein Wunder, dass Amal ausgerechnet heute danach fragte. Eigentlich war Ylva sogar Amals Ur-Uroma, aber Marie hatte den Namen von ihrem Mann Per übernommen und so war es bei Uroma Ylva geblieben.

„Vor langer Zeit, als Uroma Ylva noch eine junge Frau war, gab es ein internationales Astronomie-Projekt, bei dem ein großes Teleskop in den Weltraum geschickt wurde. Es war nicht das erste, aber es war das größte und beste, was es damals gab und es konnte die benachbarten Sterne und Planeten genauer beobachten als je zuvor. Die Menschen waren immer schon neugierig und wollten mehr über den

Weltraum wissen, und jetzt hatten sie die Technik dafür. Das Teleskop flog in großem Abstand um die Erde und machte Fotos von allen Himmelskörpern. Die Wissenschaftler untersuchten diese Fotos und versuchten rauszufinden, ob es einen Planeten gibt, der so ähnlich ist wie die Erde."

„Und Uroma Ylva hat ihn dann gefunden, stimmt's?"

„Sie war Teil des Teams, das einen bestimmten Stern untersuchte, der vielversprechend aussah. Sie beobachteten, dass in regelmäßigen Abständen das Licht dieses Sternes schwächer wurde, woraus sie schlossen, dass er von Planeten umkreist wurde. Und mit ihren Methoden konnten sie dann berechnen, wie groß und schwer diese Planeten wohl wären, und noch einiges andere. Einer von diesen Planeten hatte die richtige Größe und den richtigen Abstand von seinem Stern, dass die Temperatur auf der Oberfläche ihn bewohnbar sein ließ – fand zumindest Ylva. Ihre Kollegen waren anderer Meinung, sie fanden ihn zu klein. Aber kurz danach gab es ein Problem mit dem Teleskop und es wurden keine weiteren Daten geschickt. Das Team wurde neu aufgeteilt und durch die politischen Entwicklungen wurde auch das internationale Astronomie-Projekt einige Jahre später beendet. Aber Ylva hatte die Hoffnung nie aufgegeben und bevor sie ihren Job verlor, hatte sie heimlich die Daten zu „ihrem" Planeten nach Hause geschmuggelt. Sie nannte den Planeten „Gaya" nach einer antiken Muttergöttin."

Per hatte ihr einmal erzählt, dass Ylva den Namen ihres Planeten mit Y geschrieben hatte, um ihn von den ganzen anderen Gaias in der Literatur und in diversen wissenschaftlichen oder biologischen Projekten zu unterscheiden, aber Marie vermutete, dass es auch kein Zufall war, dass sie damit den Anfangsbuchstaben ihres Namens verewigt hatte.

„Mama, red weiter! Erzähl endlich von dem Roboter!"

46

„Also gut. Ylva forschte immer weiter und steckte mit ihrer Begeisterung ihren Sohn an, deinen Uropa Edvard. Der hat dann natürlich auch Astrophysik studiert, aber vor allem hat er eine sehr erfolgreiche Frau geheiratet, die ganz viele wichtige und reiche Leute kannte. Einer davon wurde ein guter Freund von ihnen und als er einmal Urlaub bei Edvards Familie machte, erzählte ihm Ylva von Gaya. Dieser Freund war so begeistert von der Geschichte, dass er beschloss, einen Teil seines Vermögens in eine Mission zu stecken. Inzwischen war der Cheng-Antrieb erfunden worden und man konnte Gaya tatsächlich in wenigen Jahren erreichen. Damals waren Weltraumflüge für Privatpersonen gerade groß in Mode, und unter diesem Deckmantel schafften es Edvard und Ylva zusammen mit ihrem Sponsor, eine geheime Mission mit einem Landeroboter nach Gaya zu schicken. Das war nämlich die Bedingung des Sponsors, dass alles geheim bleiben müsste bis die Daten der Luft- und Bodenproben ausgewertet worden wären, sogar sein Name. Die Vorbereitungen dauerten mehrere Jahre, und dann vergingen noch einmal fünf Jahre, bis die Sonde erste Bilder von Gaya schicken konnte. Wie Uroma Ylva berechnet hatte, gab es eine Atmosphäre, aber es gab auch eine unschöne Überraschung: den Asteroidengürtel. Alle hielten die Luft an, als die Sonde von einem kleineren Gesteinsbrocken getroffen wurde, doch sie behielt ihren Kurs bei und konnte den Landeroboter absetzen. Das einzige, was die Freude nun trübte, war dass sich nicht alle Fallschirme des Roboters öffneten und er so ziemlich unsanft landete. Dadurch wurde wohl sein Antriebsmechanismus beschädigt, auf jeden Fall bewegte er sich nicht von der Stelle.

Aber das wichtigste war, dass der Roboter Daten sammeln konnte und sie zur Erde schickte. Die Luft enthielt ausreichend Sauerstoff, sogar etwas mehr als auf der Erde, der Untergrund am Landeplatz bestand aus einer

Humusschicht und die Bilder zeigten Bäume, kleinere Pflanzen und ab und zu sogar Lebewesen, die an der Kamera vorbei huschten. Alle waren begeistert und träumten nun davon, eines Tages eine bemannte Mission nach Gaya zu senden. Allerdings starb der Sponsor kurz nach der Landung und seine Nachfolger zeigten kein Interesse an dieser "Spinnerei". Deshalb wurde zunächst nichts aus einer weiteren Mission. Auch Ylva starb einige Jahre später, aber sie war glücklich gewesen, dass sie recht behalten hatte. Und der Landeroboter hatte so viele Daten geschickt, dass Uropa Edvard einige Jahre lang beschäftigt war. Dein Opa Haakon war da schon ein junger Mann, und auch er hatte die Begeisterung geerbt. Er plante sein ganzes Leben lang an einer bemannten Mission, und durch seine Hartnäckigkeit sind wir jetzt hier."

Wieder hielt Marie inne, und jetzt kam kein Protest mehr von Amal. Sie atmete gleichmäßig und vielleicht träumte sie schon von den Abenteuern des nächsten Tages.

Marie blieb noch eine Weile liegen und dachte an Per. Sie hatte ihn kennen gelernt, als er während des Studiums ein Semester in Paris verbracht hatte, wo sie Medizin studierte, und sie war ihm nach Stockholm gefolgt und hatte dort eine Stelle in einem großen Krankenhaus angetreten. Entgegen der Familientradition war er nicht Astrophysiker geworden, sondern Soziologe. Er hatte sich auf die Friedensforschung spezialisiert, und während ihrer ersten gemeinsamen Jahre war er oft in Krisengebieten unterwegs und sie hatte sich schon fast daran gewöhnt, immer in Sorge um ihn zu sein. Umso tragischer war es, dass er ausgerechnet in Schweden ums Leben gekommen war. Als sie erfuhren, dass Marie schwanger war, hatte er sich auf eine Stelle an der Uni beworben und Marie hatte sich gefreut, ihn jetzt immer in der Nähe zu haben. Doch dann gab es einen Anschlag auf den

Supermarkt, in dem er das Abendessen besorgen wollte, als Amal wenige Tage alt war, und ihre Welt brach zusammen.

Auch für Haakon schien ab da alles anders zu sein und er trieb sein „verrücktes Projekt" nur noch schneller voran. Er hatte auch Hinweise darauf, dass jemand seiner Geheimmission auf die Spur gekommen war – was ja bei der Menge an beteiligten Personen und dem Vorbereitungsaufwand kein Wunder war – und entschied sich, möglichst schnell zu starten. Und er überzeugte Marie, mit Amal an der Mission teilzunehmen. Sie hatte mit Per schon öfters darüber gesprochen, ob sie mitfliegen würden, hatten es aber noch nicht endgültig entschieden gehabt. Per war fasziniert von dem Gedanken, ganz neu anzufangen, aber Marie wollte die Hoffnung nicht aufgeben, dass sich auf der Erde noch alles zum Guten wenden ließ. Aber ohne ihn hielt sie nichts mehr, und so sagte sie zu, auch um ihrer Tochter ein besseres Leben zu ermöglichen. Marie seufzte. Wie schön wäre es gewesen, wenn sie das alles mit ihm zusammen hätte erleben können.

Sie stand auf und ging zu dem Schrank, der in der Ecke neben der Tür stand. Aus dem obersten Fach holte sie einen verschlossenen Umschlag. In der gestochenen Handschrift des Professors stand darauf: „Erst bei Ankunft lesen. Nur Erwachsene!" Wie oft hatte sie sich in den letzten Jahren gefragt, was darin stand. Aber jetzt, wo es bald soweit war, den Brief zu öffnen, zögerte sie. Warum sollten es nicht alle hören? Sie hatten nie einen deutlichen Unterschied gemacht zwischen den Kindern und Erwachsenen. Jeder hatte eine Stimme im Morgen- und Abendkreis. Wenn die Kinder sich für ein Thema nicht interessierten, konnten sie sich natürlich enthalten. Oder die Eltern sprachen für sie, wenn sie die Konsequenzen noch nicht überblicken konnten. Obwohl, wenn sie ehrlich war, hatte es immer wieder Themen gegeben, die sie eher abends im Kaminzimmer besprochen hatten, wenn nur die Allerkleinsten dabei waren, die noch nicht wirklich zuhören konnten.

Marie hörte ein leises Klopfen an der Tür und öffnete. Dalina stand davor. „Schläft sie?", fragte sie leise mit einer Kopfbewegung zum Schlafzimmer. Marie nickte, dann nahm sie ihren dicken Pulli und die beiden Frauen machten sich auf den Weg zu den anderen.

DER BRIEF

Als Marie und Dalina das Kaminzimmer betraten, waren schon einige Siedler versammelt.

Der Raum war langgestreckt, die Wände rotbraun gestrichen, und an der Decke waren Holzbalken angedeutet, so dass er trotz seiner Größe gemütlich wirkte. An beiden Schmalseiten waren große Kamine eingelassen, in denen künstliche Feuer brannten. Eigentlich waren das nur Monitore, auf denen Filme von Flammen in Endlosschleife liefen, kombiniert mit Heizelementen, aber der Effekt war recht überzeugend.

In der Mitte des Raumes gab es eine runde Feuerstelle nach dem gleichen Prinzip, und hier versammelten sich die Siedler oft abends, erzählten sich Geschichten oder machten Handarbeiten. An den langen Wänden standen Regale für Material, Spiele und Instrumente, und in den Ecken waren verschiedene Sitzgruppen mit Leselampen aufgebaut. Im Raum verteilt standen Spinnräder und zwei Webstühle.

Marie blickte sich um. Mandisa und Osamu fehlten noch, sonst schienen alle da zu sein. Ihr Blick fiel auf Taio. Was machte der denn hier? Sie sah, wie er mit seiner Mutter sprach und sich dabei etwas hinunter beugte. Er war wirklich groß geworden. Vermutlich war es in Ordnung, dass er hier war.

Dalina hatte Jurij und Irina auf dem grünen Sofa in der Ecke entdeckt und ging zu ihnen. Irina juchzte begeistert und krabbelte auf sie zu. Aber als Dalina sie hochhob, legte sie ihren Kopf schon schwer an die Schulter ihrer Mutter.

‚Da ist jemand müde‘, dachte Marie lächelnd. Sie schaute zu wie Dalina es sich bequem machte, Irina anlegte, und wie die Lider des Mädchens immer schwerer wurden, bis es selig schlief. ‚Wenn es doch immer so einfach bleiben könnte‘, dachte sie wehmütig.

In einer anderen Ecke saß Tuula in einem roten Sessel unter einer Lampe und zeichnete. Immer wieder sah sie auf und betrachtete Harald, der in der Nähe saß und mit Humaira Backgammon spielte. Dann machte Tuula ein paar Bleistiftstriche, sah wieder auf und seufzte frustriert. Marie ging zu ihr und sah ihr über die Schulter. Sie war immer wieder beeindruckt davon, wie Tuula mit wenigen Strichen die ganze Persönlichkeit ihres Modells einfangen konnte. Aber der Harald auf dem Blatt sah wirklich nicht ganz richtig aus.

„Was ist los?“, fragte sie.

„Ich weiß auch nicht. Er sieht aus wie eine halb verhungerte Eule“, sagte die Künstlerin verzweifelt. Marie lachte auf. Das war natürlich maßlos übertrieben, aber das Gesicht, das ihr entgegenschaute, wirkte ausgemergelt und erinnerte sie an Fotos von Gefangenen. Das behielt sie natürlich für sich. Sie sah zu Harald, und betrachtete ihn zum ersten Mal seit langer Zeit genauer. Er war wirklich sehr schmal im Gesicht geworden.

„Er ist echt der Schwerste, das ist mir schon öfter aufgefallen“, sagte Tuula. „Wenn man nur zeichnet, was offensichtlich ist, wirkt er fast bösartig. Aber seine Weichheit lässt sich nicht malen. Man kann sie nicht einmal wirklich sehen, trotzdem ist sie da.“

Marie bezweifelte, dass alle Siedler ihr zustimmen würden, aber sie hatte Harald oft genug mit Amal zusammen gesehen und wusste, was Tuula meinte. Er konnte freundlich aussehen, wenn er wollte.

Osamu kam herein. Mandisa war inzwischen auch da, und so konnte Marie es nicht länger vor sich her schieben. Sie sah noch einmal in die Runde, dann ging sie in die Mitte, räusperte sich, und die Gespräche verstummten langsam. Sie hatte lange vergeblich nach den richtigen einleitenden Worten gesucht, aber jetzt trat sie einfach die Flucht nach vorne an.

„Professor Lindsten hat uns einen Brief geschrieben, den wir heute lesen sollen", sagte sie und hielt den Umschlag in die Höhe. Alle Augen waren jetzt auf sie gerichtet. Ihre Finger zitterten etwas, als sie den Umschlag öffnete und den Brief herauszog. Es war nur ein Blatt, säuberlich in der Mitte gefaltet und mit der typischen, leicht altmodischen Handschrift des Professors beschrieben. Marie holte noch einmal tief Luft und las vor:

Meine lieben Siedler,

Jetzt ist es soweit, ihr seid sicher gelandet. Das heißt, meine Berechnungen waren korrekt und das Raumschiff hat bis zuletzt funktioniert wie geplant.

Diesen Tag sollt ihr in Zukunft ehren und feiern. Vergesst nie, wo ihr herkommt und welches Privileg es ist, dass ihr eine bessere Welt aufbauen dürft.

In den letzten Jahren habt ihr notgedrungen mit viel Technik gelebt. Jetzt ist die Zeit gekommen, sich auf die Ursprünge zurück zu besinnen.

Ihr habt die Zeit hoffentlich gut genutzt, euch gegenseitig alles beizubringen, was ihr wissen müsst, um in dieser neuen Welt zu überleben. Wendet an, was ihr gelernt habt!

Denkt daran: Ihr dürft die Fehler der Menschheit nicht wiederholen!

Alle technischen und elektrischen Geräte müssen innerhalb des Raumschiffes bleiben. Erfindet neue Werkzeuge und Apparate für draußen, die ohne Strom und Treibstoff auskommen. Nutzt, was die Natur euch schenkt, ohne sie zu zerstören. Nutzt Wind, Licht, Wärme und Wasser, die Gesetze der Physik. Wenn ihr Bodenschätze findet, baut nur ab, was ihr wirklich braucht, und sorgt dafür, dass ihr die Landschaft nicht zerstört.

Egal, was passiert, ihr dürft weder Tiere noch Pflanzen von der Erde nach draußen bringen. Das hätte unabsehbare Folgen für Gaya. Ihr habt nur diese eine Chance auf einen Neubeginn, verspielt sie nicht!

Schützt auch das Ökosystem im Raumschiff vor dem Einfluss der fremden Natur. Es ist eure Lebensversicherung.

Ihr dürft Tiere zunächst nur töten, um euch zu verteidigen. Wenn ihr sie essen wollt, findet Wege, dies nachhaltig zu tun. Beobachtet sie mindestens ein Jahr lang, damit ihr wisst, wie der Kreislauf des Lebens auf Gaya funktioniert. Schafft Schonzeiten und tötet keine Muttertiere oder Junge.

Nehmt keinen Tieren ihren Lebensraum. Wenn ihr Bäume fällt, um Häuser zu bauen oder Platz zu schaffen, pflanzt neue. Denkt daran, wie viel auf der Erde unwiederbringlich zerstört wurde.

Lasst die Kinder frei von Rassismus, Sexismus und jeder Art von Diskriminierung aufwachsen. Es ist besser, sie wissen gar nichts davon. Seid wachsam und beobachtet euch selbst. Ich habe euch ausgewählt, weil ich euch zutraue, diese Geschichte hinter euch zu lassen. Aber es wird nicht einfach. Vorurteile und kulturelle

Prägungen sind tief und mächtig. Lasst nicht zu, dass sie weiter wirksam sind.

Wachst als Gruppe weiter. Dieser Planet ist groß genug für viele Menschen und wer weiß, ob noch einmal jemand von der Erde kommen kann. Stellt sicher, dass eure Gruppe auch genetisch gesund bleibt, dokumentiert die Stammbäume und nutzt die Samenbank. Achtet die Mütter, denn ohne sie könnt ihr nicht überleben.

Und zuletzt: Wie die Menschen in der Steinzeit habt auch ihr nur als Clan eine Chance. Jeder hat besondere Fähigkeiten, die er einbringen kann und muss. Lernt voneinander, aber achtet auch die Expertise der Einzelnen. Hört auf die Älteren und die Jungen, jede Sichtweise ist wichtig. Es funktioniert nur zusammen und wenn alle mitmachen.

Ihr könnt gemeinsam überleben oder einzeln sterben!

Viel Glück, euer
Haakon Lindsten

Marie ließ das Papier sinken und sah in die Runde. Niemand sagte etwas. Anscheinend mussten alle erst einmal verdauen, was sie gehört hatten.

So schlimm war es jetzt ja gar nicht gewesen, und Marie fragte sich, was sie eigentlich erwartet hatte. Vieles davon war nicht neu, einen ähnlichen Brief hatten sie zu Beginn ihrer Reise erhalten und noch einmal ein paar Jahre später. Aber dennoch, jetzt war es so, als hörten sie die Stimme des Professors aus dem Grab – wenn er denn tot war. Der Kontakt war vor Jahren schon abgerissen, und die meisten hatten sich damit abgefunden, dass sie auf sich selbst gestellt waren.

Und der Ton war ein anderer als in den früheren Briefen. Bestimmender, selbstherrlicher, gebieterischer, … Marie fand nicht das richtige Wort dafür. Jedenfalls regte sich Widerstand in ihr, auch wenn sie dem Professor inhaltlich zustimmte.

„Warum sollten wir uns daran halten? Was weiß der schon von unserem Leben hier?", fragte Vasco in die Stille.

„Aber es ist doch alles richtig, was er sagt. Wir können nicht einfach weitermachen wie auf der Erde und den nächsten Planeten ruinieren", entgegnete Dalina ungewohnt scharf.

Bevor die beiden weiter streiten konnten, meldete sich Cem zu Wort: „Mir ist etwas anderes aufgefallen. Habt ihr gehört, was er über Rassismus und so schreibt? Das könnte erklären, warum so viele Bücher fehlen."

Die Bibliothek war gut bestückt und enthielt neben Sachbüchern zu allen möglichen Themen auch Belletristik. Anfangs waren sie davon ausgegangen, dass es eine Zusammenstellung der größten Literaturklassiker war. Aber immer wieder hatte jemand gemerkt, dass bestimmte Bücher nicht dabei waren. „Onkel Toms Hütte" zum Beispiel. Das hatte niemand verstanden, denn der Inhalt und die zentrale Aussage hätte Professor Lindsten eigentlich gefallen müssen. Aber wenn er versuchte, jedes Wissen über Rassismus von der nächsten Generation fern zu halten, ergab es plötzlich Sinn.

„Dann war Jane Austen ihm wahrscheinlich nicht emanzipiert genug", sagte Runa mit leichter Trauer in der Stimme. Es war ein Schock für sie gewesen, als sie vergeblich nach ihrer Lieblingsautorin gesucht hatte. „Solange Jane Goodall und Jean Liedloff dabei sind, ist mir das egal", war alles, was Dalina damals dazu gesagt hatte, aber Marie konnte Runas Enttäuschung nachvollziehen.

Viel schmerzlicher als bestimmte Autoren und Romane vermissten sie umfassende Lexika und Geschichtsbücher. Anscheinend hatte der Professor auch die Erinnerungen an Kriege und andere Fehlentwicklungen der Menschheit auslöschen wollen. Und dann war gar nicht mehr so viel übrig geblieben.

„Das ist doch jetzt egal! Was ist mit dieser Technik-Regel? Das ist nicht euer Ernst, oder?" Vasco ließ nicht locker. „Schlimm genug, dass wir keine echten Waffen dabei haben. Und jetzt sollen wir ganz von vorne anfangen?"

„Aber das ist doch genau das Ziel dieser Mission. Das wussten wir doch alle vorher", schaltete sich Jurij ein.

„Außerdem haben wir echte Waffen. Bloß weil du nicht mit Pfeil und Bogen umgehen kannst …" Marie sah überrascht zu Anouk. Er sprach selten in der großen Runde, aber jetzt schaute er Vasco herausfordernd an.

Kuimba stand auf, ihre unzähligen Armreifen klimperten, und das aufgeregte Gemurmel verstummte. Alle Augen richteten sich auf sie. ‚Es ist immer wieder faszinierend, welche Präsenz und natürliche Autorität diese Frau hat', dachte Marie.

„Ich würde sagen, wir beruhigen uns jetzt alle wieder und schlafen eine Nacht darüber, was wir gehört haben. Morgen schauen wir uns genauer an, wo wir hier gelandet sind. Dann können wir besser einschätzen, was auf uns zukommt."

Nach und nach setzten die Gespräche wieder ein. Die Siedler besprachen sich in kleinen Gruppen, manche verließen den Raum. Marie unterhielt sich eine Weile mit Runa über die Pläne für den nächsten Tag, dann verabschiedete sie sich. Sie wollte noch etwas frische Luft schnappen. Normalerweise drehte sie ihre Abendrunde im Garten, aber heute wollte sie raus, jetzt wo es endlich ging.

Sie würde noch einen letzten Blick auf die Natur um sie herum werfen und zur Ruhe kommen, bevor sie schlafen ging.

In dem großen Raum neben der Tür nach draußen zog Marie ihren Overall über und wechselte die Schuhe. Kurz fragte sie sich, ob das wirklich nötig war, wenn sie gar nicht vorhatte, Gayas Boden zu betreten. Aber sicher war sicher. Dann ging sie hinaus. Lowan stand an der Brüstung und spähte in die Dunkelheit. Sie trat schweigend neben ihn. Nach einer Weile sagte sie: „Ich habe nicht gedacht, dass es so dunkel sein würde. Aber hier gibt es ja keinen Mond."

„Ich hatte auch gehofft, etwas mehr zu sehen. Ich habe auch die Fenster verdunkelt, wir wollen ja nicht alles durcheinander bringen, indem wir hier eine große Lampe auf die Lichtung stellen", erwiderte Lowan. „Aber in dieser Dunkelheit hört man besser. Hier gibt es definitiv große Tiere, ich konnte hören, wie sie sich im Wald bewegen. Und Laute von mindestens fünf verschiedenen Tierarten. Außerdem hatte ich das Gefühl, dass etwas Großes über das Raumschiff fliegt, kurz bevor du gekommen bist. Gehört habe ich davon allerdings nichts, das war eher so ein Schatten vor den Sternen."

Marie schauderte. Die Vorstellung von einem großen Vogel, der sich lautlos durch die Dunkelheit bewegte, war etwas unheimlich. ‚Wer weiß, wovon der sich ernährt', dachte sie. Dann schalt sie sich selbst wegen dieser negativen Gedanken, straffte die Schultern und atmete tief durch. Früher war sie nicht so ein Angsthase gewesen, im Gegenteil. Als Jugendliche hatte sie mit ihren Freunden häufig im Wald übernachtet und ihre eigene Mutter ausgelacht, wenn diese sich Sorgen machte. Was sollte schon passieren? Jetzt wünschte sie sich ein wenig von diesem jugendlichen

Leichtsinn zurück. Schließlich war das hier ein großes Abenteuer, und sie hatte eine Menge Freunde dabei.

Die Tür öffnete sich und Wayan trat heraus. Die zierliche Frau zog sich eine Decke um die Schulter und stellte sich zu Marie und Lowan an die Brüstung. Auch sie spähte ins Dunkle.

„Ist es nicht erstaunlich, wie sehr es hier aussieht wie auf der Erde?", fragte sie schließlich. „Ich komme mir vor wie zuhause. Vorhin habe ich mich gefragt, ob ich träume."

Lowan lachte. „Soweit ich mich erinnern kann wächst auf der Erde das Moos nicht bis an den Strand, zumindest nicht da wo ich war. Ist das auf Bali anders?"

Wayan musste ihm zustimmen. „Stimmt, und die Blüten sehen auch anders aus. Wir werden bestimmt noch viel entdecken, was ganz anders ist als wir es kennen. Aber trotzdem. So ganz grundsätzlich ist es doch sehr ähnlich. Wie kommt das nur?"

Lowan und Marie schwiegen, und Wayan schien auch keine Antwort zu erwarten. Jeder der Mitreisenden hatte wohl seine ganz eigene Theorie, warum Gaya so sehr der Erde ähnelte. Dass es so war, daran hatte keiner von ihnen gezweifelt, sie hatten schließlich die Daten des Landeroboters und der Sonde, die seitdem den Planeten umkreiste, und die vielen Aufzeichnungen und Berechnungen der Familie Lindsten. Wobei es natürlich im Laufe der Vorbereitungszeit jede Menge Leute gegeben hatte, die nicht daran glaubten. Aber die wären auch nie auf die Idee gekommen, sich auf diese Reise einzulassen. Für einige Siedler war die Tatsache, dass es eine zweite Erde gab, ein Beweis für Gottes Schöpfung, oder im Falle von Keoma, Runa und Wayan für die Existenz der Naturgötter oder Geister, die im ganzen Universum wirken und immer wieder neu Leben erschaffen können. Andere glaubten eher daran, dass Meteoriten mit den Urzellen des Lebens sowohl auf der Erde als auch auf

Gaya eingeschlagen waren – was für Marie wiederum die Frage aufwarf, wo diese denn herkamen. Sie selbst war eher pragmatisch veranlagt: Es war eben so. Sie hatte oft mit Professor Lindsten über Gaya gesprochen, und fand seine Theorie recht überzeugend. Wenn es in einer Umgebung die gleichen Grundbedingungen und Ausgangsstoffe gibt wie auf der Erde vor 4 Milliarden Jahren, hatte er gesagt, dann ist es recht wahrscheinlich, dass sich auch das Leben dort ähnlich entwickelt. Bei der unendlichen Anzahl von Planeten im Universum sind eben auch zahlreiche dabei, die den richtigen Abstand zu ihrer Sonne, flüssiges Wasser und eine Atmosphäre haben. Das Wunder war ihrer Meinung nach nicht, dass es einen solchen Planeten gab, sondern dass er von Ylva entdeckt worden war.

Marie war so in ihre Gedanken versunken, dass sie zusammenzuckte, als Wayan sie am Arm berührte. Sie wies Richtung Wald, und auch Lowan spähte angestrengt in diese Richtung, obwohl er bestimmt ebenso wenig sehen konnte wie die beiden Frauen. Jetzt hörte Marie es auch: ein Knacken und Rascheln, als würde sich ein großes und schweres Tier durch das Unterholz bewegen.

„Klingt wie ein Elefant", flüsterte Wayan.

„Stimmt", sagte Lowan. „Oder wie ein Nashorn. Jedenfalls möchte ich ihm nicht im Dunkeln begegnen."

Sie lauschten, wie sich das Geräusch entfernte, dann sagte Wayan: „Wollen wir reingehen? Morgen ist ein aufregender Tag."

Marie nickte. Sie holte noch einmal tief Luft, um die Gerüche dieser neuen Welt in sich aufzunehmen, und machte sich dann auf den Weg zu ihrer Kabine. Kurz darauf kuschelte sie sich an ihre Tochter und hörte den regelmäßigen Atemzügen zu, bis ihre Gedanken endlich zur Ruhe kamen.

Mandisa erwachte, weil Pafuri sie beharrlich am Arm stupste. „Mama, was ist das für ein Geräusch?", fragte er.

Ohne die Augen zu öffnen, antwortete sie: „Papa duscht", und drehte sich weg.

Sie zog sich die Decke über den Kopf und wünschte sich zurück in den schönen Traum, den sie gerade gehabt hatte. Dann wurde sie langsam wach genug, um zu realisieren, dass das nicht sein konnte. Erstens hatte Lowan Nachtwache und war irgendwo im Raumschiff unterwegs, zweitens hatten sie hier oben gar keine Dusche. Sie setzte sich auf und lauschte auf das gleichmäßige Rauschen.

Samira stürmte ins Zimmer. Sie war eine Frühaufsteherin, und weil sie wusste, wie ihre Mutter morgens gelaunt war, hatte sie sich angewöhnt, nach dem Aufstehen erst einmal eine Runde durchs Raumschiff zu laufen und zu sehen, was es dort Spannendes gab, bevor sie sich alle beim Frühstück trafen. Aber jetzt war alle Zurückhaltung vergessen.

„Es regnet!", rief sie aufgeregt. „Los, kommt mit, es regnet!" Sie zog Pafuri mit sich ins Wohnzimmer, das als einziger Raum ihres Apartments ein Fenster nach draußen hatte.

„Was ist das?", hörte Mandisa ihren Sohn fragen, und ihr entwischte trotz der frühen Stunde ein stolzes Lächeln als sie hörte, wie geduldig ihre impulsive Tochter dem kleinen Bruder erklärte, was Regen ist. Allerdings konnte der mit Begriffen wie Wolken, Verdunstung und so weiter nicht viel anfangen, und selbst die Kurzfassung „das ist einfach Wasser, das auf den Boden fällt", schien ihn nicht recht zu überzeugen. Schließlich kam Samira zurück ins Schlafzimmer.

„Dürfen wir raus, damit er spürt, was Regen ist?", fragte sie.

Mandisa zögerte. Dunkel erinnerte sie sich an Begriffe wie „saurer Regen" und „Fallout", und sie fragte sich, ob der Niederschlag hier sicher nur Wasser war.

„Was ist, dürfen wir?", wiederholte Samira ungeduldig.

„Ja, dürfen wir?", fragte nun auch Pafuri.

Mandisa merkte, wie der Ärger in ihr hochstieg. Es war einfach noch zu früh für solche Entscheidungen, und sie hasste es gedrängt zu werden. Sie atmete tief durch.

„Jetzt gehen wir erst mal frühstücken und sehen, was die anderen dazu sagen. Ich weiß nicht, ob es sicher ist." Sie sah die enttäuschten Gesichter ihrer Kinder, aber beide kannten ihre Mutter gut genug, um nicht noch einmal nachzufragen. Mandisa verspürte einen Stich. Warum konnte sie nicht geduldiger und fröhlicher sein? ‚Wenigstens habe ich sie nicht angeschrien', dachte sie etwas gequält.

Runa hatte ihr geraten, die kleinen Fortschritte zu sehen, aber es fiel ihr nicht leicht. Zu groß war der Unterschied zwischen der Mutter, die sie gerne wäre, und der Realität. Sie hoffte sehr, dass Runa recht behielt und es ihr besser gehen würde, wenn sie wieder frische Luft, Sonne und mehr Bewegung bekam.

Sie stand auf, zog sich an und folgte ihren Kindern zum Speisesaal.

Dort waren trotz der frühen Stunde schon viele Siedler versammelt. Einige waren noch damit beschäftigt, die Tische zu decken, andere saßen bereits in Grüppchen zusammen und unterhielten sich über das Wetter. Mandisa musste schmunzeln. Regen wäre wohl auf der Erde für die meisten kein Grund zu einer solchen Aufregung gewesen, obwohl sie natürlich oft genug erlebt hatte, dass sehnsüchtig auf Niederschlag gewartet wurde. Aber jetzt war es das erste echte Wetter nach vielen Jahren, in denen sie von der immer gleichen Temperatur des Raumschiffs umgeben gewesen waren und nur die Schwärze des Alls gesehen hatten.

Sie ging zu der großen Theke, die Küche und Speisesaal trennte, und goss sich ein Glas der grünen Flüssigkeit ein, die dort in einem Mixbecher stand. Sie dachte daran, wie viel Energie Lowan und sie darauf verwendet hatten, Professor Lindsten davon zu überzeugen, auch Kaffeepflanzen im Raumschiff-Garten anzubauen. Sie konnten sich einen Start in den Tag ohne Koffein einfach nicht vorstellen. Auch Dalina und Osamu, die hauptsächlich für die Pflanzenauswahl zuständig waren, hatten sich dafür eingesetzt und mit verschiedenen Sorten experimentiert, so dass es jetzt eine kleine Gruppe von Kaffeesträuchern im Hochland-Bereich des Gartens gab. Doch inzwischen wurde er kaum noch getrunken. Das Trocknen, Fermentieren und Rösten war aufwändig, und sie hatten es nicht hinbekommen, dass er schmeckte wie auf der Erde. Außerdem fehlten ihnen Milch und Zucker. Honig ging zwar auch, aber Ziegenmilch hatten sie nur einmal ausprobiert und den Kaffee dann lieber schwarz getrunken. Humaira und Wayan starteten ihren Tag mit einem Getränk aus pürierten Algen, verschiedenen Obst- und Gemüsesorten, Kräutern, Hanfsamen, Löwenzahn und Brennnesseln. Erstaunlicherweise war das lecker und genauso anregend wie Kaffee, ohne reizbar zu machen. So waren nach und nach alle umgestiegen und tranken Kaffee nur noch gelegentlich, ganz bewusst zelebriert, und Runa nutzte die Kaffeebohnen und Blätter als Heilmittel.

Mandisa füllte sich eine Schüssel mit Hirsebrei, streute ein paar Beeren darüber und trug sie zusammen mit ihrem grünen Energiespender an den Tisch, an dem ihre Kinder mit

Lowan saßen. Samira rutschte aufgeregt auf ihrem Stuhl hin und her.

„Mama, er sagt das ist nur Wasser, wir können raus!", rief sie ihrer Mutter entgegen.

Mandisa sah zu Lowan. Er wirkte etwas erschöpft, lächelte ihr aber zu.

„Nicht so schnell", sagte er zu Samira, „lass sie sich doch erst mal hinsetzen und ich erzähle es ihr."

Mandisa setzte sich auf den Stuhl neben ihn und Lowan legte ihr kurz die Hand aufs Knie.

Dann berichtete er: „Es hat vor etwa zwei Stunden angefangen zu regnen. Wir haben Proben genommen und Osamu hat sie schon untersucht. Er ist vom Regen früh wach geworden und war auch neugierig. Es ist ganz reines Wasser, so wie es sein soll. Wenn wir jetzt noch Gummistiefel hätten und Regenklamotten, könnten die Kinder Pfützenhüpfen gehen."

Marie ging in diesem Moment an ihrem Tisch vorbei und hörte die letzten Worte. Sie blieb stehen.

„Wir haben doch Regensachen gemacht, wisst ihr nicht mehr? Wir haben Umhänge mit Bienenwachs behandelt, das ist recht dicht. Und Schuhe aus Ziegenleder haben wir auch immer gemacht, wenn eine Ziege geschlachtet wurde. Sie sind nicht gerade elegant, aber einigermaßen wasserdicht. Ich gehe gleich mal nachschauen, was da ist und bringe es mit zum Morgenkreis."

Das hatte Mandisa ganz vergessen. In den letzten Jahren hatten sie sich ja nicht wettergerecht anziehen müssen. Ihre Kleidung bestand zum größten Teil aus Hanffasern. Anfangs waren es nur schlicht geschnittene Hosen und Oberteile aus gewebten Stoffen, höchstens einfarbig mit Pflanzensaft gefärbt. Im Laufe der Zeit wurden die Schnittmuster immer raffinierter und die Kleidung bunter. Das Ernten und Bearbeiten der Hanffasern war eine Gemeinschaftsaufgabe, aber es hatten sich schon bald einige Siedler gefunden, die mehr Spaß am Spinnen, Färben und Weben hatten als andere und inzwischen gab es kunstvoll gewebte mehrfarbige Muster, Zierbänder und geflochtene Gürtel. Die Fasern ließen sich auch stricken und zu Socken und Pullovern verarbeiten, und sie hatten die Ziegenwolle für warme Kleidung.

Die meiste Zeit gingen die Siedler barfuß oder in Socken, aber für manche Arbeiten im Garten war festeres Schuhwerk sinnvoll. Dafür hatte jeder ein Paar Schuhe mit einer Sohle aus geflochtenen Hanffasern. Und zur Feier der Ankunft hatte jeder ein neues Paar bekommen, das sie nur draußen tragen sollten, damit möglichst wenig Mikroorganismen von draußen nach drinnen getragen wurden und umgekehrt.

Samira riss Mandisa aus ihren Gedanken. „Darf ich Marie helfen?", fragte sie aufgeregt und sammelte schon mal die leeren Schüsseln ein, um sie in die Küche zu bringen.

„Natürlich, wir treffen uns dann beim Morgenkreis", antwortete Mandisa. „Und nimm Pafuri mit", fügte sie noch hinzu. Samira sah nicht gerade begeistert aus, widersprach aber nicht. Als die Kinder weg waren, wandte sich Mandisa an Lowan. „Du siehst müde aus", sagte sie. „Wie war der Nachtdienst?"

„Es war spannend. Wir hatten die ganze Zeit zu tun, deswegen bin ich wirklich müde, aber ich will auch raus in den Regen." Lowan grinste. Er war ebenso wie Mandisa ein Mensch, der am liebsten draußen war. Allerdings schien er das Eingesperrtsein der letzten Jahre deutlich besser weggesteckt zu haben als sie.

„Wir haben mit den Infrarotkameras die Lichtung beobachtet und da war einiges los. Die Tiere scheinen sich wirklich nur vor uns versteckt zu haben, oder sie sind einfach nachtaktiv. Ein paar größere Tiere auf vier Beinen kamen bis ans Raumschiff. Wir konnten nicht genau sehen, was sie machen, weil das im toten Winkel der Kamera war. Vielleicht finde ich nachher Spuren." Seine Begeisterung war ansteckend, er wirkte wie ein kleines Kind auf der Suche nach dem Osterhasen.

Mandisa musste lachen. „Ja, ich bin auch gespannt, was wir finden. Willst du denn gleich mit raus oder erst einmal schlafen?"

„Ich werde mich nach dem Morgenkreis ein bisschen hinlegen, aber nicht lange. Dafür bin ich zu neugierig. Und dann musst du mir ganz genau berichten, was ihr bis dahin alles gefunden habt."

Er sah sich um. Die meisten Tische waren inzwischen leer. In der Küche waren Jurij und Damian damit beschäftigt, Geschirr und Essen wegzuräumen, und Itsuko wischte die Tische ab. Lowan stand auf, brachte das restliche Geschirr zur Theke und dann gingen sie gemeinsam zum Morgenkreis.

Sie betraten den großen Raum mit dem weichen Boden, in dem die Morgen- und Abendkreise stattfanden und der ansonsten für Yoga und zum Turnen genutzt wurde. An den Wänden waren Klettergriffe und Sprossenwände, von der Decke konnten Ringe und Trapeze gelassen werden und in den Wandschränken fanden sich Bälle, Hanteln, Hula-Hoop-Reifen und vieles mehr. In einer Ecke stand Marie zwischen mehreren Kisten, die Pafuri, Amal und Samira mit leuchtenden Augen durchwühlten. Mandisa trat zu ihnen.

„Wir haben genug Umhänge für alle, in verschiedenen Größen. Aber bei den Lederschuhen müssen wir schauen, ob für die Kinder passende Größen dabei sind", sagte Marie. „Sonst sollen sie halt in ihren normalen Schuhen rausgehen, die trocknen dann auch wieder." Sie lächelte Mandisa an. „Hast du dir früher auch so viele Gedanken darüber gemacht, was Samira anzieht, bevor sie rausgeht?"

Mandisa schüttelte den Kopf. Als Samira klein war, hatte sie ganz andere Sorgen, und oft genug war das Mädchen barfuß und im T-Shirt durch Regen und Schlamm gelaufen.

Kuimba trat zu ihnen. In der Hand hielt sie die Klangschale. „Seid ihr bereit?", fragte sie, und Mandisa merkte erst jetzt, dass alle anderen schon im Kreis saßen. Sie tauschte ein schuldbewusstes Grinsen mit Marie und die beiden Frauen setzten sich auf ihre Plätze. Der Morgenkreis begann wie immer mit einer kurzen Phase der Stille, dann berichtete Lowan von den Ereignissen der Nacht. Jurij erinnerte noch einmal an die Regeln und Zuständigkeiten beim Erkunden der Lichtung, und Marie verteilte Regenumhänge. Bei der Auswahl der Lederschuhe gab es ein kurzes Durcheinander, aber letztendlich hatte jeder, der gleich raus wollte, ein Paar. Einige Siedler zogen es vor, drinnen ihren Aufgaben nachzugehen bis es aufgehört hatte zu regnen, und Keoma meldete sich freiwillig für den Gartendienst, weil Tuula so gerne im Regen tanzen wollte. Vasco, der eigentlich mit Tuula zusammen eingeteilt war, schaute etwas enttäuscht, sagte aber nichts.

ENTDECKUNGEN

Cem stand an der Tür und sah nach draußen. Der Regen fiel in dicken Tropfen, die auf das Vordach und die Rampe trommelten. Auf dem Boden bildeten sich jedoch keine Pfützen, das Moos nahm das Wasser vollständig auf. Neben ihm standen einige andere Siedler. Es schien, als traue sich keiner so recht, als Erstes hinaus zu gehen. Aber dann kam Samira angerannt, hinter ihr lief Amal, und die beiden bahnten sich einen Weg durch die Erwachsenen und stürmten die Rampe hinunter. Am Boden angekommen blieb Amal wie angewurzelt stehen, streckte die Arme aus und legte den Kopf in den Nacken. Sie ließ sich den Regen übers Gesicht laufen und versuchte, mit der Zunge Tropfen aufzufangen. Cem musste lachen. Genau das hatte er als Kind auch gemacht. Ihm wurde bewusst, dass es für Amal und die kleineren Kinder der erste Regen ihres Lebens war. Und auch Damian konnte sich vermutlich nicht mehr daran erinnern. Itsuko folgte den anderen Kindern etwas langsamer. Sie ließ sich ihre Gefühle wie immer nicht ansehen und ihr Ton, als sie ihren Bruder vorwarnte, dass er gleich nass werden würde, klang sehr erwachsen und abgeklärt.

Nach und nach folgten die anderen. Manche blieben wie Amal am Fuß der Rampe stehen, und auch Wayan und Jurij streckten ihr Gesicht dem Himmel entgegen. Cem wartete gespannt, ob einer von ihnen die Zunge herausstrecken würde, aber dann wurde er von einem lang anhaltenden, auf- und absteigenden Ton abgelenkt. Tuula stand mitten auf der Lichtung, mit geschlossenen Augen, wiegte sich hin und her und sang. Cem verstand kein Wort, er war sich nicht einmal sicher, ob es Worte waren. Aber er spürte, dass das Lied

Dankbarkeit und Freude am Leben ausdrückte. Runa trat zu ihrer Nichte und fiel in den Gesang mit ein. Die beiden Frauen sangen eine Weile gemeinsam, dann fing Tuula an zu tanzen, während Runa in einen etwas schnelleren Rhythmus wechselte. Die anderen Siedler standen in einem großen Kreis um sie herum und betrachteten sie fasziniert. Dann begann Kuimba, im Takt zu klatschen, so dass ihre Armreifen klirrten, und einige andere machten mit.

Amal und Samira sahen sich an, dann traten auch sie in den Kreis und fingen an zu tanzen. Sie folgten keiner Choreographie, sondern schlossen einfach die Augen und ließen sich von der Musik tragen. Dennoch passten die Bewegungen der drei Mädchen so gut zusammen, als hätten sie wochenlang geübt. Nach einer Weile öffnete Samira die Augen, sah zu den Zuschauern und rief: „Los, macht mit!" Sie lief zu Taio und zog ihn mit in den Kreis. Der Junge zögerte, dann machte er einige ungelenke Bewegungen und sah aus, als wünschte er sich weit weg. Aber schließlich schloss auch er die Augen und ließ sich vom Rhythmus anstecken. Ein Lächeln breitete sich über sein Gesicht aus.

Cem stand im Kreis und betrachtete die Siedler einen nach dem anderen. Es waren vor allem die Kinder, die ausgelassen tanzten, aber auch Marie, Wayan und sogar Mandisa waren ihrem Vorbild gefolgt. Dalina hatte Jurij in den Kreis gezogen und die beiden improvisierten einen Paartanz, der manchmal wie Walzer wirkte, manchmal wie Tango, und manchmal ganz anders. Irina saß, mit einem Tuch gesichert, auf der Hüfte ihrer Mutter und ruderte begeistert mit den Ärmchen.

Außen herum standen die Zurückhaltenderen, aber auch sie wurden von der Musik angesteckt und klatschten, stampften oder wiegten sich im Takt. Itsuko wirkte, als wollte sie jeden Moment anfangen mitzutanzen, traute sich dann aber doch nicht und blieb an der Seite ihres Vaters, während ihre Mutter im Kreis den kleinen Bruder herumwirbelte. Cem ließ seinen Blick weiter gleiten und blieb an Vasco hängen. Der fixierte mit glänzenden Augen einen Punkt im Kreis. Cem folgte seinem Blick und sah, dass Vasco Tuula anstarrte. Durch den Regen und den ausgelassenen Tanz klebte der Overall an ihrem Körper und zum ersten Mal fiel Cem auf, dass sie schon deutliche Rundungen hatte. Er spürte, wie er rot wurde, und wandte rasch den Blick ab. Dann fragte er sich, wie er das bisher hatte übersehen können. Aber als er Tuula kennen lernte, war sie eben noch ein kleines Mädchen gewesen, und in den darauf folgenden Jahren waren sie sich so vertraut geworden, dass er sie vielleicht gar nicht mehr richtig angeschaut hatte. Er fragte sich, ob ihm das bei einer Tochter auch so gegangen wäre. Jedenfalls verspürte er einen deutlichen Beschützerinstinkt und wäre am liebsten zu Vasco gegangen, um diesem zu sagen, er solle sich gefälligst fern halten. Cem sah unwillkürlich wieder zu dem jungen Mann, der immer noch Tuula beobachtete. Und dann bemerkte Cem, dass Vasco wiederum von Elu beobachtetet wurde. Ihr Blick war schwer zu deuten, vielleicht eine Mischung aus Enttäuschung, verletztem Stolz und Verachtung. Dann warf sie den Kopf hoch, drehte sich um, nahm ihre Tochter auf den Arm und verschwand im Raumschiff.

‚Na, das kann ja noch was werden‘, dachte Cem halb belustigt.

Nach einer Weile wurde Runas Gesang wieder langsamer und verstummte schließlich ganz. Die Tänzer hielten erschöpft inne, Amal und Damian ließen sich ins nasse Moos fallen, aber alle wirkten glücklich und gelöst. Cem sah zu Mandisa, die neben ihrer Tochter stand und strahlte. Er fragte sich, wann er sie das letzte Mal so fröhlich gesehen hatte. Vielleicht noch nie, sie war ihm immer ernst und zurückhaltend vorgekommen.

Als hätte das Lied tatsächlich einen Einfluss auf das Wetter gehabt, wurde der Regen nun merklich weniger und ging in ein sanftes Nieseln über. Cem sah sich nach Ferhat um, der neben Bastet stand und zu dem Felsen hinter dem Raumschiff zeigte. Cem trat zu ihnen.

„Papa, können wir schauen, was auf der anderen Seite ist?", fragte sein Sohn ihn. „Bastet kommt auch mit."

„Ja, lass uns einen Familienausflug daraus machen", schlug Bastet mit einem schelmischen Blitzen in den Augen vor.

Ferhat nahm die beiden an der Hand und gemeinsam gingen sie am Strand entlang hinter das Raumschiff. Cem sah sich den Felsen zum ersten Mal genauer an. Er war etwas höher als das Raumschiff und fiel fast senkrecht ab. Zum Strand hin wurde er etwas niedriger und bildete dann eine Klippe, an deren Fuß noch etwa zwei Meter Platz bis zum Meer war. Sie passierten die Engstelle und sahen, dass der Strand auf der anderen Seite wieder weiter wurde. Hier gab es kein Moos und kaum Pflanzen. Der Strand war etwa 20 Meter breit und reichte bis an die fast senkrechte Felskante heran, die sich parallel zum Meer hinzog, soweit man blicken konnte. In einiger Entfernung konnte Cem eine Lücke in dieser Felswand erkennen, und davor schimmerte Wasser. Die Felsnase, die sie gerade umrundet hatten, war nur einige Meter breit und auf dieser Seite war die Kante wohl einmal eingebrochen, hier türmten sich Felsbrocken übereinander. Der Regen hatte jetzt ganz aufgehört und der nasse Fels glänzte in der Sonne, die durch die Wolken lugte.

Ferhat löste sich von ihnen und lief ein Stück voraus. Cem nutzte die Gelegenheit, Bastets Hand zu nehmen. Ferhat sah sich um, ob sie ihm auch folgten, und wurde etwas rot, so als sei es ihm unangenehm sie dabei zu erwischen. Bastet machte Anstalten ihre Hand zu entziehen, als sei es auch ihr peinlich, aber Cem hielt sie fest.

„Lass nur. Er wird es verkraften. Und so ganz neu sollte es ihm auch nicht sein."

„Ich glaube, er kommt langsam in die Pubertät", erwiderte Bastet.

„Unsinn, er ist doch erst elf!"

Bastet antwortete nicht, und Cem beeilte sich, das Thema zu wechseln. „Schau mal, da vorne ist ein Fluss! Bestimmt gibt es da noch mehr Fische."

Ferhat stand schon am Flussufer und sah ins Wasser. Der Fluss trat an der Lücke aus der Felswand, die er schon vorhin gesehen hatte. An beiden Seiten ragten die Felswände steil auf. Hatte der Fluss diesen Canyon gegraben, oder war die Schlucht anders entstanden und hatte die Wasserläufe der Hochebene versammelt? Jedenfalls war der Fluss breit und flach, und hier war auch kein Sand mehr, sondern das Wasser lief über Kies und an größeren Steinen vorbei ins Meer.

‚Perfekt zum Fliegenfischen', dachte Cem.

Bastet setzte sich auf einen der großen Steine am Ufer. Cem sah sie leicht besorgt an. Hatte sie sich übernommen? Schließlich hatte sie erst vor kurzem eine weitere Fehlgeburt gehabt und Runa hatte ihr dringend geraten, sich zu schonen. Aber Bastet war nicht der Typ, es ruhig anzugehen. Cem hatte manchmal den Eindruck, als gönne sie ihrem Körper keine Pause, weil sie ihm böse war, dass er sie immer wieder im Stich ließ.

Bastet lächelte ihm beruhigend zu. „Mir geht es gut, mach dir keine Sorgen", sagte sie leise. Ferhat wusste von nichts, und das sollte auch so bleiben. Sie hatte einmal gesagt, es sei ein Glück im Unglück, dass sie die Babys immer so früh verlor. So merkte noch niemand etwas davon und sie konnte ihre Trauer und Enttäuschung mit sich selbst ausmachen. Nicht einmal Cem ließ sie wirklich daran teilhaben. Er helfe ihr am meisten, wenn er einfach weitermache wie immer, hatte sie versichert, und daran hielt er sich. Aber auch er trauerte und er hätte gerne mit ihr darüber gesprochen, damit sie sich gegenseitig trösten konnten. Stattdessen hatte er sich nach langem Zögern Runa anvertraut. Sie war schließlich die Hebamme und er wollte wissen, ob es irgendetwas gab, was er tun konnte. Oder sollten sie aufhören, es zu versuchen? Sie hatte ihm zugehört und so lange behutsam nachgefragt, bis er endlich alle Gefühle herauslassen konnte, die er vor seiner Frau verborgen hielt, um sie zu schonen. Auch wenn sie ihm seine Fragen nach dem Warum nicht beantworten konnte, fühlte er sich nun deutlich besser. Und er hatte sich fest vorgenommen, bei passender Gelegenheit mit Bastet zu sprechen. Nur dass diese Gelegenheit nie zu kommen schien.

Ferhat stupste ihn an. „Hörst du überhaupt zu?", fragte er.

Cem sah seinen Sohn schuldbewusst an. Der zeigte auf eine Stelle zwischen zwei Steinen.

„Schau mal, sind das Schlangen?"

Cem ging ein paar Schritte zur Seite, um besser sehen zu können. Im Wasser waren tatsächlich längliche Lebewesen zu sehen, die grün schimmerten. Aber ob das Wasserschlangen, Aale oder etwas ganz anderes war, konnte er nicht sagen.

„Wir müssten sie fangen und untersuchen. Lass uns später wiederkommen, wir haben Kescher im Raumschiff, damit können wir sie einfangen."

Bevor er sich weiter mit den Tieren im Fluss befassen konnte, hörten sie hinter sich jemanden rufen. Cem drehte sich um und sah Mandisa, die auf sie zugerannt kam.

„Habt ihr Samira gesehen?", rief sie schon aus einiger Entfernung.

Cem schüttelte den Kopf und sah, wie Ferhat nervös zu dem Felsen blickte, der den Strand teilte.

„Weißt du irgendwas?", fragte er seinen Sohn etwas schärfer als beabsichtigt.

„Nein. Aber sie hat gestern gesagt, sie will da hoch", sagte er und zeigte auf den Felsen und dann in Richtung der Berge im Inselinneren.

Mandisa wurde blass. Bastet trat zu ihr und versuchte sie zu beruhigen.

„Sie würde doch nicht alleine so weit weg laufen. Bestimmt ist sie im Raumschiff und holt irgendwas."

Mandisa schnaubte. „Du solltest sie langsam besser kennen, Bastet. Natürlich würde sie allein irgendwo hin gehen, wenn sie sich das in den Kopf gesetzt hat. Und dass es im Wald oder auf nassen Felsen gefährlich sein könnte, kommt ihr vermutlich nicht mal in den Sinn. Dieses Kind hat mit vier Jahren Löwen gestreichelt und es ist nie etwas passiert. Wie soll sie da Respekt vor der Natur lernen." Sie war noch etwas blasser geworden und Cem nahm sicherheitshalber ihren Arm. Sie schüttelte ihn ab.

„Lass nur, es geht schon. Ich muss sie suchen."

„Aber nicht allein! Wir gehen erst mal zurück und stellen sicher, dass sie nicht doch irgendwo drinnen ist. Dann organisieren wir einen Suchtrupp. Wir finden sie bestimmt schnell." Cem legte so viel Sicherheit und Autorität in seine Stimme wie er nur konnte, und es schien zu wirken. Die Farbe kehrte in Mandisas Gesicht zurück und sie gingen zusammen zum Raumschiff.

Kurze Zeit später waren sie bereit zum Aufbruch. Niemand hatte Samira nach dem Tanz gesehen, und auch eine kurze Suche im Raumschiff war erfolglos geblieben. Aber daran hatte sowieso niemand wirklich geglaubt.

Neben Cem hatten sich auch Anouk und Marie freiwillig gemeldet, Mandisa zu begleiten. Ferhat hatte noch einmal genau erzählt, was Samira gestern über den Aufstieg zur Hochebene gesagt hatte, und sie waren sich einig, dass sie vermutlich auf der Rückseite der Felsnase hochgeklettert war. Dort würden sie mit ihrer Suche beginnen.

Cem hatte Seile und Taschenlampen geholt, Marie ihren Erste-Hilfe-Rucksack, und Anouk war nach einer Weile mit einem Köcher voll Pfeile und einem Bogen aus dem Raumschiff gekommen.

„Was willst du denn damit?", fragte Marie erstaunt.

„Wer weiß, wem wir begegnen", sagte Anouk mit einem unsicheren Seitenblick auf Mandisa. Aber die nickte nur und wies auf das lange Messer, das sie sich in den Gürtel gesteckt hatte.

Cem ärgerte sich, dass er nicht selbst auf die Idee gekommen war, eine Waffe mitzunehmen. Wenigstens an ein Messer hätte er denken müssen, es konnte ja auch sein, dass sie Pflanzen aus dem Weg schneiden mussten oder Samira irgendwo verheddert war. Und Anouk hatte recht, sie hatten keine Ahnung, welchen Tieren sie begegnen würden und ob diese vor den Eindringlingen fliehen oder sie angreifen würden. Er lief noch einmal in die Küche und holte drei Messer in verschiedenen Größen. Und dann packte er schnell noch einige Reste vom Frühstück und etwas Wasser ein. Schließlich wussten sie nicht, wie lange sie unterwegs sein würden.

Inzwischen war auch Lowan aufgetaucht. Mandisa hatte ihm kurz gesagt, was los war und ihn gebeten, auf der Lichtung zu bleiben und auf Pafuri zu achten.

„Ich muss das selbst machen", sagte sie, und Lowan kannte sie gut genug, um nicht zu diskutieren. Außerdem wirkte Pafuri leicht verstört, so dass er sich beeilte, den Jungen abzulenken.

„Lass uns nachsehen, ob wir Spuren von den großen Vierbeinern unter dem Raumschiff finden", sagte er, und Pafuri schien erleichtert, eine Aufgabe zu haben.

Die kleine Gruppe brach auf. Mandisa führte sie um die Felsnase und kletterte auf der Rückseite hinauf. Oben angekommen sah sie sich um. Hier vorne war der Fels nackt, aber ein paar Meter weiter wuchs Gras, und sie konnte sehen, dass es an einer Stelle plattgedrückt war. Anouk trat neben sie.

„Das sieht gut aus. Ich gehe vor, ihre Spuren sollten leicht zu finden sein. Ein Glück, dass die Erde noch feucht ist." Er setzte sich in Bewegung, Mandisa folgte ihm und Cem ließ Marie vorangehen, bevor er sich selbst ans Ende der Gruppe setzte. Er warf einen Blick nach rechts auf die Lichtung und sah, das Bastet ihre Hand beruhigend auf Ferhats Schulter gelegt hatte. Der Junge sah blass aus und wirkte plötzlich viel jünger.

,Von wegen Pubertät', dachte Cem noch einmal. Doch dann fragte er sich, was genau sein Sohn eigentlich für Samira empfand. Waren das wirklich nur die freundschaftlichen Gefühle von zwei Kindern, die in den letzten Jahren fast wie Geschwister miteinander aufgewachsen waren, oder war da noch mehr? Schließlich war es schon auffällig, wie viel Zeit die beiden miteinander verbrachten, obwohl doch Itsuko vom Temperament her viel eher Ferhats Charakter entsprach.

Anouk war stehen geblieben, und die beiden Frauen waren neben ihn getreten. Die drei sahen auf den Boden und Cem beeilte sich, zu ihnen aufzuschließen. Vor ihnen begann der Wald, und rechts und links davon war ein schmaler Streifen freies Gelände entlang der Abbruchkanten. Das Gras war hier ganz kurz und teilweise blitzte der blanke Fels daraus hervor. Anouk sah sich aufmerksam um. Dann deutete er nach links, wo einige umgeknickte Grashalme zu sehen waren.

„Das könnte von Samira stammen. Oder meinst du, sie ist geradeaus in den Wald gegangen?", fragte er Mandisa.

Mandisa sah unschlüssig nach links und dann in den Wald vor ihnen. Dann nickte sie.

„Ich glaube auch, dass sie da lang ist. Auf der rechten Seite hätte sie jemand von der Lichtung aus gesehen, und um hier in den Wald zu kommen, ohne Spuren zu hinterlassen, hätte sie schon fliegen müssen", sagte sie.

Cem hatte den Eindruck, dass Anouk nur aus Höflichkeit gefragt hatte. Eigentlich war klar, dass niemand durch das Unterholz gekommen wäre. Es war so dicht, dass Cem sich fragte, wie alt dieser Wald wohl war. Er wollte sich gerade abwenden, um den anderen zu folgen, als er im Augenwinkel eine Bewegung sah. Er schaute genauer hin und sah durch die Blätter ein kleines, felliges Gesicht, das ihn mit einem großen runden Auge anstarrte.

„Wartet kurz", raunte er den anderen zu. Er glaubte schon, zu leise gewesen zu sein, aber Marie hatte ihn gehört. Sie drehte sich um, folgte seinem Blick und kam einen Schritt auf ihn zu. Da raschelte es im Dickicht und das Tier war verschwunden.

„Was war es?", fragte Marie.

„Keine Ahnung. Es sah aus wie einer dieser winzigen Affen, die es auf Madagaskar gibt. Wie heißen die noch?"

„Meinst du Mausmakis? Etwa so groß wie eine Hand?"

„Ein bisschen größer war der schon. Und er hatte nur ein Auge, das aber riesig."

„Ein Auge? Das wäre aber unpraktisch für einen Affen, dann kann er ja gar nicht dreidimensional sehen. Wie soll er dann von Ast zu Ast hüpfen?", fragte Marie lachend.

Cem war irritiert. Woher sollte er das wissen?

Mandisa hatte sich zu ihnen umgedreht. „Kommt ihr endlich?", rief sie, und Cem und Marie beeilten sich, zu den anderen aufzuschließen. Sie folgten Anouk im Gänsemarsch und mit respektvollem Abstand zur Kante. Cem sah immer wieder nach rechts in den Wald. Mehrmals glaubte er, im Augenwinkel eine Bewegung zu sehen, aber sobald er hinschaute, war alles ruhig. Dennoch fühlte er sich beobachtet.

Nach einer Weile kamen sie zu einem Abgrund. Das war die Schlucht, die Cem schon vom Strand aus gesehen hatte, und als er vorsichtig in die Tiefe spähte, konnte er den Fluss erkennen. Auf der anderen Seite war die Felswand etwas höher, und der Wald wuchs bis an die Kante. Weiter rechts sah Cem einen Wasserfall, der in den Fluss fiel. Auf ihrer Seite war auch hier ein schmaler Streifen ohne Bäume, und die Gruppe wandte sich nach rechts und folgte der Kante eine Weile. Der Pfad wurde bald breiter. Cem betrachtete die Felskante genauer und fragte sich erneut, wie diese Schlucht entstanden war. Die Wände waren nahezu senkrecht und schroff. Wenn es der Fluss gewesen war, der den Canyon gegraben hatte, müssten sie dann nicht treppenförmig sein? Oder kam das darauf an, welche Gesteinsart es war?

Fast wäre er in Marie gelaufen, die plötzlich anhielt. Cem wollte schon protestieren, dann sah er, dass Anouk vor einem großen Felsen stehen geblieben war und warnend die Hand gehoben hatte. Mandisa stand neben ihm auf den Zehenspitzen – schließlich war sie einen ganzen Kopf kleiner als er – und beide spähten über den Fels. Cem schlich sich näher heran. Eine Welle der Erleichterung überkam ihn: Dort hinten kniete Samira am Waldrand, mit dem Rücken zu ihnen, offensichtlich unverletzt. Sie hatte sie noch nicht bemerkt, weil sie sich ganz auf ein kleines Tier konzentrierte, das vor ihr auf dem Boden hockte.

Cem reckte sich, um besser sehen zu können. Das Tier quiekte erschrocken und verschwand im Gebüsch. Samira fuhr herum und entdeckte die vier Erwachsenen. Sie legte den Finger auf die Lippen und drehte sich wieder um. Dann streckte sie langsam die Hand Richtung Gebüsch aus und sprach mit sanfter, lockender Stimme. Cem konnte die Worte nicht verstehen, aber der Tonfall war eindeutig.

„Komm nur her, ich tue dir nichts", murmelte Samira wohl in der Sprache ihrer Kindheit. Zu Cems Verblüffung schien selbst das fremde Tier die Bedeutung zu verstehen, denn nach einigen Minuten raschelte es im Gebüsch und ein kleiner Kopf mit einem riesigen Auge war zu sehen. Samira bewegte sich nicht, sah das Tierchen nicht mal direkt an, aber sie fuhr mit ihrem leisen Singsang fort und bald machte das Tier einige zaghafte Schritte in ihre Richtung. Cem hielt die Luft an.

Das Tierchen war etwa 20 Zentimeter groß und hatte ein dunkelgrünes Fell. Es hoppelte wie ein Hase über den Boden, aber Cem hatte gerade gesehen, wie es blitzschnell auf den Strauch geklettert war und dabei eher wie ein Affe ausgesehen hatte. Das Auffälligste war sein runder Kopf mit dem platten Gesicht, in dessen Mitte ein großes schwarzes Auge schimmerte. Rundherum war das Fell heller und bildete eine Art Trichter um das Auge, wie Cem es von Eulen kannte. Er war sich ziemlich sicher, dass es die gleiche Tierart war wie das, was ihn vorhin aus dem Unterholz beobachtet hatte.

Samira hielt weiterhin die Hand ausgestreckt, und ganz langsam traute sich das Tier näher. Es machte ruckartige Bewegungen mit dem Kopf, und Cem hatte den Eindruck, es würde an der Hand schnüffeln, obwohl er keine Nase erkennen konnte. Nach einer Weile war es so nah, dass Samira einen Finger ausstreckte und es am Fell berührte. Das Tier machte einen Satz rückwärts, aber es floh nicht in die Bäume. Stattdessen setzte es sich außerhalb von Samiras Reichweite auf die Hinterbeine und betrachtete das Mädchen aufmerksam.

„Es ist genauso neugierig wie wir", flüsterte Marie in Cems Ohr.

Plötzlich bewegte sich etwas hinter dem Tier im Gebüsch. Eine gelbe Schlange glitt lautlos einen Baum herunter. Das Tierchen quiekte wieder und war mit einem Satz an Samira vorbei im Wald verschwunden.

„Wie hat es die sehen können?“, fragte Marie verwundert.

„Vielleicht hat es sie gehört?“, erwiderte Cem, aber ganz überzeugt war er nicht. „Oder es konnte die Bewegung spüren.“

Mandisa war zu Samira gerannt und zog sie mit sich hinter den Fels. Erstaunlicherweise protestierte das Mädchen nicht, sondern lugte um den Fels herum zur Schlange, eher neugierig als furchtsam. Die Schlange schien sich nicht für die Menschen zu interessieren und verschwand wieder im Wald.

„Lass uns zurück gehen“, sagte Mandisa.

„Aber Mama! Was ist mit Fips?“

„Fips? Du hast ihm schon einen Namen gegeben?“ Mandisa lachte, es klang halb ungläubig, halb schicksalsergeben.

„Natürlich. Er ist mein Freund. Jedenfalls bald. Aber ich kann doch jetzt nicht einfach gehen!“

Cem erwartete eine strenge Ansage von Mandisa und das daraus resultierende Kräftemessen zweier Sturköpfe, das er schon so oft zwischen Mutter und Tochter beobachtet hatte. Aber zu seinem Erstaunen gab sie nach.

„In Ordnung. Ich bleibe mit dir hier. Aber die anderen müssen zurück und Bescheid sagen, dass wir dich gefunden haben. Lowan und Pafuri machen sich Sorgen.“

Cem protestierte. „Wir können euch doch nicht einfach alleine lassen. Was, wenn die Schlange zurück kommt? Oder ein anderes Raubtier?“

„Ich bleibe auch hier.“ Anouk hatte zum ersten Mal gesprochen, seit sie Samira entdeckt hatten. Er hielt seinen Bogen hoch. Dann wandte er sich an Marie und Cem: „Auf dem Rückweg an der Kante entlang solltet ihr sicher sein, und ihr habt ja auch die Messer, falls doch etwas ist.“

Cem sah Marie an, die mit den Schultern zuckte. Dann stellte er den Beutel mit dem Proviant ab und machte sich mit Marie auf den Rückweg.

Ohne Zwischenfälle erreichten sie die Lichtung mit dem Raumschiff. Ferhat entdeckte sie als Erstes und kam auf sie zugerannt.

„Papa, da bist du ja endlich! Wo ist Samira? Ist ihr was passiert? Warum seid ihr alleine?" Die Fragen sprudelten nur so aus dem sonst so zurückhaltenden Jungen heraus.

Inzwischen waren auch andere Siedler dazu gekommen, allen voran Lowan und Pafuri.

Cem lachte. „Eins nach dem anderen! Samira geht es gut, sie hat ein kleines Tier entdeckt und will noch ein bisschen da bleiben. Mandisa und Anouk leisten ihr Gesellschaft und passen auf, dass nichts passiert."

„Was für ein Tier?", fragte Lowan neugierig.

„Eine Mischung aus Hase und Affe mit grünem Fell und nur einem Auge", sagte Cem. „Sie hat ihn Fips genannt."

„Wetten, sie bringt ihn nachher mit?", raunte Lowan Pafuri zu, und der Junge bekam ganz große Augen.

„Das kann ich mir nicht vorstellen. Das Tier flüchtet bei jeder schnellen Bewegung", erwiderte Cem.

„Wart's nur ab. Wenn sie ihm schon einen Namen gegeben hat, wird sie ihn auch zähmen", lachte Lowan.

Und tatsächlich, als Samira einige Stunden später zurück kam, hatte sie das Tier auf der Schulter sitzen. Samira blieb am Rand der Lichtung stehen, und Mandisa und Anouk kamen zu den anderen Siedlern.

„Haltet noch Abstand", bat Mandisa, „Samiras neuer Freund ist etwas schüchtern."

Samira setzte sich ins Gras und Fips kletterte auf ihren Schoß. Cem konnte es kaum glauben. Und ebenso unglaublich war, dass die quirlige Samira, die es sonst kaum schaffte, für die Dauer einer Mahlzeit am Tisch sitzen zu bleiben, fast reglos da saß, während die anderen Kinder auf der Lichtung Fangen spielten und die Erwachsenen weiter damit beschäftigt waren, die unbekannten Pflanzen und Tiere zu untersuchen.

DER ZWEITE ABEND

Auch an diesem Abend holte Kuimba ihre Klangschale nach draußen, um dort den Abendkreis abzuhalten. Sie rief die Siedler zusammen, und als sich alle in den Kreis gefunden hatten, kam auch Samira langsam dazu. Das Tier saß wieder auf ihrer Schulter, versteckte sich halb in ihrer dunklen Lockenmähne, aber es schien sich schon etwas an die Menschen gewöhnt zu haben. Samira blieb in einigen Metern Entfernung stehen und schloss wie alle anderen die Augen.

Kuimba schlug die Klangschale und sagte: „Wir werden ganz still. Wir lassen unsere Gedanken zur Ruhe kommen und konzentrieren uns auf unsere Atmung. Alles ist wie es ist, und alles ist gut."

Nach einer Weile holte sie die anderen mit dem langen Ton wieder zurück in die Gegenwart.

„Auch heute war ein aufregender Tag", begann sie. „Wir haben viel entdeckt, und einige waren schon ein ganzes Stück weiter auf der Insel unterwegs als geplant." Sie sah zu Samira, die kurz schuldbewusst den Blick senkte, dann aber grinste und stolz die Haare zurückwarf, so dass man das Tier auf ihrer Schulter besser sehen konnte. Das versteckte sich aber gleich wieder.

„Aber dazu später. Zuerst wollen wir wissen, was hier in unmittelbarer Umgebung zu finden ist. Dalina, willst du anfangen?"

Dalina wedelte mit einem Stapel Papier.

„Ich habe mit einer Liste der Pflanzen angefangen, zunächst mit den größeren holzigen Exemplaren, die wir Bäume und Sträucher nennen können. Anouk war ja eine Weile abwesend, in der Zeit haben Vasco und ich uns um die größeren Blattpflanzen am Waldrand gekümmert. Von allen haben wir Proben der Blätter, Wurzeln, Stängel und Früchte genommen und Osamu hat schon angefangen, sie zu untersuchen. Ich habe versucht, sie in eine Ordnung zu bringen, wie ich vermute, dass sie verwandt sind, aber das ist zweitrangig. Wichtiger ist, ob wir sie essen können oder ob irgendetwas giftig ist. Osamu, weißt du schon etwas?"

Der Biologe ließ sich mit seiner Antwort Zeit. Er holte ein paar Mal tief Luft und schien seine Gedanken sortieren zu müssen.

„Ich habe mit den Früchten angefangen", sagte er schließlich, „weil sie mir am vielversprechendsten schienen. Dalina hatte mir fünf verschiedene Sorten gebracht. Bei keiner davon habe ich ein bekanntes Gift entdeckt. Aber sie alle enthalten, neben Verbindungen, die wir kennen und die auch in unseren essbaren Früchten enthalten sind, eine unbekannte Substanz in unterschiedlicher Konzentration. Ich weiß nicht, was es ist, und daher kann ich nicht sagen, ob es schädlich für uns ist." Er machte eine Pause und Kuimba fragte sich schon, ob das alles war, was er heute verraten würde. Aber dann sprach der Biologe weiter. „Die gleiche Verbindung ist auch in den anderen Pflanzenteilen zu finden. In den Wurzeln und Früchten ist die Konzentration am höchsten, aber auch in den Blättern ist es nachweisbar. Ich habe noch einige Test vorbereitet, die etwas länger dauern. Morgen werde ich weitere Ergebnisse haben."

Itsuko wandte sich direkt an ihren Vater. „Was heißt das, Papa? Sind die Sachen giftig?"

„Ich weiß es nicht. Jedenfalls solltet ihr auf keinen Fall irgendetwas essen, bevor wir mehr wissen."

„Aber wie sollen wir das denn rausfinden?", fragte Itsuko.

Bevor Osamu antworten konnte, meldete sich Vasco zu Wort. „Am besten, irgendwer probiert es und wir schauen, was passiert", sagte er. Die anderen sahen ihn an. Meinte er das ernst?

Kuimba spürte, wie eine gewisse Unruhe sich verbreitete. „Lasst uns nichts überstürzen", sagte sie. „Osamu hat ja gesagt, er will noch weiter testen. Wenn dabei nichts herauskommt, können wir immer noch darüber sprechen, wie wir weiter vorgehen. Und es gibt ja keinen Grund zur Eile, wir sind nach wie vor gut versorgt."

Das Gemurmel verstummte wieder, und Kuimba entschied sich, das Thema zu wechseln.

„Wie sieht es denn mit den Tieren aus? Was habt ihr entdeckt?", fragte sie Lowan.

„Wie ihr wisst, hatte ich heute Nachtschicht. Mit den Infrarotkameras konnten wir sehen, dass einige vierbeinige Tiere zum Raumschiff kamen, aber nicht, was sie genau machen. Pafuri und ich haben vorhin den Bereich unter dem Schiff genau untersucht. Im Moos kann man natürlich keine Fährten entdecken, aber an zwei der Metallfüße habe ich feuchte Stellen gefunden, die nicht vom Regen stammen können. Ich vermute, das ist eine Markierung, vielleicht mit Urin. Wir haben ein paar Fotofallen dabei und ich werde welche unter dem Raumschiff aufhängen. Vielleicht kommen sie ja wieder."

Kuimba sah in die Runde und ihr Blick blieb an Samira hängen. „Willst du uns von deinem Tier erzählen? Fips, der einäugige Hasen-Affe?"

„Er ist nicht einäugig!", widersprach Samira. Mandisa und Anouk, die neben ihr saßen, tauschten einen wissenden Blick und grinsten.

„Wie meinst du das? Wir haben doch vorhin gesehen, dass er nur ein Auge hat", protestierte Cem. Kuimba fiel auf, dass sie von einem männlichen Tier ausgingen, und sie fragte sich, ob diese Kategorien hier überhaupt galten.

„Du hast nur ein Auge gesehen. Aber das heißt ja nicht, dass nur eins da ist." Samira genoss es sichtlich, in Rätseln zu sprechen. Aber dann erbarmte sie sich doch. „Als wir zurück gelaufen sind, ging Mama hinter mir, und irgendwann hat sie gefragt, warum Fips immer zu ihr schaut und nicht nach vorne. Anouk sagte dann, das stimmt nicht, und dann haben wir ihn abgesetzt und uns im Kreis um ihn aufgestellt und herausgefunden, dass er drei Augen hat. Man sieht immer nur eins wegen der Kopfform, aber es sind wirklich drei."

Die Siedler sahen sie erst ungläubig an, dann gingen die ersten Kinder vorsichtig auf Samira zu und stellten sich im Kreis um sie auf. Samira schob ihre Haare beiseite, so dass man einen guten Blick auf Fips hatte. Und tatsächlich, jedes Kind war sich sicher, dass das Tier zu ihm schaute, und als Lowan langsam um den Kreis herum ging, konnte er bestätigen, dass es insgesamt drei Augen waren.

„Das erklärt auch, warum er dreidimensional sehen kann", sagte Cem zu Marie.

„Nicht unbedingt", erwiderte diese. „Es kommt darauf an, ob und wie sehr sich die Sichtfelder überlappen. Und ich habe keine Ahnung, wie das mit drei Augen funktioniert. Aber da wir ja sowieso nicht wissen, wie sein Gehirn arbeitet, gehen wir einfach mal davon aus, dass er dreidimensional sehen kann. Vielleicht sieht er sogar noch mehr als wir."

Es dauerte eine Weile, bis sich die Gruppe wieder beruhigt und auf ihren Plätzen im Kreis eingefunden hatte. Nach und nach meldeten sich die einzelnen Siedler zu Wort und berichteten, was sie entdeckt hatten.

Kuimba fasste zusammen: „Wir haben also ein reiches Pflanzenleben und weniger Tiere als erwartet. Aber die, die wir gesehen haben, ähneln den Pflanzen und Tieren auf der Erde doch recht stark, bis auf die Sache mit den drei Augen. Hat eigentlich jemand Vögel gesehen?"

Zunächst schwiegen alle. Dann sagte Marie: „Gestern Nacht ist wohl etwas über die Lichtung geflogen, aber was genau das war, wissen wir nicht."

„Wir hören doch dauernd Vögel", sagte Vasco.

Aber Lowan schüttelte den Kopf. „Wir hören etwas, das wie Vögel klingt. Aber bevor wir es nicht gesehen haben, können wir nicht sicher sein. Der nächste Schritt ist, in den Wald zu gehen. Ich schlage vor, wir machen das morgen, mindestens zu viert. Wer will mitkommen?"

Sofort meldete sich Amal: „Ich will mit!"

„Nein, du nicht!", entschied Marie. „Das ist nur etwas für Erwachsene!"

„Aber wir Kinder können doch nicht für immer hier auf der Lichtung bleiben. Das ist so unfair!", widersprach Amal.

Kuimba ergriff das Wort. „Deine Mutter hat recht, Amal. Und du auch. Morgen werden ein paar Erwachsene in den Wald gehen und herausfinden, was es da alles gibt. Und wenn wir wissen, dass es sicher ist oder vor was wir uns hüten müssen, dann dürfen natürlich auch die Kinder in den Wald. Aber erst einmal nicht alleine. Kannst du noch ein paar Tage warten?"

Amal nickte zögernd, auch wenn sie nicht glücklich darüber schien.

Kuimba wandte sich an die ganze Gruppe und wiederholte die Frage: „Also, wer geht mit Lowan in den Wald?"

Anouk meldete sich, und gleich darauf hob auch Vasco die Hand.

Dalina blickte zu Elu: „Kannst du solange auf Irina aufpassen?" Die junge Frau nickte, und Dalina verkündete: „Ich komme mit."

Lowan fasste zusammen: „Dann haben wir zwei Pflanzenexperten und einen für die Tiere, und Anouk kann

Pfeil und Bogen mitnehmen. Vasco, besorgst du uns Messer und Proviant?"

Kuimba sah wie ein Schatten über Vascos Gesicht huschte. Vielleicht war aus Lowans Worten zu deutlich geworden, dass er keine „richtige" Aufgabe hatte. Als er zur Gruppe gestoßen war, war er gerade 15 gewesen und hatte noch keine Ausbildung gehabt. Auf dem Flug hatte er dann von allem etwas gelernt, so dass er jetzt eine große Hilfe bei vielen Dingen war, nicht zuletzt wegen seiner Körperkraft, aber es gab eben keinen Bereich, der so ganz sein eigener war. ,Wir müssen bald etwas für ihn finden, wo er sich beweisen kann', dachte sie.

Marie meldete sich zu Wort: „Ich komme auch mit. Könnte ja sein, dass ein Arzt gebraucht wird", ergänzte sie mit einem schiefen Lächeln.

Kuimba sah, dass Amal widersprechen wollte, aber Harald beugte sich zu ihr und flüsterte ihr etwas ins Ohr. Amal grinste und sagte nichts. Kuimba fragte sich nicht zum ersten Mal, was die besondere Beziehung dieser beiden ausmachte. Sie wusste zwar, dass Harald schon lange mit Professor Lindsten befreundet gewesen war und dessen Sohn Per von klein auf gekannt hatte, dennoch wunderte sie sich immer wieder, wie selbstverständlich der mürrische Ingenieur eine Art Vaterrolle für das Mädchen eingenommen hatte. Und in ihrer Gegenwart wirkte er plötzlich gar nicht mehr grantig.

„In Ordnung", sagte Kuimba. „Morgen nach dem Frühstück brecht ihr fünf in den Wald auf. Bringt ihr Proben von Früchten mit?" Dalina nickte. „Wunderbar, die kann Osamu dann auch gleich untersuchen. Braucht ihr sonst noch was?" Die fünf sahen sich an, dann schüttelte Lowan den Kopf.

„Gut, dann ist das geklärt. Nächstes Thema?" Kuimba blickte fragend in die Runde.

„Es gibt da noch etwas, das ihr wissen solltet", meldete sich Humaira zu Wort. Kuimba war überrascht von dem ernsten Tonfall, und auch die anderen sahen aufmerksam zur Copilotin.

„Wir haben diese verfärbte Stelle, die wir gestern entdeckt haben, genauer untersucht. Es ist ein Schaden am Hitzeschild. Wir sind noch nicht ganz sicher wie das passieren konnte. Wir wissen nur, dass wir Glück hatten, dass es beim Eintritt in die Atmosphäre nicht angefangen hat zu brennen. Wir haben leider kein Material dabei, um es zu reparieren." Sie machte eine Pause und sah zu Harald.

„Was heißt das?", fragte Itsuko.

„Das heißt, dass wir diesen Planeten bis auf Weiteres nicht wieder verlassen können", sagte Harald. „Vielleicht finden wir mit der Zeit eine Möglichkeit es zu flicken, aber erst einmal sitzen wir hier fest."

Kuimba zuckte bei der Wortwahl leicht zusammen, und auch alle anderen schwiegen betroffen. Zwar waren alle mit dem Ziel hergekommen, hier ein neues Leben aufzubauen, aber was wäre, wenn irgendetwas schief gehen sollte?

Als ihr die Stille zu lang wurde, ergriff Kuimba das Wort. „Das kommt jetzt unerwartet, aber eigentlich ändert es nicht wirklich etwas. Wir haben uns ja schon darauf eingerichtet, hier zu bleiben. Ich denke wir brauchen nur alle noch etwas Zeit, um diese neue Entwicklung zu verdauen und dann ..."

Vasco unterbrach sie. „Was heißt denn neue Entwicklung? Es ist doch schon seit Jahren klar, dass wir nicht zurück können. Wer weiß, vielleicht gibt es nicht mal mehr etwas, wohin wir zurück könnten."

Taio sah ihn mit großen Augen an. „Wie meinst du das?"

Jurij mischte sich ein: „Ich denke, Vasco meint, dass wir am Anfang unserer Reise regelmäßigen Funkkontakt mit Professor Lindsten hatten und der nach zwei Jahren plötzlich abgebrochen ist. Aber wir wissen nicht warum." Hier sah er

Vasco streng an und dieser fügte sich und sagte nichts. „Es könnte sein, dass es ein technisches Problem mit dem Funkgerät gab. Oder der Professor ist gestorben, er war schließlich sehr krank." Jurij warf einen Seitenblick zu Amal, aber die zeigte keine Reaktion.

„Oder die Erde wurde zerstört", murmelte Vasco, laut genug, dass Kuimba neben ihm es hören konnte. So abwegig war das gar nicht, musste sie zugeben. Schließlich hatte es noch genug Atomwaffen gegeben, um die Erde mehrfach auszuradieren, und in den letzten Jahrzehnten hatte es einige Male so ausgesehen, als wäre einer der Machthaber verrückt genug , die fatale Kettenreaktion in Gang zu setzen. Es hatte immer besonnene Berater gegeben, die das noch abwenden konnten, aber keiner konnte garantieren, dass das immer der Fall wäre. Der plötzliche Kontaktabbruch hatte sie damals alle beunruhigt und sie hatten sich alle möglichen Katastrophen ausgemalt – allerdings nie in der großen Runde, sondern erst, wenn die Kinder im Bett waren.

Jurij sprach inzwischen weiter: „Wie auch immer, wir sind mit dem Ziel hergekommen, diesen Planeten zu besiedeln, und wir hatten nie vor, zurück zu fliegen. Daher ist das jetzt kein Grund zur Panik." Er sah den Erwachsenen nacheinander ins Gesicht, und Kuimba las in seinen Augen die Bitte, Ruhe zu bewahren und Sicherheit auszustrahlen.

Samira drehte sich um die eigene Achse, schaute zum Wald, über die Lichtung und aufs Meer und sagte aus tiefstem Herzen: „Natürlich fliegen wir nicht zurück. Ich lasse mich nicht noch mal jahrelang einsperren!" Einige Siedler lachten, und die Stimmung hellte sich merklich auf. „Außerdem würde es Fips bestimmt auch nicht gefallen, so lange im Raumschiff bleiben zu müssen. Wer weiß, ob er sich mit den Hühnern verträgt."

„Na, das wirst du ja nachher sehen", sagte Ferhat.

Mandisa schaltete sich ein. „Fips muss draußen bleiben", erklärte sie kategorisch.

„Aber Mama! Ich kann ihn doch nicht alleine hier draußen lassen. Was ist, wenn die Schlange wiederkommt?"

„Fips ist bisher auch ganz gut alleine klar gekommen. Wer weiß, vielleicht wären unsere Bienen viel gefährlicher für ihn als die Schlangen, die es hier gibt? Außerdem weißt du nicht, was er frisst. Vielleicht hat er sogar eine Familie, zu der er zurück muss."

Samira sah aus, als würde sie gleich in Tränen ausbrechen. „Aber dann ist er morgen weg!"

„Ich bin sicher, er kommt wieder", beruhigte sie Lowan. Kuimba war sich da nicht so sicher, aber sie behielt ihre Zweifel für sich. Auch Samira sah noch nicht überzeugt aus.

„Du könntest ihm ein Nest unter dem Raumschiff bauen", schlug Ferhat vor.

Samiras Gesicht hellte sich auf. Doch dann sah sie unsicher zu Dalina. „Darf ich Pflanzen dafür pflücken?", fragte sie.

Dalina schüttelte den Kopf. „Nicht bevor wir wissen, was diese unbekannte Substanz ist. Vermutlich macht es Fips nichts aus, aber du sollst nichts pflücken."

Lowan beriet sich kurz flüsternd mit Mandisa und schlug dann vor: „Du könntest eins deiner Kleider nehmen, um ihm ein Nest zu machen. Dann kann er sich auch weiter an deinen Geruch gewöhnen."

Jetzt strahlte Samira übers ganze Gesicht und schien es kaum noch abwarten zu können, den Vorschlag umzusetzen.

Nachdem niemand mehr etwas auf dem Herzen hatte, beendete Kuimba den Abendkreis wie gewöhnlich und die Siedler gingen hinein.

Auf dem Weg zum Speisesaal begegnete Kuimba Ferhat, der mit einem von Samiras Oberteilen aus deren Apartment kam. ‚Natürlich', dachte sie, ‚Samira musste ja mit Fips draußen bleiben.‘ Dann schüttelte sie lächelnd den Kopf über so viel kindliche Begeisterung für ein Tier. Sie hoffte sehr, dass Fips am nächsten Morgen noch da sein würde.

IM WALD

Mandisa fuhr aus dem Schlaf, ohne dass sie genau sagen konnte, warum. Hatte sie wirklich einen fernen Schrei gehört? Lowan schlief neben ihr, und auch Pafuri lag auf der anderen Seite des Zimmers ruhig in seinem Bett. Samira war nicht da, aber das war nicht überraschend. Am schwachen Lichtschein, der aus dem Wohnzimmer kam, erkannte sie, dass es schon Morgen war. Samira war oft früh wach und im Raumschiff unterwegs. Vermutlich hatte sie es nur geträumt. Sie versuchte wieder einzuschlafen, aber das mulmige Gefühl wurde immer stärker. Also stand sie auf, zog sich an und ging ins Wohnzimmer. Aus dem Fenster konnte sie die Lichtung überblicken, aber dort sah sie nichts Ungewöhnliches. Die Sonne war wohl gerade erst aufgegangen, es hing ein leichter Nebel über dem Wald und das Moos glitzerte feucht.

Sie fröstelte und beschloss, sich in der Küche einen Tee zu machen. Unterwegs würde sie einen Blick in den Garten werfen. Vielleicht war Samira dort und übte Bogenschießen. Anouk hatte vor ein paar Jahren zwischen den Bäumen mehrere Scheiben aufgestellt und allen Siedlern eine kurze Einweisung gegeben, und Samira hatte einen erstaunlichen Ehrgeiz entwickelt.

Auf dem Weg zur Tür fiel Mandisas Blick auf die Garderobennische. Dort hingen drei warme Wolljacken ordentlich nebeneinander. Verdammt. Samiras Jacke, die sie gestern Abend immerhin in die richtige Ecke geworfen hatte, fehlte. Mandisa versuchte sich einzureden, dass ihrer Tochter vielleicht kalt gewesen war und sie die Jacke für den Besuch im Garten angezogen hatte, aber sie wusste es besser. Im Gegensatz zu ihr selbst war Samira ein kleiner Ofen, dem

Mädchen war nie kalt. Und sie lief immer barfuß. Es war schon schwer genug gewesen, sie von der Notwendigkeit von Schuhen zu überzeugen, als sie das erste Mal den Boden von Gaya betraten, ganz zu schweigen von warmer Kleidung. Samira war draußen.

‚Ich sollte mich freuen, dass sie an die Jacke gedacht hat‘, versuchte Mandisa sich selbst aufzumuntern, während sie hastig ihre eigenen warmen Sachen anzog. Dann fiel ihr Fips ein. Bestimmt wollte Samira nur nachschauen, ob das Tier noch da war und sie würde die beiden gleich unter dem Raumschiff finden.

Sie zog die Tür des Apartments hinter sich zu und ging mit schnellen Schritten den Gang entlang zur Tür. Auf dem Weg verwünschte sie ihre Tochter ausgiebig in ihrem Kopf. Das war einer von Kuimbas Tipps gewesen: „Lass den Dampf in deinen Gedanken ab, dann kannst du wieder freundlich mit den Kindern reden.“ Vorher hatte Mandisa sich immer schlecht gefühlt, wenn sie negative Gedanken über ihre Kinder hatte. Und sie hoffte immer noch, dass es eines Tages ohne gehen würde. Aber mit dem schlechten Gewissen gingen diese Gedanken nicht weg, im Gegenteil. Also erlaubte sie sich nach Kuimbas Rat in solchen Situationen, ihrem Kind heimlich alle möglichen Worte an den Kopf zu werfen, von denen sie hoffte, dass das Kind sie nicht einmal kannte. Oder einfach völlig ungerechte Vorwürfe, gespickt mit ‚immer‘ und ‚nie‘. Kuimba nannte das Wolfssprache. Als sie in den Overall schlüpfte und ihre Schuhe anzog – Samiras waren nirgends zu sehen – war es zum Beispiel: ‚Warum denkst du immer nur an dich, du kleine Egoistin? Geht es nicht in deinen Kopf, dass ich mir Sorgen mache? Warum kannst du nicht Bescheid sagen, wenn du raus gehst?‘ Dann fiel ihr auf, dass auch sie selbst niemandem Bescheid gesagt hatte. Sie hatte Lowan nicht wecken wollen, rechtfertigte sie sich, aber ehrlich gesagt war sie gar nicht auf die Idee gekommen. Und vermutlich war es ihrer Tochter ähnlich gegangen. Mandisa seufzte, atmete dann tief durch, straffte die Schultern und bereitete sich darauf vor, ihre Tochter freundlich, aber bestimmt daran zu erinnern, dass sie nicht alleine raus gehen durfte.

Aber der Platz unter dem Raumschiff war leer. Genau in der Mitte sah Mandisa das zusammengerollte Oberteil, das Samira gestern als Nest für Fips vorbereitet hatte. Lowan war mit ihr draußen geblieben und sie hatten beobachtet, wie Fips das Nest vorsichtig beschnupperte, dann hineinstieg und es ausgiebig untersuchte, sich schließlich zusammenrollte und schlafen legte. Dann erst hatte sich Samira überreden lassen, hineinzugehen.

Mandisa sah sich um und suchte den Waldrand nach ihrer Tochter ab. Sie verfluchte das Moos, das die ganze Lichtung bedeckte und auf dem keine Fußspuren zu erkennen waren. Sie entdeckte eine Stelle am Waldrand, wo die Bäume und Sträucher etwas weiter auseinander standen. Dazwischen standen auch kaum andere Pflanzen und es wirkte fast wie ein Pfad. Sie fragte sich, warum sie das gestern noch nicht bemerkt hatte. War das ein Wildwechsel? Sie erinnerte sich an die Vierbeiner, von denen Lowan gesprochen hatte. Oder war Samira dort lang gegangen und hatte die Pflanzen plattgetreten? Gerade als sie beschlossen hatte, nachzusehen, und sich in Bewegung setzte, hörte sie eine Stimme hinter sich.

„Guten Morgen! Was machst du schon so früh hier draußen, ganz allein?" Mandisa fuhr herum. Hinter ihr standen Wayan, Osamu und ihre beiden Kinder.

„Samira ist weg", sagte Mandisa und erschrak selbst darüber, wie panisch ihre Stimme klang. Sie räusperte sich und setzte noch einmal an. „Vermutlich wollte sie nach Fips sehen und der war weg. Und jetzt ist sie irgendwo da drüben." Sie wies zum Waldrand.

„Und du wolltest gleich hinterher, ohne jemanden zu informieren?", fragte Wayan mit leichtem Vorwurf in der Stimme.

Mandisa senkte schuldbewusst den Blick.

Wayan tauschte einen Blick mit Osamu und sie schienen sich stumm beraten zu haben, denn Wayan fuhr fort: „Ich komme mit. Osamu geht mit den Kindern rein und schickt uns Verstärkung hinterher." Sie wandte sich an ihren Mann: „Schau im Speisesaal, ob Anouk oder Cem schon dort sind, oder schicke sonst jemanden mit Messer oder Pfeil und Bogen. Ich vermute, wir gehen dort hin?", fragte sie Mandisa und wies auf die Lücke im Unterholz.

Mandisa nickte. Sie war wie so oft beeindruckt von Wayans Fähigkeiten, eine Situation schnell zu überblicken und die Führung zu übernehmen. Das passte so gar nicht zu ihrem zerbrechlichen Erscheinungsbild. Wayan sah eher aus wie eine Porzellanpuppe oder eine junge Tempeltänzerin, aber sie war zäh. Ihr Körper war geschmeidig und stark vom jahrelangen Yoga und in zahlreichen Umweltschutzprojekten im balinesischen Dschungel hatte sie Mut, Weitblick und Durchhaltevermögen bewiesen.

Mandisa überließ sich bereitwillig der Führung ihrer Freundin. Sie war sich durchaus darüber bewusst, dass sie impulsiv war und oft erst handelte und später nachdachte. Und ehrlich gesagt war es auch kein Wunder, dass ihre Tochter da ähnlich war. Es tat gut, eine vernünftige Begleitung zu haben.

Als sie den Waldrand erreicht hatten, drehte sich Mandisa noch einmal zum Raumschiff um und sah Anouk rasch auf sie zukommen. Sie warteten bis er sie eingeholt hatte, dann sagte Mandisa: „Tut mir leid, dass du Samira schon wieder retten musst. Und das vor den Frühstück!"

Doch Anouk zuckte nur mit den Schultern und betrachtete aufmerksam den Boden vor sich. Dann nickte er und sie betraten den Dschungel.

Mandisa registrierte erstaunt, wie deutlich der Temperaturunterschied war, sobald sie unter dem Blätterdach war. Außerdem war es wesentlich dunkler. Nach wenigen Schritten blieb sie stehen und wartete, bis sich ihre Augen daran gewöhnt hatten. Sie lauschte auf die Geräusche um sich herum. Das Rauschen der Blätter im leichten Wind, Rascheln und Knacken, und ab und zu ein Zwitschern und Piepsen. Aber kein Geräusch, das auf einen Menschen im Wald hindeutete.

Sie rief laut den Namen ihrer Tochter und dann lauschte sie wieder. In der Ferne hörte sie einen Schrei. Mandisa wollte in die Richtung losrennen, aber Wayan hielt sie am Arm fest.

„Ich glaube, das war ein Vogel. Warte kurz.“

Wieder ertönte der Schrei, und Mandisa musste zugeben, dass es tatsächlich nicht nach ihrer Tochter klang, sondern eher nach einem großen Vogel. Trotzdem. Sie dachte an die Geschichten ihrer Kindheit, von einem riesigen Vogel, der Menschenblut trank, und schauderte. Warum fiel ihr das gerade jetzt ein? Seit Jahren hatte sie nicht mehr daran gedacht. Und dann war da noch der große, lautlose Vogel, den Lowan in der ersten Nacht gesehen hatte – oder eher geahnt. Was, wenn das ein Raubvogel war?

Anouk hatte in der Zwischenzeit Boden und Unterholz abgesucht und wies nun nach rechts. Auch hier standen die Bäume etwas weiter auseinander und der Pfad verlief, kaum noch sichtbar, weiter und verschwand hinter einem dicken Baum. Sie setzten sich wieder in Bewegung. Der Weg führte stetig aufwärts, der Dschungelboden verlief deutlich steiler als es von außen sichtbar gewesen war. Nach einer Weile kamen sie an einen Bach. Hier bog der Pfad nach links ab und verlief ein kurzes Stück parallel zum Wasser, bevor er an einer flachen Stelle durch den Bach hindurch führte. Anouk hob die Hand, um die anderen anzuhalten, und deutete auf den blanken Erdboden auf der anderen Seite. Dort waren deutlich nasse Fußabdrücke zu sehen.

Mandisa atmete erleichtert auf. Das waren eindeutig Spuren von Schuhen. Samira war also vor kurzem hier lang gekommen, und sie war selbst gelaufen und nicht von einem riesigen Adler durch die Luft getragen worden. Jetzt, wo ihre Sorge etwas abnahm, merkte sie, wie ihr Ärger wieder größer wurde. Was hatte sich das Mädchen nur dabei gedacht, so tief in den Wald zu gehen? Gestern Abend hatten sie doch noch darüber gesprochen, dass die Kinder nicht allein dorthin durften! Sie zog ihre Hose hoch und watete hinter Anouk durch den Bach.

„Sieht das nicht wunderschön aus?", fragte Wayan und zeigte auf die bunten Kiesel im Wasser, die im Sonnenlicht glänzten. Aber Mandisa hatte keine Zeit für Schönheit. Sie winkte Wayan ungeduldig weiter und duckte sich, um unter einem tiefhängenden Ast durchzukommen.

Nach ein paar Metern bog der Pfad wieder nach links ab und kurze Zeit später sahen sie eine schroffe Felswand vor sich. Etwa 30 Meter ging es steil nach oben, nur vereinzelt gab es Vorsprünge im gelben Gestein, an die sich Gräser und kleine Büsche klammerten. Auf einem wuchs sogar ein Baum.

Der Bereich vor der Felswand war unbewachsen und übersät mit kleinen Steinbrocken, so als würden hier immer wieder Teile abbrechen. Links konnten sie einen Wasserfall erkennen, der wohl in den Bach mündete, den sie gerade überquert hatten. Mandisa fragte sich, ob es der gleiche Bach war, der den deutlich kleineren Wasserfall in der Nähe des Raumschiffs bildete. Aber da nur ein Bach über die Lichtung floss, musste es wohl so sein.

Anouk sah unschlüssig nach links und rechts. Der Pfad war nicht mehr erkennbar. Da übernahm Wayan die Führung.

„Lasst es uns zuerst rechts versuchen", schlug sie vor. „Durch den Wasserfall wird sie eher nicht gegangen sein, und wenn sie zurück gewollt hätte, wäre sie bestimmt dem Pfad gefolgt."

Mandisa war sich da nicht so sicher. Wenn Samira hinter Fips hergelaufen war, spielte Logik vermutlich keine Rolle. Aber da sie keine bessere Idee hatte, folgte sie ihrer Freundin. Dabei sah sie immer wieder beunruhigt an der Felswand hoch. Was, wenn ausgerechnet jetzt etwas abbrach?

Wieder hörten sie einen Schrei. Und diesmal war sich Mandisa sicher, dass es Samira war. Auch Wayan und Anouk sahen alarmiert aus, aber bevor sie reagieren konnten, war Mandisa losgerannt. Vor ihr lag ein Felsvorsprung, und als sie um die Kurve kam, blieb sie wie angewurzelt stehen. Einige Meter vor ihr stand Samira, mit Fips auf der Schulter. In der Hand hielt sie einen großen Ast, den sie drohend schwenkte. Denn über ihr flog ein riesiger Vogel, der jetzt auf sie herabstürzte und nach ihrem Kopf hackte. Samira duckte sich im letzten Moment und schlug mit dem Ast nach dem Angreifer.

Da flog ein Pfeil knapp an Mandisa vorbei und traf den Vogel in die Brust. Er fiel laut kreischend zu Boden, flatterte mit den Flügeln, und Mandisa hatte schon Angst, dass er wieder hoch kommen würde, als ihn ein zweiter Pfeil in den Hals traf.

Samira kam auf sie zugerannt und fiel ihr in die Arme. Mandisa drückte sie an sich und sah über ihren Kopf hinweg dankbar zu Anouk.

„Guter Schuss", sagte Wayan. Es klang leichthin, aber auch ihr war der Schreck anzusehen.

Anouk nahm das Kompliment kaum zur Kenntnis. Er ging auf den Vogel zu, blieb in einigem Abstand stehen, und erst als er sicher war, dass das Tier tatsächlich tot war, zog er seine Pfeile heraus, wischte sie an einem Grasbüschel in der Nähe ab und steckte sie wieder in seinen Köcher.

Die anderen kamen näher und betrachteten den großen Vogel. Er hatte einen schlanken, aber muskulösen Körper, der mit kurzen braunen Federn bedeckt war, und lange, schwarz-weiße Federn an den Flügeln und am Schwanz. Auf dem runden Kopf saß eine Haube aus orangen Federn. Der Schnabel war spitz und voller scharfer Zähne. Die Augen waren geschlossen, so dass Mandisa die Farbe nicht erkennen konnte. ‚Nur zwei‘, dachte sie, und wunderte sich dann darüber, wie schnell sie sich an die Möglichkeit gewöhnt hatte, dass es mehr sein könnten.

„Ist das überhaupt ein Vogel?“, fragte Wayan. „Es hat Arme und Beine.“ Tatsächlich waren die Beine kräftig und befiedert und schienen aus Fleisch und Knochen zu bestehen. Es gab ein Knie und ein Fußgelenk und daran anschließend drei scharfe Klauen. Auch an den Flügelspitzen saßen drei Klauen, die aussahen wie Finger, die aus muskulösen Armen wuchsen.

„Es fliegt, es hat Federn und einen Schnabel, für mich ist das ein Vogel“, sagte Mandisa. „Über die biologischen Feinheiten können sich dann Lowan und Cem den Kopf zerbrechen.“

„Sollen wir ihn mitnehmen?“, fragte Anouk.

„Klar“, erwiderte Mandisa. „Wenn er schon tot ist, können wir ihn auch untersuchen. Eine bessere Gelegenheit kommt vermutlich so schnell nicht wieder.“

Es erwies sich als gar nicht so einfach. Der Vogel war fast so groß wie Samira und ziemlich schwer und unhandlich. Schließlich nahm Anouk den langen Ast, mit dem sich Samira verteidigt hatte, zog ein dünnes Hanfseil aus seiner Tasche und band die Füße des Vogels und seinen langen Hals an den Ast. Dann legte er sich das eine Ende auf die Schulter und sah die Frauen fragend an. Beide waren etwa einen Kopf kleiner als er.

„Das wird so nicht funktionieren, dann rutscht er ab“, sagte Wayan. „Mandisa und ich tragen ihn, du führst den Weg.“

Anouk sah aus als wolle er widersprechen, aber dann zuckte er mit den Schultern und legte den Ast wieder ab. Mandisa blickte zu Samira, die mit Fips auf der Schulter in einigem Abstand zum Vogel geblieben war.

„Kannst du allein laufen?“, fragte sie.

„Natürlich!“ Samira schien die Frage peinlich zu sein. Sie warf die Haare zurück, so dass Fips empört quietschte. Dann ging sie mit einem kurzen Seitenblick auf Anouk entschlossenen Schrittes an der Felswand entlang Richtung Pfad.

Mandisa sah Wayan an, die amüsiert eine Augenbraue hob. Dann nahmen die beiden Frauen je ein Ende des Astes auf die Schulter und sie folgten Samira.

Der Weg zurück zum Raumschiff verlief ohne Zwischenfälle, aber Mandisa war froh, als sie die Lichtung wieder erreicht hatten. Es war nicht einfach gewesen, mit dem großen Vogel zwischen sich und Wayan durch den Wald zu kommen. Am Bach hatten Anouk und Samira im Wasser gestanden und ihnen geholfen, über die rutschigen Steine zu kommen. Anouk hatte angeboten, ihn allein zu tragen, aber das wollten sie nicht annehmen. Jetzt kamen ihnen Lowan und Cem entgegen. Die beiden Männer waren ganz begeistert von der Aussicht, das Tier zu sezieren. Fürs Erste würden sie es aber hier am Waldrand liegen lassen, bis geklärt war, wo sie es untersuchen würden.

Mandisa hielt Samira auf und ließ die anderen vorgehen.

„Kann ich mich jetzt darauf verlassen, dass du nicht mehr allein hier draußen rumläufst?", fragte sie streng.

„Wieso denn? Ist doch nichts passiert", erwiderte Samira trotzig.

„Nichts passiert?", explodierte Mandisa. „Du wärst fast von einem Monstervogel gefressen worden!"

„Aber Mama, der wollte doch nicht mich fressen, sondern Fips! Ich bin doch viel zu groß für ihn. Und ich hätte ihn schon noch verjagt."

Mandisa verschlug es die Sprache vor so viel jugendlicher Selbstüberschätzung. Bevor ihr eine passende Erwiderung einfiel, rief Lowan: „Kommt ihr endlich? Die anderen warten alle mit dem Morgenkreis!"

„Wir sprechen noch darüber", zischte sie Samira zu, und folgte Lowan.

Aber an dem Tag ergab sich keine Gelegenheit mehr für ein ernstes Gespräch. Im Morgenkreis war es natürlich Thema, und mehrere Erwachsene ermahnten Samira eindrücklich, sich an die Regeln zu halten. Mandisa hatte nicht das Gefühl, dass es helfen würde, wenn sie es auch noch einmal ansprach. Anschließend verzog sich Samira wieder nach draußen zu Fips, und Cem versprach, ein Auge auf sie zu haben. Er würde unter dem Raumschiff einen Arbeitsbereich einrichten, wo sie den toten Vogel untersuchen konnten. Osamu hatte ungewöhnlich deutlich abgelehnt, als sie ihn gefragt hatten, ob sie sein Labor dafür nutzen durften, und auch Marie hatte ihnen nicht erlaubt, den Untersuchungstisch in der Krankenstation zu verwenden.

„Wer weiß, was der alles im Körper hat. Lasst das lieber draußen", hatte sie gesagt.

Aber auch hierfür hatte der Professor vorgesorgt und so hatten sie alles dabei, um in dem geschützten Bereich unter dem Raumschiff einen eigenen Untersuchungsraum einzurichten. Dafür mussten sie nur noch die Metallbeine des Raumschiffes etwas höher stellen, so dass man bequem darunter stehen und arbeiten konnte.

Mandisa ging in die Küche, um ihr Frühstück nachzuholen. Die Siedler aßen morgens und abends gemeinsam zu festen Zeiten, den restlichen Tag konnte sich jeder an Resten oder Rohkost bedienen oder sich schnell eine Kleinigkeit kochen, wie es am besten passte. Mandisa briet sich zwei Eier, öffnete ein Glas mit süß-sauer eingelegtem Gemüse und schaufelte sich noch etwas Hirsebrei auf den Teller. Das musste reichen. Sie setzte sich an den Arbeitstisch und fing gerade an zu essen, als Vasco in die Küche kam. Er stellte einen Korb auf den Tisch und fing an, Proviant einzupacken.

„Wie war es im Wald?", fragte er. „Habt ihr wilde Tiere gesehen?"

„Bis auf den Vogel eigentlich nicht", sagte Mandisa.

Vasco schien enttäuscht. Er öffnete eine Schublade und holte einige große Messer heraus.

„Sicher ist sicher", sagte er. „Vielleicht treffen wir ja doch einen Löwen. Oder einen T-Rex." Er grinste.

„Auf jeden Fall müsst ihr euch den Weg freischneiden, wenn ihr nicht dem Pfad folgen wollt, den wir heute Morgen gegangen sind", antwortete Mandisa und widmete sich wieder ihrem Essen. Sie hatte keine Lust auf diese Unterhaltung. Vasco schien das zu spüren, denn er verabschiedete sich rasch.

Als sie fertig gegessen hatte, trat Mandisa an das große Fenster und sah kurz darauf, wie die kleine Gruppe in den Wald ging. Samira war nicht zu sehen, aber Pafuri stand neben Elu und winkte seinem Vater. Dann sagte Elu etwas zu ihm, und sie gingen Richtung Strand. Die junge Frau hatte

Irina im Tragetuch und Raven an der Hand, und sie schien mit Pafuri zu scherzen. Amal hüpfte hinterher.

‚Sie ist wirklich die geborene Mutter', dachte Mandisa neidisch. Elu hatte einfach Freude daran, mit den Kindern zu spielen, und die Kinder liebten sie. So war sie mit der Zeit die Kindergärtnerin der Gruppe geworden, ohne dass dies jemals besprochen worden war.

GEISTERWELT

Ein Stockwerk über ihr stand auch Keoma am Fenster und beobachtete Elu mit den Kindern.

‚Sie sieht glücklich aus‘, dachte er. ‚Und sie sieht aus wie ihre Mutter.‘ Er erinnerte sich an einen Frühlingsmorgen, als Elu ein paar Wochen alt gewesen war und sie den ersten Familienausflug ins Reservat gemacht hatten. Seine Frau hatte Elu in einem ähnlichen Tragetuch gehabt und Anouk war neben ihr gelaufen und hatte sie ungeduldig an der Hand gezogen. Es war einer der letzten unbeschwerten Tage gewesen, bevor sie sich endlich durchgerungen hatte, wegen ihrer ständigen Kopfschmerzen und häufigen Schwindel- anfälle zum Arzt zu gehen. Die Übelkeit und Vergesslichkeit der letzten Monate hatte sie auf die Schwangerschaft geschoben und sich nur gewundert, dass sie nach den ersten Wochen nicht nachließ. Aber auch das kam ja vor, und da sie alle Vorsorgeuntersuchungen wahrnahm und die Ärzte immer zufrieden waren, hatten sie sich keine Gedanken gemacht. Und nach der Geburt war sie zu beschäftigt gewesen. Doch nach diesem ersten Arzttermin war alles ganz schnell gegangen. Der Neurologe wies sie direkt ins Krankenhaus ein, aber es war zu spät, der Tumor war zu groß. Sie hatte sich gewünscht, im Reservat zu sterben, und Keoma hatte alle Hebel in Bewegung gesetzt, um es ihr zu ermöglichen. Und dort war sie auch begraben. Keoma fragte sich, ob es den kleinen Friedhof auf dem Hügel am Fluss noch gab, oder ob auch dort Erdgas gefunden worden war. Er hob die Hand und berührte den Anhänger, den er immer um den Hals trug und den ihm seine Frau in ihrem ersten gemeinsamen Sommer geschenkt hatte. Er rief sich in

Erinnerung, dass sie nicht wirklich in der Erde an diesem Fluss war, sondern er sie immer in seinem Herzen bei sich hatte.

Dann richtete er seine Aufmerksamkeit wieder auf seine Tochter. Wer hätte gedacht, dass Elu so glücklich werden würde als Mutter? Als sie ihm vor drei Jahren gesagt hatte, dass sie schwanger war, hatte er sich große Sorgen gemacht. Ausgerechnet von Vasco! Was hatte sie sich nur dabei gedacht? Er hatte sich auch Vorwürfe gemacht, dass er das nicht hatte kommen sehen. Aber er hatte geglaubt, das wäre nur eine harmlose Schwärmerei und Elu noch viel zu jung für ernste Absichten. Und er hatte sich davor gedrückt, „das Gespräch" mit ihr zu führen. Schließlich war sie in der Schule aufgeklärt worden und an Bord war es die Aufgabe von Runa und Marie, den jungen Mädchen beizubringen, wie sie eine Schwangerschaft verhindern konnten. Irgendwas mit Zyklusbeobachtung, Pflanzenextrakten und Yamswurzel, so genau wusste er das gar nicht. Für die Männer gab es auch etwas, das aus dem Niembaum gewonnen wurde. Aber er war zu alt, um sich damit zu befassen.

Jedenfalls hatte er sich wenig Gedanken um eine Schwangerschaft gemacht, als Elu immer mehr Zeit mit Vasco verbrachte, sondern mehr um ihr Herz. Vielleicht war es ein Vorurteil gegen lateinamerikanische Schönlinge gewesen, aber es hatte sich bestätigt. Kaum hatte Vasco von der Schwangerschaft erfahren, hatte er Elu verlassen. Soweit man jemanden verlassen konnte, mit dem man in einem Raumschiff durchs Weltall flog. Er hatte ihr klar gemacht, dass er kein Kind wollte, und Elu nahe gelegt, mit Runa über die Möglichkeiten ihrer Pflanzen zu sprechen, „es weg zu machen". Elu hatte empört abgelehnt und das war das Ende ihrer Liebschaft gewesen. Keoma musste zugeben, auch er hatte sich anfangs manchmal gewünscht, Elu hätte Runas Pflanzen eine Chance gegeben. Sie war noch so jung! Und er wünschte sich für sie eine unbeschwerte Zukunft, nicht die einer alleinerziehenden Teenager-Mutter. Aber dann war er beeindruckt von ihrer Klarheit und ihrer Willensstärke, und er war erleichtert zu sehen, wie gut es ihr in der Schwangerschaft ging. Runa und Marie betreuten sie ausgezeichnet, und auch die Geburt verlief leicht und schnell. Und als er seine Tochter kurz darauf sah, die ihn erschöpft, aber glücklich anlächelte, und seine winzige Enkelin auf ihrer Brust lag, da wusste er, dass alles gut werden würde. „Du bist genauso wunderschön wie deine Mutter", hatte er ihr damals gesagt, und sich nicht für seine Tränen geschämt. Auch jetzt wurden seine Augen feucht bei der Erinnerung, und er berührte noch einmal das Amulett.

Er bemerkte eine Bewegung auf der anderen Seite der Lichtung und kniff die Augen zusammen, um es besser erkennen zu können. Cem und Jurij trugen den großen Vogel zum Raumschiff. Anscheinend war Cem fertig mit seinem Untersuchungsraum.

Keoma war erschrocken gewesen, als er hörte, dass Anouk ein Tier getötet hatte. Er hatte noch keine Gelegenheit gehabt, mit Runa und Wayan das angekündigte Geisterritual durchzuführen und jetzt machte er sich Sorgen, dass sie jemanden oder etwas gegen sich aufgebracht hatten. Etwas ruppig hatte er Anouk gefragt, ob das wirklich nötig gewesen sei, aber sein Sohn hatte nur unbeeindruckt „Ja" gesagt und war dann mit der Expedition wieder im Wald verschwunden. Keoma hoffte, dass sie ohne weitere tote Tiere nach Hause kommen würden.

Er würde jetzt gleich auf die Suche nach Runa und Wayan gehen und mit ihnen versuchen, mit der Geisterwelt dieses Planeten Kontakt aufzunehmen. Gestern war er beim Wasserfall an dem kleinen Teich gewesen, und der Ort schien ihm gut geeignet. Er war der einzige „echte" Schamane von den dreien, aber Wayan stammte aus einer Kultur, in der die

Verehrung der Ahnen sehr lebendig war und es völlig normal war, regelmäßig mit der Geisterwelt in Kontakt zu treten, und Runa kam immerhin aus einer Schamanenfamilie. In der Tradition ihres Volkes war es ursprünglich den Männern vorbehalten gewesen, den Kontakt mit der Geisterwelt herzustellen, aber die traditionelle Lebensweise war lange unterdrückt worden und fast ausgestorben, und bei der Rückbesinnung ab der Jahrtausendwende konnte auf solche Details keine Rücksicht mehr genommen werden. Schon immer hatten die Hebammen und „weisen Frauen" auch bei den Nordvölkern die Kraft ihrer Kräutermedizin mit Ritualen verstärkt, und Runa hatte von ihrer Ausbilderin ebenso viel gelernt wie von ihrem Großvater.

Auf dem Weg nach draußen begegneten ihm Amal und Harald.

„Wo gehst du hin, Keoma?", fragte das Mädchen.

„Ich suche Runa und Wayan. Habt ihr sie gesehen?"

„Runa ist draußen am Waldrand und sucht neue Pflanzen", antwortete Harald. „Wayan habe ich dort nicht gesehen. Ich glaube, sie wollte meditieren. Soll ich im Yogaraum nachschauen?"

Keoma akzeptierte dankbar, und als Harald weg war, fragte Amal neugierig: „Wofür brauchst du Runa und Wayan?"

„Ich will mit ihnen zusammen versuchen, die Geister dieses Planeten zu kontaktieren."

„Mama sagt, Geister gibt es nicht. Das sind nur Gruselgeschichten. Wenn man tot ist, ist man weg. Dann lebt man nur noch als Erinnerung, nicht als Gespenst."

„Diese Geister meine ich nicht. Ich glaube, dass alle Dinge eine Seele haben. Auch Wasser, Bäume und natürlich Tiere. Wayan und Runa glauben das auch. Da wo sie herkommen, haben die Naturgeister andere Namen und Geschichten, aber der Grundgedanke ist ähnlich. Wir haben auf der Reise oft darüber gesprochen und wir glauben, dass es gut ist, wenn wir mit dieser Geisterwelt Kontakt aufnehmen, bevor wir anfangen, Tiere zu töten, um sie zu essen, oder sonst etwas zerstören."

„Du meinst wie der große böse Vogel, den Anouk abgeschossen hat?"

„Vielleicht war der ja gar nicht böse. Samira sagt, er wollte Fips fressen, aber wir essen schließlich auch die Hühner und Fische. Findest du uns dann auch böse?"

Amal dachte kurz nach. Dann sagte sie mit ihrer kindlichen Logik: „Die können ja nicht reden. Aber der Vogel wollte Samira weh tun, und weh tun darf man nicht. Also ist er böse."

Bevor Keoma darauf weiter eingehen konnte, kam Harald mit Wayan zurück. ‚Auch gut', dachte er. ‚Was soll man dazu schon sagen?'

Keoma schlug Wayan vor, zum Wasserfall zu gehen, und auch sie fand den Ort gut geeignet. Sie hatte eine kleine Doppeltrommel mitgebracht, die sie vor ein paar Jahren selbst aus Bambus gebaut und mit Ziegenhaut bespannt hatte. Auf der Rampe klemmte sie sich die Trommeln unter den Arm, um Keoma hinunter zu helfen.

Runa stand am Waldrand in der Nähe des Teiches, also machten sie sich langsam auf den Weg dahin. Die Kräuterexpertin sah sie und kam ihnen entgegen.

„Bist du bereit für das Ritual?", fragte Keoma. Runa nickte und wies auf eine Stelle neben dem Wasserfall. Dort waren einige große Steinbrocken, auf die sie sich setzen konnten. Vor einem stand bereits ihre Trommel, daneben eine Tasche aus bunt gewebtem Tuch.

Keoma fand es war ein gutes Zeichen, dass sie alle drei den gleichen Ort ausgewählt hatten. Er ließ sich auf den mittleren Stein nieder und holte seine Pfeife aus seiner Tasche. Obwohl sie aus so verschiedenen Teilen der Erde stammten, hatten sie in den vielen Gesprächen der letzten Jahre immer mehr Ähnlichkeiten in ihren Traditionen entdeckt. Und sie hatten beschlossen, gemeinsam neue Rituale zu erschaffen, die das Beste aus allen Kulturen verbanden. Schließlich würden sie auch auf eine neue Geisterwelt treffen, auch wenn hoffentlich einiges war wie auf der Erde. Und da sie so viele Hanfpflanzen hatten, um Kleider daraus herzustellen, war es naheliegend, deren bewusstseinserweiternden Kräfte auch zu nutzen, wie es in so vielen Traditionen üblich war – wenn auch nicht in ihren eigenen. So stopfte Keoma nun seine Kalumet-Pfeife mit den getrockneten Blüten, die Runa ihm reichte, und zündete sie an. Er stieß den Rauch des ersten Zuges in Richtung Sonne aus, dann in die vier Himmelsrichtungen und zur Erde. Anschließend reichte er die Pfeife nach links zu Wayan. Dann nahm er die Rassel von seinem Gürtel, für die er einen kleinen Flaschenkürbis getrocknet und mit traditionellen Mustern bemalt hatte.

Auch Wayan reicht die Pfeife weiter und fiel mit ihren Trommeln in den Rhythmus ein, den Keoma vorgab. Nach kurzer Zeit kam auch Runas Trommel dazu, und dann schloss Keoma die Augen und begann zu singen. Als er verstummte, fing Wayan an, und auch wenn ihre Worte ganz anders waren, passten sie doch zusammen. Nach ihr war Runa an der Reihe, und dann wiederholten sie dies mehrfach, der immer gleichbleibende Rhythmus von Trommeln und Rasseln verbunden mit den unterschiedlichen Strophen und dem Auf- und Abschwellen der verschiedenen Stimmen. Schließlich sangen sie alle gleichzeitig und die Melodien fügten sich auf wundersame Weise zusammen.

Vor Keomas innerem Auge waren zunächst Farben und Formen ineinander geflossen und es dauerte eine Weile, bis das bekannte Gesicht des Wolfes auftauchte. Dann sah er ihn klar vor sich, die gelben Augen schauten ihn durchdringend an. Wie immer schienen sie ihm Kraft und Zuversicht zu schenken. Plötzlich aber verengten sich die Augen des Wolfes, er legte die Ohren an und schien sich wegzuducken. Ein großer Vogel tauchte in Keomas Vision auf, braun mit schwarz-weißen Flügeln und orangen Federn auf dem Kopf. Er flog direkt auf den Wolf zu und hackte mit dem Schnabel nach ihm. Der Wolf fletschte die Zähne, und ein erbitterter Kampf entbrannte. Die Gegner waren etwa gleich groß und stark, und der Vogel verlor zwar einige Federn, aber er ließ sich nicht beirren. Schließlich jedoch gelang es dem Wolf, den Vogel am Hals zu packen, und er stellte eine Pranke auf seinen Körper. Da gab es einen lauten Donner, der Vogel verwandelte sich in einen Feuerball und war kurz danach verschwunden. Der Wolf winselte, klemmte den Schwanz zwischen die Beine und legte die Pfote schützend auf seine Schnauze.

Keoma spürte, wie ihn jemand am Arm rüttelte. Es dauerte eine Weile, bis er sich aus seiner Trance lösen konnte und hörte, wie Runa eindringlich sagte: „Keoma, komm, wir müssen schnell hinein."

Er öffnete die Augen und sah sie irritiert an. Dann bemerkte er, dass es heftig regnete. „Was ist los?", fragte er.

„Hast du den Donner nicht gehört? Es hat plötzlich angefangen zu gewittern. Ein Blitz ist oben auf dem Hügel eingeschlagen. Los komm, wir müssen rein!" Sie zog ihn hoch und die beiden Frauen nahmen ihn jeweils an einem Arm, um schneller zum Schiff zurück zu kommen.

Keoma sah, wie die anderen von allen Seiten der Lichtung zusammenliefen, einige waren wohl schon im Raumschiff. Samira stand am Fuß der Rampe, mit Fips auf dem Arm, und stritt mit ihrer Mutter. ‚Vermutlich will sie das Tier mit rein nehmen', dachte er. Dann fragte er sich, ob die Expedition schon zurück war. Sein Herz zog sich zusammen bei dem Gedanken, dass sein Sohn noch im Wald sein könnte.

Sie versammelten sich alle im Speisesaal, nachdem sie sich trockene Kleider angezogen hatten. Samira hatte schließlich aufgegeben und Fips unter dem Raumschiff zurückgelassen, wo sie ihm im Laufe des Tages ein richtiges Bett gebaut hatte und, mit Dalinas Erlaubnis und Handschuhen, einen Vorrat der Früchte angehäuft hatte, die der kleine Kerl gerne aß. Jetzt saß das Mädchen ungewöhnlich still an einem der Tische, mit ihrem kleinen Bruder auf dem Schoß. Mandisa stand ebenso wie Kuimba und Jurij am Fenster, schaute hinaus in den Gewittersturm und sorgte sich sichtlich. Die anderen waren noch irgendwo da draußen.

Harald versuchte, Amal mit einem Brettspiel abzulenken, aber das funktionierte natürlich nicht. Die Gespräche im Raum waren leise und gedrückt. Das Gewitter hatte alle überrascht, keiner hatte die Wolken aufziehen sehen.

Die Tür öffnete sich und Osamu und die beiden Kinder kamen herein. Er war im Labor beschäftigt gewesen, Itsuko hatte ihm geholfen und Kazuko seinen Mittagschlaf gehalten. Jetzt fragte der Junge den erstbesten Erwachsenen: „Was ist denn passiert?"

Es war Cem, der am nächsten zur Tür saß und ihm antwortete: „Ich weiß es nicht. Ich war beschäftigt mit dem Vogel. Du weißt doch, ich will herausfinden, wie er von innen aussieht. Gerade als ich den ersten Schnitt machte, donnerte es und das Gewitter brach aus. Bestimmt hört es gleich wieder auf."

Keoma drehte sich um, als er das hörte. Er sah zu Runa und Wayan, und auch sie sahen nachdenklich aus. Konnte das Zufall sein? Er wies mit einer Kopfbewegung auf die Küche, und die drei trafen sich dort, außer Hörweite der anderen.

„Was glaubst du bedeutet das, Keoma?", fragte Wayan.

„Ich weiß es nicht. Aber der Geist dieses Vogels ist stark." Er berichtete den beiden von seiner Vision.

„Glaubst du wirklich, er kann Gewitter hervorrufen?", fragte Runa ungläubig.

„In den Überlieferungen meines Volkes, und vielen anderen auch, gibt es den Donnervogel. Wie ist das bei euch?"

Wayan antwortete zuerst. „Wir haben einen großen Vogel, Garuda. Aber er ist gut, ein Beschützer der Menschen, und er hat nichts mit Donner und Blitz zu tun."

Runa schüttelte den Kopf. „Ich weiß von keinem großen Vogel in der Tradition meines Volkes, mit oder ohne Donner."

Wayan ergänzte: „Mandisa hat mir vorhin erzählt, dass sie sich an Geschichten aus ihrer Kindheit erinnert. Von einem großen Vogel, der Blitze schleudern kann und Menschenblut trinkt. Es hat sie wohl ziemlich verstört, was mit Samira passiert ist."

Runa sah nachdenklich aus. „Ich werde in die Bibliothek gehen und nachsehen, was es dazu sonst noch gibt. Obwohl ich mir nicht sicher bin, inwieweit uns das weiterhilft. Glaubst du, wir können ihn irgendwie besänftigen?"

Aus dem angrenzenden Speisesaal drang der Ruf: „Es hat aufgehört zu regnen."

„Scheint, als wäre das nicht nötig", sagte Wayan und lächelte. Aber ganz überzeugt schien sie nicht.

Auch wenn das Gewitter aufgehört hatte, verspürte keiner das Bedürfnis, wieder nach draußen zu gehen. Einige Siedler gingen ihren diversen Aufgaben an Bord nach, andere blieben im Speisesaal, tranken Tee und schauten immer wieder aus dem Fenster. Sie berieten sich gerade, ob sie einen Suchtrupp losschicken sollten, als endlich die kleine Gruppe am Waldrand auftauchte. Itsuko sah sie als Erste.

„Mama, da ist Mama! Papa, darf ich raus zu ihr?"

Osamu sah unschlüssig aus, da sagte Elu: „Geh ruhig mit ihr raus, ich passe auf Kazuko auf. Und auf Pafuri auch", ergänzte sie mit einem Blick auf Mandisa. Diese dankte ihr erleichtert und verschwand schnell nach draußen, Samira auf den Fersen.

Kurze Zeit später waren alle wieder im Speisesaal.

„Wir haben uns in einer Höhle versteckt", berichtete Lowan. „Wir hatten sie gerade erst entdeckt, als es plötzlich anfing zu gewittern. Wir waren wohl zu beschäftigt, um Wolken aufziehen zu sehen. Aber ich hätte schwören können, dass der Himmel gerade noch blau gewesen war. Jedenfalls haben wir gerade darüber diskutiert, ob es eine gute Idee ist, die Höhle zu untersuchen. Vasco wollte gleich hinein, aber Dalina meinte, da könnte ja auch jemand drin wohnen, der das vielleicht nicht so toll findet. Dann kam fast gleichzeitig Blitz und Donner und ein Wolkenbruch und wir haben nicht mehr darüber nachgedacht, welches Ungeheuer sich darin verstecken könnte. Zum Glück war die Höhle aber leer und trocken."

Die Kinder und auch einige Erwachsene, hingen an seinen Lippen, als er die weiteren Abenteuer der Expedition erzählte. Aber Keoma hörte kaum zu. Er betrachtete seinen Sohn und freute sich still, ihn unversehrt wieder zu haben. Dann ging er auf Anouk zu und legte ihm die Hand auf den Arm. Anouk sah ihn überrascht an, dann schien er zu verstehen und nickte ihm fast feierlich zu. Was auch immer sie trennte, es gab unendlich viel mehr, was sie verband.

KOCHEN

Dalina betrat den Garten. Sie folgte dem Pfad durch die warme, trockene Luft des mediterranen Teils und genoss den Geruch von Lavendel, Rosmarin und Tomaten. Sie pflückte einige Paprika, bog dann nach rechts ab und ging an den Hochbeeten mit Melonen und Kürbis vorbei in die gemäßigtere Zone, wo Gurken und Spinat wuchsen. Hier begann sie, Karotten für das Abendessen zu ernten, wobei sie gleich das Grün abmachte und in einem zweiten Korb sammelte. Sie würde es später zu den Ziegen bringen, zusammen mit den Stängeln und leeren Blütenkelchen der Sonnenblumen, deren Kerne sie für den Salat brauchte.

Sie freute sich darauf, ein komplettes Ökosystem neu kennen zu lernen. Was sie in den letzten Tagen im Wald gesehen hatte, war vielversprechend. Unzählige Bäume und Blattpflanzen, Blüten und Früchte, kleine Krabbeltiere und Spuren von großen Tieren. Und einige von Fips Verwandten, immer nur das kurze Aufblitzen eines Auges oder ein Schimmer von Fell, das im Dickicht verschwand.

Hier im Garten war es, trotz aller Bemühungen, doch ein künstliches Zusammenleben gewesen. Dalina, Professor Lindsten und einige andere hatten sich eine Menge Gedanken dazu gemacht, ob sie versuchen sollten, einen funktionierenden natürlichen Kreislauf in Gang zu halten, inklusive Vögeln, Würmern und Nagetieren, aber letztendlich war ihnen klar geworden, dass dies viel zu komplex war. Sie hatten nur begrenzt Platz und wollten auf diesem Pflanzen aus verschiedenen Klimazonen anbauen. Dafür mussten sie so viele Dinge künstlich beeinflussen, sei es Temperatur, Luftfeuchtigkeit oder Wasserzufuhr, dass es völlig utopisch schien, einen natürlichen Kreislauf herzustellen, geschweige denn mehrere. Außerdem war es eine zentrale Vorgabe von Professor Lindsten gewesen, dass die Ökosysteme innerhalb und außerhalb des Raumschiffes getrennt gehalten werden müssten, und auch das schien einfacher, wenn nur eine begrenzte Anzahl von Lebewesen mit an Bord war.

So hatten sie also eine kleine Ziegenherde, die bei Abflug aus vier Ziegen und einem Bock bestanden hatte, eine Schar Hühner und die Bienen. Auf diese war Dalina besonders stolz. Es war nicht einfach gewesen, noch Bienen aufzutreiben. In den meisten Ländern waren sie schon lange ausgestorben, und die Befruchtung der Pflanzen musste von Hand gemacht werden – oder per Roboter. Die wenigen Länder in abgelegenen Gegenden, die noch Bienen hatten, hüteten diese wie einen Schatz. Aber Dalina hatte sich über Jahre mit Bienen befasst und übers Internet gute Beziehungen zu Imkern auf der ganzen Welt aufgebaut, so dass sie letztlich ein kleines Volk besorgen konnte. An Bord herrschten ideale Bedingungen für die fleißigen Insekten – keine Giftstoffe, immer blühende Pflanzen – so dass sie sich rasch vermehrten und inzwischen sechs Bienenstöcke im Garten verteilt standen.

Außerdem waren da natürlich noch die Fische. Verschiedene Buntbarscharten lebten in dem Wasserbecken, das die zentrale Streuobstwiese umgab. Die Fische wurden mit Mais, Wasserlinsen und anderen Pflanzen gefüttert und ihre Ausscheidungen am Boden gesammelt, gefiltert und entweder direkt als Dünger für die Hochbeete verwendet oder mit Hilfe von Bakterien im darunter liegenden Labor in Nitrat verwandelt und dann mit Wasser in die neben den Fischbecken stehenden, mehrstöckigen „Wasserbeete" geleitet. Dort wuchsen Pflanzen ohne Erde, die mit ihren Wurzeln die Nährstoffe aus dem Wasser saugten und es dadurch wieder reinigten, damit es zurück zu den Fischen fließen konnte.

Abgesehen von den Wasserbeeten und der Obstbaumwiese, für die tatsächlich mehrere Kubikmeter Erdreich ins Raumschiff gebracht und ausgewachsene Bäume versetzt worden waren, und wo nun verschiedenste Blumen wuchsen, spielte sich das Pflanzenleben in Hochbeeten mit mehreren Ebenen ab und war Teil eines ausgeklügelten Systems aus Fruchtfolgen und Pflanzengemeinschaften, Kompostierung und viel Handarbeit. Sie hatten ja Zeit gehabt all die Jahre, und jeder hatte gelernt, sich um die Pflanzen zu kümmern.

Dalina fragte sich, wie das jetzt werden würde. Schon nach diesen paar Tagen war klar, dass die vielen neuen Aufgaben außerhalb des Raumschiffes weniger Zeit für die Arbeiten im Inneren ließen. Küchen- und Gartendienst waren natürlich weiterhin besetzt worden und würden auch noch lange wichtig bleiben, aber sie wollten ja auch die Welt dort draußen erforschen. Wie lange würde es wohl dauern, bis sie essen würden, was dort wuchs? Würden sie es überhaupt verdauen können? Und wenn nicht, konnte ihre Gemeinschaft dann dauerhaft überleben und diesen Planeten besiedeln? Der Garten hatte mehr als genug Essen für die Gruppe produziert, aber für wie viel mehr Menschen würde es reichen? Und wenn sie sich über die Insel und später darüber hinaus ausbreiten sollten, wie würden sie sich dann ernähren?

Dalina erinnerte sich daran, dass sie einmal mit ihrem Bruder Vasco darüber gesprochen hatte. Für den war die Lösung ganz klar: „Wir pflanzen unsere Sachen einfach draußen", hatte er gesagt. Sie hatte versucht, ihm zu erklären, warum das absolut undenkbar war, hatte Beispiele gebracht, wo eingeschleppte Arten einheimische Pflanzen verdrängt und ganze Ökosysteme aus dem Gleichgewicht gebracht hatten, und er hatte brav genickt, aber ganz überzeugt schien er nicht zu sein. Dalina hatte letztlich nur noch gesagt: „Professor Lindsten hat es verboten", aber sie kannte ihren Bruder gut genug, um zu wissen, dass dies kein Argument für ihn war.

Sie seufzte und sah in den Korb mit ihrer Ernte. Er war voll mit den verschiedensten Gemüsesorten für das Abendessen. Sie hatte schon als Kind die Fähigkeit gehabt, bei der Gartenarbeit tief in Gedanken zu versinken, und dennoch gezielt die reifen Früchte zu ernten, welke Blätter zu entfernen und Unkraut zu zupfen. Fast ohne es zu merken hatte sie eine ganze Runde durch den Garten gedreht, hatte in der Hochland-Zone Quinoa und Zwerghirse gegossen und im tropisch-feuchten Teil des Gartens Avocado, Bohnen und Mais geerntet.

Dalina nahm den Korb mit den Pflanzenresten, ging über den metallenen Steg auf die Wiese und schüttete ihn aus. Die Ziegen waren schon zur Stelle und auch die Hühner kamen angelaufen und stürzten sich auf die fast leeren Sonnenblumenblüten. Sie nutzte die Gelegenheit, um die Nester zu leeren. Jeweils eine Henne durfte ihre Eier bebrüten, so dass es einen gemäßigten Nachschub an Küken gab und relativ häufig Hähnchenfleisch den Speiseplan ergänzte. Die restlichen Eier wurden zu unzähligen verschiedenen Gerichten verarbeitet. Heute würde sie Möhren-Omelette machen, beschloss Dalina, und ging auf dem Weg in die Küche noch beim Kräuterbeet vorbei, um frische Minze zu holen.

Sie trat in die Schleuse, die verhinderte, dass die Bienen oder auch neugierige Hühner aus dem Garten kommen konnten, zog die Gartenschuhe aus und ging dann zur Küche. Dort war schon Taio damit beschäftigt, Kartoffeln zu schälen. Dalina lächelte. Es würde ihr gut tun, mit Taio zusammen zu arbeiten. Ihre Stimmung war heute merkwürdig gedrückt, und er würde sie bestimmt aufmuntern. Taio war zwar nicht so ansteckend fröhlich wie seine Mutter, aber er hatte ein feines Gespür dafür, was den anderen gut tat. Jetzt sah er ihr direkt ins Gesicht und sagte dann: „Ich mache uns mal einen Tee. Was hältst du von Ringelblume und Zitronenmelisse?"

Dalina nickte dankbar und stellte den Korb mit den Früchten neben das Waschbecken. Dann setzte sie sich an den langen Arbeitstisch, sah Taio dabei zu, wie er den Tee aufgoss, und gemeinsam besprachen sie, was sie heute alles kochen würden.

„Was ist denn noch da? Hast du schon in den Kühlschrank geschaut?", fragte Dalina.

Taio nickte. „Wir haben noch Reste vom gegrillten Fisch von gestern. Ich habe mir gedacht, wir könnten die mit der Paprika in der Pfanne erwärmen, vielleicht noch die Hirse von heute früh dazu ..." Er brach unsicher ab.

„Das klingt gut." Dalina lächelte ihm ermutigend zu. Sie hatte in letzter Zeit öfter beobachtet, dass Taio begann, sich selbst Gedanken zu den Speisen zu machen, und heute wollte sie ihn die Gelegenheit geben, sich auszuprobieren.

„Wie würdest du das würzen?", fragte sie.

Taio zögerte. Dann schloss er die Augen. „Zitrone natürlich und Salz. Ein kleines bisschen Honig an die Paprika. Und ... Minze."

„Minze?", platzte Dalina heraus. Sie hatte so etwas wie Rosmarin oder vielleicht Dill erwartet, aber nicht das. Wobei, eigentlich konnte sie sich die Kombination sogar ganz gut vorstellen. „Okay. Was noch?"

Nach anfänglichem Zögern sprudelten Taios Ideen förmlich aus ihm heraus, und in kürzester Zeit hatten sie die acht Gerichte zusammen, die es üblicherweise zum Essen gab. So war für jeden etwas dabei und es blieb meist genug übrig, so dass etwa die Hälfte der Speisen Resteverwertung war. Dabei waren sie im Laufe der Jahre recht erfinderisch geworden und planten oft schon für mehrere Tage im Voraus an der großen Tafel in der Küche. Wobei natürlich der Kochdienst des Folgetages oft genug alles umschmiss und stattdessen seine Lieblingsgerichte kochte.

Dalina schrieb die Gerichte, die Taio nannte, auf und anschließend planten sie die Reihenfolgen, in der sie kochen würden. Auch hier ließ sie Taio die Führung übernehmen, erinnerte nur manchmal an Details, die er vergessen hatte, oder verschiedene Garzeiten, und passte auf, dass er auch alles Gemüse berücksichtigte, das sie geerntet hatte.

Schließlich hatten sie alles geplant, und Taio sah sie erwartungsvoll an. Dalina musste lachen.

„Du siehst aus wie ein Dackel, der sein Leckerli will", sagte sie.

„Was ist ein Dackel?", fragte Taio.

„Ein kleiner Hund. Aber egal. Ich finde, es klingt sehr gut, was du ausgesucht hast. Und jetzt lass uns anfangen."

Taio richtete Messer, Bretter und Schüsseln auf dem großen Tisch und sie begannen, Zwiebeln zu schälen, Gemüse zu schneiden und Maiskörner vom Kolben zu pulen.

„Dalina ...", sagte Taio nach einiger Zeit leise.

„Ja, was ist denn?"

„Ich habe in der Bibliothek ein Buch gefunden ... oder eher eine Mappe mit Zeichnungen und Briefen und so."

Dalina sah auf. Sie hatte so eine Ahnung, was er meinte.

„Auf den Zeichnungen, das sah aus wie unser Garten und die Wohnungen. Aber in den Briefen, da stand gar nichts von einem Raumschiff oder von unserer Reise. Und da waren lauter schwierige Wörter drin, wie Ressourcenschonung, Nachhaltigkeitsanalyse und Planfestschluss ..." Er brach ab.

„Planfeststellungsbeschluss", korrigierte Dalina lächelnd. Sie musste es wissen, schließlich hatte sie viele dieser „Briefe", oder eher Anträge, mitverfasst.

„Wie auch immer. Was bedeutet das alles?"

Jetzt zögerte Dalina. Das war nicht so einfach in zwei Sätzen zu erklären. Sie stand auf und ging zum Herd, schob die Zwiebeln von ihrem Brett in die Pfanne mit dem heißen Öl und regelte die Temperatur runter. Dann drehte sie sich zu Taio um.

„Was du gefunden hast, sind die offiziellen Unterlagen für unser Projekt. Kannst du dich daran erinnern, wie du mit deiner Mutter zu uns kamst?"

„Ja. Ich weiß noch, wie wir geflogen sind, und dann mit einem Auto durch den Wald gefahren sind, und da war Schnee. Das hatte ich noch nie gesehen. Und es war so kalt. Und dann war da plötzlich dieses riesige Haus mitten im Wald – aber das war gar kein Haus, das war unser Raumschiff. Nur das wusste ich damals nicht."

„Das wusste keiner. Also, ein paar Leute wussten es natürlich schon, aber es war ein großes Geheimnis. Und große Geheimnisse versteckt man am besten da, wo sie jeder sehen kann."

Taio schaute sie verwirrt an. Dann erinnerte er sich daran, wie er einmal mit seiner Mutter in einer fremden Stadt gewesen war. Sie hatte irgendeinen Vortrag vor vielen jungen Leuten gehalten, und sie hatte ihm ein Eis versprochen, wenn er ruhig zuhörte und nicht störte. Aber dann war an der anderen Seite des Saales plötzlich Tumult ausgebrochen, sie hatte ihn an der Hand genommen und ihm zugeflüstert, dass sie jetzt gehen müssten. „Lauf ganz normal, so als wüsstest du genau, wo du hin willst. Mach dir keine Sorgen, ich verspreche dir, alles wird gut. Aber stelle jetzt keine Fragen und komm mit." Dann war sie mit zügigen Schritten losgegangen, so dass er sich anstrengen musste, mit seinen kurzen Beinen Schritt zu halten. Und als ihnen Soldaten entgegengelaufen kamen, hatte sie sich nicht etwa versteckt, sondern war unbeirrt weiter gegangen, nur etwas näher an den Häusern und den Kopf leicht gesenkt. Und die Männer mit den Gewehren hatten sie keines Blickes gewürdigt. Als sie Stunden später zuhause waren, hatte er doch noch sein Eis bekommen.

Dalina fuhr fort: „Wir hätten niemals so ein großes Raumschiff bauen können, ohne dass es jemand merkt. Es gab keine Halle, die groß genug war, und wer hätte es denn bauen sollen? Aber Professor Lindsten hatte auch dafür eine Lösung. Er nannte es ein nachhaltiges Bauprojekt, eine Art selbstversorgende Kleinstadt. Und es hat ihm wahnsinnigen Spaß gemacht, die Behörden hinters Licht zu führen. Am besten fand er, dass er sogar noch Fördermittel bekommen hat – also Geld von der Regierung." Sie sah zu Taio, um zu sehen, ob er ihr folgen konnte.

„Und weiter?", fragte der Junge.

„Zuerst wurden die Wohnungen gebaut, in einem großen Kreis um den Innenhof herum, wo jetzt der Garten ist. Anfangs war der noch nicht überdacht, aber das kam recht bald, weil ja im Glasdach auch die Solarbeschichtung für die Stromversorgung ist. Das Schwierigste war eigentlich, einen guten Grund zu finden, warum wir den Garten nicht auf dem echten Erdboden machen. Aber dann kam Cem mit der Aquaponik und dem benötigten Labor und Wasseraustausch, und das hat dann die Behörde überzeugt. Außerdem hatten wir gesagt, dass wir später ähnliche Anlagen in anderen Ländern bauen wollen, und da sollte es natürlich auch auf Wüstenboden funktionieren. Cem und ich waren schon sehr früh mit dabei und haben die Aquaponik und die anderen Beete aufgebaut, getestet welche Pflanzen unter diesen Bedingungen gut funktionieren und so weiter. Und wir haben die Bäume gepflanzt und immer wieder beschnitten, so dass sie relativ klein geblieben sind und trotzdem guten Ertrag bringen."

Während sie erzählte, hatte Dalina weiter Gemüse geschnitten und ging nun wieder zum Herd und gab es in die Pfanne mit den glasigen Zwiebeln. Sie ließ es kurz anschwitzen und gab dann etwas pürierte Tomaten dazu.

„Aber wie konnte es denn dann losfliegen? Ich erinnere mich nur noch, dass Mama irgendwann sagte, jetzt geht es los."

„Das ganze Projekt war unterkellert, und als es gebaut wurde, hat Professor Lindsten es schwimmend lagern lassen. Das heißt, dass zwischen Haus und Erde ein kleiner Spalt war. Als Grund dafür sagte er, die Anlage soll erdbebensicher sein. Das braucht man natürlich in Skandinavien nicht, aber hier galt wieder das Argument mit dem weltweiten Einsatz. Das machte es dann möglich, dass die ganze Anlage abhebt. Der Cheng-Antrieb musste natürlich heimlich eingebaut werden, aber der ist ja zum Glück klein. Und später waren nur noch Leute auf der Baustelle, die eingeweiht waren, als zum Beispiel die Kommandozentrale eingerichtet wurde. Jurij und Harald haben das meiste davon selbst gemacht."

„Ich verstehe immer noch nicht, wie das klappen konnte, ohne dass es jemand gemerkt hat."

„Hat es ja auch nicht. Kurz nachdem Per gestorben war, hat Professor Lindsten eine dringende Versammlung einberufen. Wir dachten, er will besprechen, wie es jetzt ohne Per weiter geht. Aber stattdessen hat er uns gesagt, dass er einen Tipp bekommen hat, von einem Freund, der für die Regierung arbeitet. Sie sind misstrauisch geworden und wollten das Projekt kontrollieren. Deswegen mussten wir dann früher starten als geplant. Zum Glück waren die wichtigsten Sachen soweit vorbereitet, und alles was wir noch nicht hatten, konnten wir ersetzen. Und die Leute waren auch schon fast alle da. Es fehlte nur noch der Schmied."

„Was ist ein Schmied?“ Taio hatte erst auf der Reise Englisch gelernt, und auch wenn es kaum noch auffiel, fehlten ihm doch ab und zu die Worte. Begriffe wie Dackel oder Schmied waren in den letzten fünf Jahren einfach nie wichtig gewesen und anscheinend auch nicht in seinen Büchern vorgekommen.

„Jemand, der Metall bearbeiten kann. Wir hoffen, dass es hier auf Gaya auch Eisen und andere Metalle gibt, aus denen wir Werkzeuge machen können. Und das liegt leider nicht einfach so herum, sondern kommt als Erz vor, also in Steinen. Man muss es stark erhitzen, um das Metall zu gewinnen, und auch wissen, welche Erze man kombiniert, um das beste Ergebnis zu erzielen.“

„Und was machen wir jetzt ohne Schmied?“

„Zum Glück haben wir ja die Bücher und Jurij kennt sich mit Steinen aus. Wenn wir Erze finden, muss eben jemand lernen, wie man es macht. Es braucht viel Kraft, also vielleicht Vasco oder Anouk, oder du.“

Taio sah sie überrascht an. „Ich bin nicht so stark wie Anouk“, sagte er.

„Noch nicht. Aber ich habe gesehen, dass du jetzt öfters in den Sportraum gehst und Gewichte hebst.“,

Taio wurde rot. „Naja, manchmal ...“ murmelte er. Dann wandte er sich wieder dem Gemüse zu und ließ das Thema fallen.

ASTRONOMIE

Ferhat langweilte sich. Cem und Bastet waren noch beim Frühstück, aber er war schon lange wach und hatte längst gegessen. Er hatte gehofft, Samira im Garten zu sehen, aber sie war nirgends zu entdecken. Unschlüssig stand er am Fuß der langen Rampe, die zum Wohngeschoss und weiter zu den Gemeinschaftsräumen führte. Sollte er oben nach ihr suchen? Da sah er Jurij aus dem Speisesaal kommen, und ihm fiel wieder ein, dass er ihn etwas fragen wollte.

„Kannst du mir das mit der Sonne erklären?", platzte er heraus.

„Dir auch einen guten Morgen, Ferhat", sagte Jurij lächelnd. „Was möchtest du denn wissen?"

„Na, also, wir sagen immer Sonne, aber eigentlich ist es doch ein anderer Stern, oder? Weil die Sonne der Erde ist doch auch ein Stern, und wenn wir jetzt wo anders sind, muss sie doch auch anders heißen. Und was ist mit den ganzen Sternbildern, warum sehen die genauso aus?" Er wurde rot. In seinem Kopf hatte das viel besser geklungen.

Jurij schien es nicht zu stören. „Die Kurzfassung ist: Du hast recht mit der Sonne. Aber wie ich dich kenne, wird dir die Kurzfassung nicht reichen, oder?"

Ferhat nickte.

„In Ordnung. Ich muss auf die Brücke, du kannst gerne mitkommen, ich erkläre es unterwegs. Da oben habe ich auch Karten, auf denen du es dir anschauen kannst."

Gemeinsam gingen sie eine der langen Rampen hinauf, die sich wie zwei gleichläufige, flache Spiralen an den Wänden hoch wickelten. Sie waren durch ein feines Gitter vom Garten getrennt, so dass die Luft frei zirkulieren konnte, während die Bienen drinnen gehalten wurden. Am Gitter rankten verschiedenste Pflanzen empor, aber es gab genug freie Stellen, um das Licht durchzulassen und Blick in den Garten zu gewähren. Immer wieder sah Ferhat nach unten, ob er Samira zwischen den Bäumen entdecken könnte, aber da war nur Mandisa bei den Ziegen und Taio, der die Hühner fütterte und Eier einsammelte.

„Der zentrale Stern dieses Systems hier hatte auf der Erde gar keinen richtigen Namen, nur eine Nummer“, begann Jurij. „Ylva Lindsten hat diese Sonne Helia getauft, aber wir haben uns nie daran gewöhnen können und schon auf der Reise beschlossen, einfach den Namen Sonne beizubehalten. So wie wir ja auch alle großen Pflanzen Bäume nennen und die kleinen Gras und Moos, obwohl es eigentlich nicht ganz genau das gleiche ist. Aber hier ist so viel neu, wenn wir jetzt auch noch eine neue Sprache erfinden müssen, wird das zu kompliziert.“

Das verstand Ferhat. Es war schon schwer genug für einige gewesen, dass sie eine gemeinsame Sprache lernen mussten. Sie hatten Englisch als Grundlage genommen, weil das alle Erwachsenen und die meisten größeren Kinder schon konnten, aber viele Begriffe hatten sie auch aus anderen Sprachen übernommen. Einige Pflanzen im Garten hatten die Namen aus den Ländern behalten, aus denen sie stammten, und Marie benannte ihre Arztinstrumente noch immer französisch und die Körperteile und Knochen lateinisch, eine Sprache, die es nicht mal mehr auf der Erde gab, wenn Ferhat das richtig verstanden hatte.

Immer wieder kamen ihnen Leute entgegen und grüßten, manchmal hielten sie für eine kurze Unterhaltung an. Dann plötzlich kam ein Ruf von oben: „Achtung!“, gefolgt von einem Rumpeln, und die beiden stellten sich ganz an die Seite. Das Rumpeln wurde lauter, begleitet von begeistertem Juchzen, und um die Kurve kam ein Holzwagen gesaust, in dem Pafuri und Kazuko saßen. Harald hatte ihn vor Jahren gebaut, und Ferhat erinnerte sich noch sehr gut an das Gefühl, damit die Rampe hinunter zu sausen. Jetzt war er ja leider zu alt dafür. Wobei, vor kurzem erst hatte er gesehen wie Elu mit Raven darin gefahren war, und es schien, als hätte die Mutter dabei mindestens genauso viel Spaß gehabt wie die Tochter.

„Erstaunlich, dass die Kiste immer noch hält", bemerkte Jurij, als sie weitergingen. Der Wagen hatte zwar eine Lenkung – zwei Seile, die mit der Achse verbunden waren – und eine Bremse, aber immer wieder waren die Kinder zu übermütig geworden und in der Wand gelandet. Dank der Polster im Wagen war nie etwas passiert, auch wenn einige der Eltern es am liebsten verboten hätten. Osamu zum Beispiel. Ferhat fragte sich, ob der Wissenschaftler wusste, was sein Sohn gerade tat. Aber vermutlich hatte er sich schon wieder in sein Labor verzogen.

Inzwischen waren sie im obersten Stock angekommen, und Jurij wies den Gang entlang.

„Geh bitte mal in die Bibliothek und hole das große Buch aus dem Regal links neben dem Fenster. Sternenatlas heißt es. Dann komm zu mir auf die Brücke."

Ferhat gehorchte. Als er vor dem genannten Regal stand, war er zunächst überfordert. „Das große Buch", hatte Jurij gesagt, aber hier waren ziemlich viele große Bücher. Er legte den Kopf schief, um die Titel zu lesen. Dann entdeckte er es. Der Umschlag war dunkelblau, und als er es herauszog, sah er, dass vorne unzählige Sterne abgebildet waren. Er klemmte sich das Buch unter den Arm und machte sich auf den Weg zur Brücke.

Jurij stand am Kommandotisch und gab etwas in den Computer ein. Er sah kurz auf, als er Ferhat an der Tür hörte, und wies zu dem großen Tisch im hinteren Bereich des Raumes.

„Leg den Atlas da hin und blättere ruhig schon mal durch. Ich bin hier gleich fertig."

Ferhat schlug das Buch auf. Die ersten Seiten waren mit Text gefüllt, und Ferhat gab schnell auf, ihn zu lesen. Viel zu viele lange und unbekannte Wörter standen darin. Er blätterte weiter und kam bald zu Seiten, auf denen unzählige Punkte abgedruckt waren, manche mit Namen, andere mit Zahlen, und viele ganz ohne Beschriftung. Er versuchte sich zu orientieren, aber das war unmöglich. Dann blätterte er langsam weiter, in der Hoffnung, irgendwo „Sonne" zu lesen.

Dann stand Jurij plötzlich hinter ihm. „Die Sonne wirst du nicht finden, falls du das suchst."

„Warum denn nicht?"

„Weil dieses Buch auf der Erde gemacht wurde. Und von dort aus gesehen ist die Sonne nicht so interessant in einer Karte des Universums. Sie ist sozusagen der Ausgangspunkt, von dem aus alles berechnet und gezeichnet wird."

Ferhat sah ihn fragend an. „Was hilft es uns dann?"

„Komm mit ans Fenster", sagte Jurij statt einer Antwort, und ging mit ihm zum rechten Rand der großen Glasscheibe.

„Schau dich mal um. Du kannst von einer Klippe zur anderen sehen. Versuche dir zu merken wie hoch sie sind und wie die Bäume oben aussehen, auch da in der Mitte."

Ferhat verwendete einen Trick, den ihm sein Vater einmal beigebracht hatte, streckte seinen Arm aus, ballte eine Faust und ließ nur den Daumen nach oben stehen. Dann schloss er ein Auge und merkte sich, wie hoch die Klippe im Vergleich zu seinem Daumen war. Das gleiche wiederholte er mit der Felswand in der Mitte und mit der Klippe auf der anderen Seite der Bucht. Sie sahen alle etwa gleich hoch aus, obwohl er deutlich sehen konnte, dass der Fels anstieg. Die Bäume auf der anderen Seite wirkten allerdings viel kleiner.

„Fertig? Dann komm mit zur anderen Seite".

Sie gingen durch den großen Raum und stellten sich dort in die Fensterecke. Ferhat maß erneut die Höhe der Klippen. Diesmal sah die nähere Klippe viel höher aus als davor, während die hintere Felswand und die Klippe hinter dem Dschungel fast noch gleich hoch waren.

„Weißt du woran das liegt?", fragte Jurij.

„Weil sie weiter weg sind?", sagte Ferhat unsicher.

„Genau. Bei Sachen, die in der Nähe sind, macht es einen großen Unterschied, in welchem Winkel und Abstand du darauf schaust. Und wenn etwas sehr weit weg ist, machen die paar Meter hier fast nichts aus. Deswegen sieht die Klippe hinter dem Dschungel fast noch genauso hoch aus wie von der anderen Seite, und diese hier wo man hochklettern kann sieht höher aus, obwohl sie in Wirklichkeit deutlich niedriger ist. Aber du bist jetzt viel näher dran."

„Und was hat das jetzt mit den Sternen zu tun?"

„Viele Sternbilder, die du von der Erde kennst, also Großer Wagen und so, sind so weit weg, dass die Entfernung, die wir in den letzten Jahren zurückgelegt haben, kaum etwas ausmacht. Deswegen sehen sie noch genauso aus. Aber einige Sachen haben sich schon geändert. Zum Beispiel sehen wir jetzt natürlich nicht mehr Mars und Venus, weil sie nicht selbst leuchten, sondern nur von der Sonne bestrahlt werden. Dafür sehen wir jetzt diese Asteroiden, die von der Erde nicht erkennbar waren. Und wir können die Erd-Sonne sehen. Die Position von Sternen und Galaxien, die verhältnismäßig nah an unseren sind, hat sich geändert, und zwar abhängig von der Richtung, in die wir geflogen sind. Verstehst du?"

„Nicht ganz. Wieso die Richtung?"

„Schau mal runter. Siehst du diesen hohen Baum am Waldrand mit den roten Blüten? Merk dir, was du dahinter siehst."

Ferhat folgte Jurijs Fingerzeig. Der Baum stand etwa in der Mitte des Waldrandes. Er war etwas größer als seine Nachbarn, und dahinter an der fernen Felswand war ein Vorsprung, von dem Gräser oder Schlingpflanzen herunterhingen. Er sah Jurij an und nickte. Dann durchquerten sie noch einmal das Zimmer.

„Und was siehst du jetzt hinter dem Baum?"

Ferhat war natürlich nicht überrascht, dass dort jetzt nicht mehr der Pflanzenvorsprung war. Das Prinzip kannte er längst, schließlich schaute man immer von anderen Richtungen in den Garten. Aber er wollte rausfinden, was das mit den Sternkarten zu tun hatte. Also suchte er die Felswand nach dem Vorsprung von vorhin ab und versuchte die Entfernung zu schätzen. Jedenfalls war es deutlich mehr als die Strecke die er hier im Raum zurückgelegt hatte.

„Das heißt, wir sehen jetzt etwas anderes hinter der Sonne als vorher? Aber dann müssten sich doch die Sterne, die weiter weg sind, mehr bewegen als die nahen!"

„Das stimmt schon. Aber eben nur bestimmte, je nachdem, in welcher Richtung sie sind. Die nahe Klippe da drüber ist immer noch an der gleichen Stelle, sie sieht nur weiter weg aus, aber das ist bei weit entfernten Sternen nicht mit bloßem Auge erkennbar. Also sehen sie noch gleich aus. Die Sterne, die sich seitlich von unserer Flugrichtung befinden, haben anscheinend ihre Position geändert. Und da macht es bei nahen Sternen viel mehr aus. Wir erkennen Sterne immer im Zusammenspiel mit den anderen Sternen in ihrer Himmelsregion. Und wenn die Sterne im Hintergrund ganz weit weg sind, sehen die zueinander noch gleich aus, aber der nahe Stern ist scheinbar gewandert."

Jurij machte eine Pause, um Ferhat diese Informationen verdauen zu lassen. Der Blick des Jungen glitt zu dem Sternenatlas auf dem Tisch.

„Darf ich mir den ausleihen?", fragte er.

„Natürlich. Wozu?"

„Ich will heute Abend schauen, ob ich die Erd-Sonne entdecke. Ich muss doch nur die Karten mit dem Himmel vergleichen und wenn da ein neuer, heller Stern ist, dann ist das die Erd-Sonne. Oder?"

„Genau. Du kannst hier auf die Brücke kommen, dann siehst du gut. Lass den Atlas einfach hier liegen. Humaira ist heute Abend da und kann dir helfen, wenn du willst. Du wirst noch andere helle Himmelskörper entdecken, die nicht auf der Karte sind. Hier gibt es auch andere Planeten. Dafür keinen Mond."

Ferhat wollte eigentlich nach den Planeten fragen, aber dann fiel ihm etwas anderes ein.

„Wenn es keinen Mond gibt, warum gibt es dann Monate?"

Jurij grinste. „Weil man das immer schon so gemacht hat."

Ferhat sah ihn verständnislos an.

„Als wir losgeflogen sind, haben wir unseren Kalender auf den neuen Jahreslauf umgestellt. Ihr Kinder habt das vermutlich gar nicht mitbekommen. Aber wir hatten ja die Daten vom Roboter und der Sonde hier im Orbit, daher wussten wir schon, dass dieser Planet 355 Erd-Tage braucht, um seine Sonne – Helia – zu umkreisen, sich dabei aber nur 321-mal um sich selbst dreht. Ein Tag hier ist also 26,5 Erd-Stunden lang. Wir haben dann den Tag-Nacht-Rhythmus von Gaya genommen, um die Beleuchtung im Garten zu steuern, damit sich alle schon mal daran gewöhnen. Anfangs haben wir noch in Erdzeit umgerechnet, aber irgendwann war das nicht mehr wichtig. Und dann haben wir ziemlich lange diskutiert, wie wir das Jahr einteilen. Wir wussten noch nicht genau, wo wir landen und wie ausgeprägt die Jahreszeiten dort sein werden. Aber wir wussten, dass es welche gibt, weil auch die Achse von Gaya gekippt ist. Manche wollten einfach das System der Erde übernehmen, mit 12 Monaten, 7 Tagen und 24 Stunden. Die Stunden wären dann etwas länger und die Monate kürzer. Andere wollten es leichter zu rechnen haben und 10 Stunden pro Tag, manche wollten die großen Festtage der Erde weiter feiern und so weiter.“

Ferhat nickte leicht ungeduldig.

„Letztlich haben wir es dann so entschieden: Wir teilen den Tag in 20 Untereinheiten, 10 tagsüber und 10 nachts. Das stimmt nahe dem Äquator, aber jetzt sind wir weiter im Norden, da ändert sich dann Sonnenauf- und Untergang im Jahreslauf. Vielleicht passen wir das also noch einmal an. Letztlich brauchen wir Menschen aber die genaue Uhrzeit sowieso selten, das ist nur für die Systeme hier wichtig.“

„Und die Monate?“, fragte Ferhat.

„Dazu komme ich jetzt. Wir haben schnell eingesehen, dass 321 schwer zu rechnen ist. Deswegen haben wir beschlossen, den Tag unserer Landung als Fixpunkt der Gaya-Zeitrechnung aus dem System zu nehmen. Der wird immer ein Feiertag sein, aber wir wussten ja vorher nicht genau, wann er sein wird. Die restlichen 320 Tage haben wir auf die vermuteten vier Jahreszeiten verteilt und raus kamen je 80 Tage. Nach einer Weile haben wir gemerkt, dass es einfacher ist, wenn das noch mal unterteilt wird, weil wir es so gewohnt sind, in Wochen und Monaten zu planen. Also haben wir vier Monate mit 20 Tagen definiert und diese dann in vier Wochen unterteilt. Jede Woche hat fünf Tage.“

Ferhat war etwas enttäuscht von dieser nüchternen Erklärung. Er hatte gedacht, sie hätten vielleicht einen der größeren Asteroiden als Mond-Ersatz genommen oder so.

Laut fragte er: „Was ist dann mit den Geburtstagen? Stimmen die noch?“

„Wir haben sie umgerechnet und neu festgelegt. Jetzt hat man eben ein bisschen öfter Geburtstag als auf der Erde, aber das ist ja nicht schlimm, oder?“

Ferhat grinste. „Stimmt.“

Jurij sah aus dem Fenster. „Schau, alle anderen sind schon draußen. Lass uns zu ihnen gehen.“

HUMAIRAS WUNSCH

Humaira sah, wie Marie am Strand entlang Richtung Felsen lief. Sie zögerte kurz, dann folgte sie ihr. Seit Tagen wartete sie auf eine Gelegenheit, allein mit ihrer Freundin zu sprechen. Früher hatten sie sich oft auf ihren Abendrunden im Garten getroffen, aber seit ihrer Landung waren die gewohnten Routinen unterbrochen und sie begegneten sich fast nur noch beim Essen oder bei den gemeinsamen Erkundungen der Umgebung, wo immer jemand in der Nähe war. Sie beeilte sich, hinterher zu kommen, und als sie um den Felsvorsprung trat, erschrak sie kurz, weil der Strand vor ihr leer war. Dann schaute sie nach rechts und sah, dass Marie den Felsen hinauf kletterte. Auf dieser Seite war er nicht so steil, die abgebrochene Kante bildete fast eine Treppe.

Als Marie oben ankam, drehte sie sich um. Sie entdeckte Humaira und winkte ihr, herauf zu kommen. Dann setzte sie sich auf den Felsen und blickte Richtung Raumschiff. Humaira atmete tief durch und begann den Aufstieg. Aber es war leichter als sie dachte, und nach kurzer Zeit saß sie neben ihrer Freundin und ließ den Blick über die Lichtung schweifen. Das Raumschiff glänzte in der Morgensonne, und die Kinder rannten herum und spielten Fangen. Humaira sah, wie Marie mit einem feinen Lächeln Amal beobachtete, und spürte den vertrauten Stich. Dann fasste sie sich ein Herz und sagte: „Ich will auch ein Kind.“

Die Zeit schien still zu stehen. Humaira spürte, wie ihr das Blut in den Kopf schoss und hörte, wie es in ihren Ohren rauschte. Noch einmal holte sie tief Luft und konzentrierte sich aufs Ausatmen. Deswegen hörte sie fast nicht, wie Marie antwortete: „Okay, wann?“

Humaira schaute ihre Freundin entgeistert an. Das war alles? Sie hatte sich seit Tagen ausgemalt, wie dieses Gespräch verlaufen würde, wie sie Marie erklären würde, dass sie sich das tatsächlich gut überlegt hatte – und hoffte, sich dabei selbst ein bisschen mehr davon zu überzeugen, dass es wirklich eine gute Idee war und kein vorübergehendes Hirngespinst. Schließlich war in ihrem Leben bisher überhaupt kein Platz für ein Kind gewesen. Auf der Erde hatte sie hart gekämpft, um Astronautin zu werden, und als sie es schließlich geschafft hatte, wollte sie diese Position nicht durch eine Schwangerschaft aufs Spiel setzen. Mal abgesehen davon, dass ihr der Partner gefehlt hatte. Und dann hatte Professor Lindsten sie als Copilotin ausgewählt, und während des Fluges war sie vollauf beschäftigt gewesen. Jetzt war das anders. Sie hatte plötzlich Zeit, und sie brauchte keinen Partner. Und sie wollte ein Kind, ganz egal, was alles an vernünftigen Gründen dagegen sprach. Nicht zuletzt, dass die Zukunft völlig ungewiss war.

Marie hielt ihrem Blick stand, lächelte dann und sagte: „Ich hatte gehofft, dass du das einmal zu mir sagst, ich habe nur noch nicht jetzt damit gerechnet."

„Aber findest du es nicht gefährlich? Wir wissen ja nicht mal, ob ich überhaupt Kinder bekommen kann, geschweige denn auf einem anderen Planeten!"

„Kinder bekommen ist immer gefährlich. Du weißt nie, was auf sie zukommt. Hätten deine Eltern gewusst, wie die Erde aussieht, wenn du erwachsen bist, hätten sie dich dann bekommen?"

Humaira schüttelte langsam den Kopf.

Marie fuhr fort: „Meine vermutlich auch nicht. Aber ich bin froh, dass sie es nicht wussten oder vielleicht nicht einmal darüber nachgedacht haben. Menschen bekommen Kinder nicht wegen günstiger Umstände, sondern trotz allem. Und mal ehrlich, so ungünstig sieht es hier doch gar nicht aus, oder?" Sie machte eine große Armbewegung, die das Raumschiff, die Lichtung, das Meer und den blauen Himmel umfasste.

Humaira musste lachen. „Du hast recht. Ich weiß, dass ich bei dir und Runa in besten Händen bin. Und ich weiß auch, dass man keinen Mann braucht, um ein Kind großzuziehen, aber tief in mir frage ich mich, ob dem Kind dann nicht der Vater fehlt." Sie schaute Marie von der Seite an, um zu sehen, ob ihre Worte die Freundin verletzt hatten. Tatsächlich huschte ein Schatten über Maries Gesicht.

„Entschuldige ...", setzte Humaira an, aber Marie unterbrach sie.

„Nein, du hast ja recht. Ich frage mich das auch immer wieder. Vielleicht weil ich Per so sehr vermisse. Aber ich glaube, für Amal spielt das im Moment keine große Rolle. Sie kannte ihn nicht, und sie hat genug männliche Vorbilder. Ich denke, in der Beziehung haben wir es hier wirklich gut. Amal hat keinen Vater, aber sie hat einen ganzen Clan. Das hätte sie auf der Erde nie gehabt."

Humaira folgte ihrem Blick. Amal stand mal wieder mit Harald am Ufer und warf Steine ins Wasser. Etwas entfernt buddelten Kazuko und Pafuri im Sand, während Irina zwischen den Beinen ihrer Mutter saß und auf den nassen Sand patschte. Raven und Elu liefen den Strand entlang zu den anderen Kindern. ‚Wie ein kleiner Kindergarten', dachte Humaira. ‚Nur dass hier jeder machen kann, was ihm Spaß macht.'

Sie drehte sich zu Marie um, die sich auf den Rücken gelegt hatte und die Wolken betrachtete.

„Was für einen Vater hättest du denn gerne? Also rein biologisch, meine ich", fragte diese nun.

Humaira schaute sie verwirrt an. „Kann ich mir das aussuchen?"

„Natürlich. Wir haben jede Menge Samenspenden dabei, und selbstverständlich hat der Professor sie handverlesen, beschriftet, sortiert, katalogisiert, … Was er halt so gemacht hat den ganzen Tag."

Humaira war leicht irritiert von dem flapsigen Ton. Doch dann kam sie zurück zum Punkt: „Könnte ich also sagen, ich will ein Kind mit blauen Augen und du suchst dann den passenden Vater?"

Marie lachte. „So ähnlich. Allerdings kommen deine Gene ja auch noch dazu und ich glaube kaum, dass irgendetwas deinen schwarzen Augen und Haaren gewachsen ist. Aber im Ernst, du könntest dir schon aussuchen, woher der Kindsvater kommen soll. Gesund und intelligent sind die alle gewesen, da hat der Professor großen Wert darauf gelegt."

Humaira staunte. Sie hatte zwar gewusst, dass sie eine Samenbank dabei hatten, damit die zukünftige Bevölkerung des Planeten einen möglichst großen Genpool besaß, aber dass der Professor sich damit so eine Mühe gegeben hatte, wunderte sie nun doch. Wobei, eigentlich hatte er alles, was er tat, bis ins kleinste Detail durchgeplant, warum also nicht auch das. Trotzdem widerstrebte es ihr irgendwie, nun mit Marie den perfekten Vater für ihr Kind auszusuchen. In ihrem Kopf tauchten Bilder auf, wie sie beide in weißen Kitteln vor einem Tiefkühlschrank mit beschrifteten Reagenzgläsern standen und diese einzeln durchgingen: zu groß, zu klein, zu hellhäutig, nicht musikalisch genug, …

„Können wir das nicht ganz normal machen?", fragte sie.

„Was meinst du mit normal? Willst du Harald fragen, ob er sich zur Verfügung stellt?"

Humaira prustete los. Die Vorstellung war einfach zu absurd. Dann wurde sie wieder ernst.

„Nein, ich meine, ... Also, wie läuft das dann ab, die Befruchtung? Musst du mich betäuben oder so?" Sie hatte sich tatsächlich noch nie so richtig damit auseinandergesetzt, wie man schwanger werden konnte, abgesehen vom natürlichen Weg.

Marie setzte sich wieder auf. „Wie viel weißt du über deinen Zyklus? Ist er regelmäßig?"

„Ja, so ungefähr. 24 oder 25 Tage sind es meistens."

„Das ist gut. Dann können wir davon ausgehen, dass der Eisprung an Tag 12 oder 13 ist. Ich schlage vor, wir versuchen es erst mal so: Am Tag 11 nach Beginn deiner Periode kommst du zu mir ins Behandlungszimmer und wir spritzen die Samen einfach in deine Vagina. Ganz natürlich, nur dass es halt eine Glasspritze ist und keine aus Fleisch und Blut."

Humaira musste schon wieder kichern. Marie hatte so eine herrlich trockene Art, dass sich die ganze Anspannung entlud und Humaira sich vorkam wie ein Schulmädchen, das zum ersten Mal etwas von Bienen und Blumen hörte.

Marie grinste auch und fuhr fort: „Du musst natürlich ein paar Tage vorher Bescheid sagen, damit ich es schonend auftauen kann. Von mir aus können wir auch eine Zufallsauswahl machen, das kannst du dir ja noch überlegen. Es ist nicht sehr wahrscheinlich, dass es gleich beim ersten Mal klappt, aber durchaus möglich. Wenn nicht, merkst du es ja zwei Wochen später und wir probieren das einfach ein paar Mal. Danach könnten wir immer noch tiefer in die Trickkiste greifen."

Humaira wollte gar nicht so genau wissen, was sie damit meinte. Sie hatte genug damit zu tun, die neuen Informationen zu verdauen und sich richtig bewusst darüber zu werden, dass aus ihrem Hirngespinst nun ein konkreter Plan mit Termin geworden war.

Marie sah sie an: „Und wenn du Zweifel hast, sprich mit mir! Oder mit Runa, oder mit irgendwem anders. Aber mach das nicht nur in deinem Kopf aus. Da drehst du dich nur im Kreis."

Eine Weile saßen sie schweigend nebeneinander, jede in ihre eigenen Gedanken vertieft. Humaira schaute wieder zu den Kindern. Inzwischen waren die mit Elu Richtung Bach gegangen, und Humaira musste die Augen etwas zukneifen, um sie erkennen zu können. Die junge Frau hatte sich Irina auf den Rücken gebunden und trug Raven auf der Hüfte, und Humaira fragte sich, ob ihr Mutterschaft genauso leicht fallen würde. Von der körperlichen Kraft mal abgesehen, schließlich wäre sie knapp zwanzig Jahre älter als Elu bei der Geburt ihres Kindes.

Sie sah, wie Elu sich suchend umschaute und dann den Kopf hob, um zu rufen. Mit kurzer Verzögerung kann der Ton bei ihr an.

„Pafuri!"

Einige Siedler drehten den Kopf und schauten sich dann suchend um. Auch Humaira ließ ihren Blick über die Lichtung schweifen, auf der Suche nach einem kleinen braunen Lockenkopf.

„Pafuri?", rief Elu wieder, und es klang deutlich alarmierter.

Humaira sah, dass von der anderen Seite der Lichtung Mandisa und Lowan angelaufen kamen. Dann bemerkte sie eine Bewegung im Augenwinkel: Im grünen Dickicht beim Wasserfall blitzte hell Pafuris Overall auf.

„Dahinten", wollte sie rufen, aber Elu hatte es schon selbst entdeckt.

„Stopp!", rief sie jetzt scharf. „Bleib stehen und beweg dich nicht, bis ich dich hole." Elu setzte Raven hastig auf den Boden und lief zum Wasserfall, wo Pafuri gerade Anstalten machte, auf die glitschigen Felsen zu klettern.

„Stopp!", schallte jetzt auch Mandisas Stimme über die Lichtung.

‚Hoffentlich hört er besser als seine Schwester', dachte Humaira leicht sarkastisch, aber da war Elu schon bei dem

Jungen und hielt ihn fest, kurz darauf kam Mandisa bei den beiden an, direkt gefolgt von Lowan.

Humaira merkte erst jetzt, dass sie den Atem angehalten hatte. Sie sah zu Marie und meinte erleichtert: „Alles gut gegangen!" Da hörten sie einen erschrockenen Aufschrei und gleich darauf das bitterliche Weinen eines Kleinkindes.

Wie der Blitz rannte Elu zu Raven, und als Humaira sich wieder zu Marie umdrehte, war ihre Freundin auch schon aufgesprungen und auf dem Weg zur Steintreppe.

„Lauf bitte zum Schiff und hol meinen Arzt-Rucksack. Ich renne direkt zu Raven und schaue, was passiert ist", rief sie über die Schulter.

Humaira gehorchte mechanisch, kletterte nach ihrer Freundin vorsichtig vom Felsvorsprung und eilte zum Schiff. Direkt neben dem Eingang war ein Raum für Werkzeug und andere nützliche Dinge, und dort hing, wie an anderen zentralen Stellen im Raumschiff auch, ein Arzt-Rucksack, gekennzeichnet durch ein aufgenähtes rotes Kreuz.

Kaum eine Minute später lief Humaira die Rampe wieder hinunter und Richtung Bach. Elu hatte Raven auf den Schoß genommen, das Mädchen hatte sich etwas beruhigt und schluchzte nur noch manchmal kurz auf. Den rechten Fuß hatte sie ausgestreckt in Maries Hand liegen. Fasziniert und irgendwie distanziert beobachtete sie ganz genau, was Marie machte. Diese bewegte den kleinen Fuß vorsichtig hin und her, aber es schien nichts gebrochen oder verstaucht zu sein.

Humaira kniete sich neben Marie ins Moos und öffnete den Rucksack.

„Pinzette", sagte Marie knapp. „Und Wundtuch."

Humaira reichte ihr eine Pinzette mit gebogenem Ende, ideal zum Entfernen von kleinen Stacheln. Denn das war es, was in Ravens Fuß steckte. Und auf dem Boden lagen mehrere kleine, stachelige Früchte, die wohl von einem Baum am anderen Ufer stammten. Dort wo die Stacheln abgebrochen waren, trat eine milchige, zähe Flüssigkeit aus.

„Warum war sie denn barfuß?", ging es Humaira durch den Kopf. Dann erinnerte sie sich daran, dass Elu erzählt hatte, wie gerne Raven zur Zeit „Schuhe ausziehen" spielte. Tatsächlich lag der kleine Schuh neben dem Mädchen im Moos.

Humaira suchte weiter in der Tasche. In einem Seitenfach fand sie saubere kleine Tücher, und reichte eins davon Marie.

„Soll ich welche nass machen?", fragte sie und wies mit dem Kopf zum Bach. Aber Marie schüttelte den Kopf.

„Wenn dann mit Wasser von drinnen. Aber erst mal nicht, danke."

Konzentriert und stumm entfernte Marie einen Stachel nach dem anderen. Dann betrachtete sie den Fuß von allen Seiten, hielt ihn in verschiedenen Winkeln vor das Licht, und erklärte: „Fertig. Alle draußen. Jetzt hoffen wir mal, dass sich das nicht entzündet."

Sie schaute Humaira an. „Ist da ein Fläschchen Alkohol in der Tasche?"

Humaira fand nach kurzer Suche eine Flasche mit klarer Flüssigkeit. „Alkohol" stand fein säuberlich auf dem Schild, und darunter war ein Totenkopf gezeichnet. Sie zog eine Augenbraue hoch: Sie waren doch hier nicht auf einem Piratenschiff. Aber dann sah sie ein, dass auch die ganz Kleinen so verstehen würden, dass das hier kein Wasser war.

„Hier ist welcher. Soll ich ihn auf ein Tuch geben?"

„Ja bitte. Und dann mach damit die Stelle großflächig sauber, okay? Ich geh rein und hole ein paar Sachen." Sie stand auf. „Hat jemand Runa gesehen?", fragte sie in die Runde.

Samira wies mit dem Finger Richtung Waldrand, von wo Runa gerade auftauchte, zwei Körbe mit Blättern und Früchten in der Hand. Dann schrie das Mädchen erschrocken auf, als Fips von ihrer Schulter hüpfte und sich vorsichtig den Stachelfrüchten näherte. Er schien daran zu schnüffeln, auch wenn Humaira keine Nase sehen konnte. Dann beäugte er die Frucht von allen Seiten, wobei er deutlich Abstand hielt.

Maries Stimme riss Humaira aus ihrer Betrachtung. „Bringt Raven in ihre Kabine und ins Bett. Belastet den Fuß so wenig wie möglich dabei und legt ihn hoch. Ich komme später noch mal nach ihr sehen und schicke gleich Tee und Verbandsmaterial. Dalina, kannst du die Früchte testen und mir sagen, was in dieser Milch ist? Du findest Runa und mich in der Krankenstation."

MEDIZIN

Runa stand mit Tuula im „Stillroom", wie sie ihn für sich nannte, nach den Räumen in alten, herrschaftlichen englischen Anwesen, in denen von heilkundigen Mägden die Hausmittel, Seifen und Kräuteröle bereitet wurden. Hier trockneten sie Kräuter und mischten Tees, bereiteten Salben und Tropfen vor. Und hier destillierten sie Alkohol, was den Namen des Raumes erklärte.

Gerade machten sie eine frische Portion „Tannen-Sauerhonig". Natürlich hatten sie welchen im Vorratsschrank gehabt, aber davon hatte Raven nun in den letzten paar Stunden schon ziemlich viel verbraucht. Außerdem wirkte er viel besser, wenn er frisch war. Und, aber das gab Runa nur sich selbst gegenüber zu, sie wollte etwas zu tun haben.

Anfangs hatte sie sich keine Sorgen gemacht, Marie hatte offenbar alle Stacheln erwischt und es gab keinen Grund zur Beunruhigung. Höchstens diese seltsame Farbe des Fußes, die Runa erahnt hatte. Aber sie konnte nicht einmal sagen, welche Farbe es gewesen sein sollte. Je mehr sie sich darauf konzentrierte, desto „normaler" sah der Fuß wieder aus. Bis sie dann aus dem Augenwinkel wieder diesen Schimmer sah, der verschwand, sobald sie den Kopf drehte.

Runa schüttelte unwirsch den Kopf. Dann richtete sie ihre Aufmerksamkeit wieder zurück zum Rezept.

„Hast du die Tannenspitzen?", fragte sie ihre Nichte.

„Hier, eine Handvoll und nur hellgrüne, wie du gesagt hast." Tuula wies auf eine Schüssel in der Mitte des großen Tisches.

„Gut. Dann brauchen wir noch Apfelessig und Honig und los geht's."

„Ich habe Tannenhonig geholt. Hilft das mehr?", fragte Tuula.

„Jedenfalls kann es nicht schaden", erwiderte Runa. Sie reichte Tuula das Rezept.

„Lies mal vor. Was steht da?"

Tuula kniff die Augen etwas zusammen, um die ungewohnte Schrift zu lesen. Handschrift, und dann auch noch alt und verblichen auf einem dünnen Karton, der schon viel zu oft neben einem Herd gelegen hatte.

„100 ml Apfelessig mit einer Handvoll Tannennadeln bei schwacher Hitze eine halbe Stunde simmern lassen", las sie vor, und fragte dann: „Was heißt simmern?"

„So dass es fast kocht, aber nicht wirklich", sagte Runa, und stellte den Herd an.

Tuula maß den Apfelessig ab und gab die Tannennadeln dazu.

„Lies weiter", sagte Runa.

„Nach Wahl noch weitere Heilkräuter zufügen." Sie sah Runa an. „Warum steht hier nicht, welche?"

„Na, das kommt drauf an, was du willst. Thymian gegen Husten, oder Salbei, wenn es eher Halsschmerzen sind, oder Pfefferminze. Was man gerade braucht."

„Und was brauchen wir jetzt?", fragte Tuula leicht ungeduldig. Die ausweichende Antwort ihrer Tante schien sie ebenso zu frustrieren wie die Mehrdeutigkeit des Rezeptes.

„Ehrlich gesagt, weiß ich das noch nicht. Wir machen erst mal den puren Honig, dann können wir immer noch etwas hinzufügen. Also, jetzt überwachst du hier die Temperatur. Wenn es lang genug gesimmert hat, ungefähr eine halbe Stunde, mach den Herd aus und lass es abkühlen auf 30 bis 35 Grad. Dann gießt du es durch das Sieb und löst den Honig darin auf. Aber pass auf, ab 42 Grad gehen die wertvollen Inhaltsstoffe kaputt."

„Oh. Heißt das, es hilft gar nichts, wenn ich Honig in meinen heißen Erkältungstee rühre?", fragte Tuula überrascht.

„Doch, schon. Es hilft bestimmt mehr als gar kein Honig. Aber noch besser wäre, ihn lauwarm anzurühren. Aber jetzt kochst du bitte erstmal die Tannennadeln aus. Hier ist ein Thermometer." Runa lenkte die Aufmerksamkeit ihrer Nichte zurück zur anstehenden Aufgabe.

Während Tuula damit beschäftigt war, holte Runa ihre alten Bücher aus dem Regal neben der Tür und setzte sich in den Sessel am kleinen Tisch, der in einer Ecke stand. Sie schlug das dicke Buch auf, in dem alle Heil- und Giftpflanzen der Erde verzeichnet waren, und blätterte durch, ohne wirklich zu wissen warum. Sie war sich sicher, dass die anhaltende Rötung und die Schmerzen, die Raven im Fuß hatte, von einer Art Vergiftung kamen. Die Schwellung von den Stichen selbst war schnell zurückgegangen und es hatte genau richtig viel geblutet, um eventuellen Dreck aus der Wunde zu waschen. Es war nichts zu sehen, was eine Entzündung hätte hervorrufen können. Aber irgendetwas war da offenbar.

Die Tür öffnete sich und Dalina kam herein. Sie trug Handschuhe und ein kleine durchsichtige Kiste, in der einige der stacheligen Früchte lagen. Dalina stellte die Kiste auf den Tisch und setzte sich zu Runa.

„Wir haben sie auf alles getestet, was wir können, und von einigem ist das Ergebnis schon da", begann sie.

„Und?"

„Es ist kein Gift, das wir kennen. Also bisher, aber ich glaube, das bleibt auch nach den komplizierteren Tests so. Wir haben nämlich was anderes gefunden."

„Was denn? Mach's nicht so spannend!"

„Entschuldige. Also, da ist eine Verbindung, die wir nicht kennen. Ziemlich viel davon sogar. Es ist in diesem Saft, der in den Stacheln ist. Wenn sie abbrechen, kommt er raus, wie bei Brennnesseln. Nur milchig. Und mehr.“

„Und der ist giftig?“

„Zumindest enthält er große Mengen von dieser Verbindung xy. Keine Ahnung, was das ist, aber bis wir eine bessere Idee haben, schlage ich vor, wir konzentrieren uns darauf.“

„In Ordnung. Wie gehen wir vor?“, fragte Runa. Sie zog die Kiste zu sich heran und betrachtete die Früchte von allen Seiten.

„Ich hatte gehofft, du weißt das“, erwiderte Dalina. „Du bist doch die Naturheilkundige.“

Runa schnaubte unwillig. Aber dann widmete sie sich wieder der Kiste mit den Früchten. Sie öffnete den Deckel, um daran zu schnuppern. Dann nahm sie die von Dalina angebotenen Handschuhe und drehte eine Frucht vorsichtig auf die Seite. Sie war etwas aufgebrochen und im Inneren lagen dunkelrote Früchte, die aussahen wie reife Kirschen.

„Also …“, sagte sie langsam. „Wenn es in einem System ein Gift gibt, dann gibt es auch ein Gegengift. So ist das immer. Zumindest war das immer so auf der Erde. Lass uns mal annehmen, dass es hier auch so ist.“

Dalina stimmte zu. Etwas anderes wollte sie sich auch gar nicht vorstellen.

Runa sprach weiter: „Dann müssen wir jetzt nur noch das Gegengift finden. Könnt ihr mit euren schlauen Apparaten nicht ausrechnen, wie das aussehen müsste?“

„Wir haben schon kurz darüber gesprochen. Osamu und ich werden tatsächlich versuchen, mögliche Verbindungen zu berechnen, wie das Gegengift aussehen könnte. Aber das kann nur ein Ansatz von vielen sein, das dauert zu lange. Er füttert gerade den Computer mit den Daten, dann kann der an die Arbeit gehen."

Sie hielt kurz inne, trank einen Schluck Wasser aus der Flasche, die sie immer am Gürtel hängen hatte, und fuhr fort: „Wichtiger ist, dass wir viel mehr Pflanzenproben bekommen. Wir haben zwei portable Testgeräte. Eigentlich sind die für mich und Osamu hier wichtig, aber wir kommen auch mit nur einem aus. Wir werden das andere so vorbereiten, dass eine Expedition es mitnehmen kann und alles, was ihnen unter die Finger kommt kurz testen, ob unbekannte Verbindungen enthalten sind. Das kommt dann alles in das neue Labor unterm Schiff und wir sehen weiter."

„Okay. Wir besprechen im Abendkreis wer geht, nehme ich an. Bis ihr was gefunden habt, werde ich weiter Weidenrindentee gegen das Fieber geben und die üblichen Entgiftungsmittel durchgehen. Vielleicht haben Marie oder Wayan noch eine Idee."

„Ja, das ist vermutlich alles, was wir jetzt tun können. Schade nur, dass die uns nicht weiterhelfen", sagte Dalina und wies auf die Kiste mit den Stachelfrüchten.

„Vielleicht doch", sagte Runa.

„Was meinst du damit?", fragte Tuula, die unbemerkt zum Tisch getreten war und die Stachelfrüchte aufmerksam betrachtete. „Wie können die uns helfen?"

„Was ist mit dem Sauerhonig?", fragte Runa und drehte sich zum Herd um.

„Keine Sorge, ich habe den Herd ausgemacht und es kühlt jetzt ab. Das kann es auch alleine. Was meinst du damit, dass sie uns helfen können?"

„Man sagt doch: Gleiches mit Gleichem heilen", sagte Runa.

„Homöopathie?" Tuula wusste natürlich, was ihre Tante meinte, aber so ganz sah sie nicht, wie das jetzt helfen würde.

„Willst du etwa die Früchte verdünnen?" fragte sie etwas flapsig.

Runa ging nicht auf ihren Ton ein. „Ich dachte eher daran, dass Dalina uns das Gift extrahiert und wir das dann verdünnen." Sie sah kurz zu Dalina, die nickte. „Und immer im Uhrzeigersinn umrühren, mit einem Bambuslöffel", fügte Runa hinzu, um ihre Nichte aufzuziehen. Tuula glaubte nicht an die Wirkung von etwas, das nicht nachweisbar war. ‚Da hat ihr Vater wirklich ganze Arbeit geleistet', dachte Runa mit einem Seufzen. Ihr Schwager war kein schlechter Mann gewesen, aber er war ein Zahlenmensch durch und durch, und für alternative Medizin und anderen „Hokuspokus" hatte er nichts übrig. Was sich nicht wissenschaftlich beweisen ließ, gab es einfach nicht, darüber wurde auch nicht geredet. Insofern hatte Tuula in den letzten Jahren, seit sie bei ihrer Tante lebte und erst recht jetzt auf dem Flug, viel dazu gelernt und ihren Horizont gehörig erweitert – im wahrsten Sinne des Wortes. Aber die Wirkung von Wasser mit Informationen überstieg ihr Vorstellungsvermögen, vor allem, wenn diese mit jeder Verdünnung stärker werden sollte.

Runa erinnerte sich daran, wie sie selbst jung gewesen war. Oft hatte sie einfach nicht glauben wollen, was ihr ältere Menschen gesagt hatten, und es hatte sich später häufig genug herausgestellt, dass diese recht gehabt hatten. Aber sie hatte es selbst ausprobieren müssen, ihre eigenen Fehler machen. Deswegen drängte sie Tuula nicht, sie würde es schon selbst merken.

FIEBER

Dalina war auf dem Weg zu Elus Kabine, um ihr etwas vom Abendessen zu bringen. Raven hatte immer noch Fieber, und die junge Frau hatte nicht von der Seite ihrer Tochter weichen wollen, auch wenn ihr Runa angeboten hatte, in der Zwischenzeit nach dem Mädchen zu sehen. Also hatte Dalina ein Tablett mit verschiedenen Speisen vom Abendbuffet zusammengestellt und auch etwas Suppe für Raven mitgebracht, auch wenn sie nicht glaubte, dass die Kleine sie essen würde. Zum Glück stillte Elu sie noch und das ging auch im Fieberschlaf, so dass Raven mit den wichtigsten Nährstoffen und ausreichend Flüssigkeit versorgt war.

Gerade als Elus Tür um die Kurve sichtbar wurde, ging diese auf. Mandisa stürmte heraus und schlug sie hinter sich zu.

„Was ist los?", fragte Dalina, als Mandisa an ihr vorbeilaufen wollte.

„Nichts", entgegnete die unwirsch, aber so einfach kam sie nicht davon.

„Sag schon. Habt ihr etwa gestritten?"

„Nein! Also, naja. Sie hat gesagt, wenn sie nicht auf mein Kind hätte aufpassen müssen, wäre das nie passiert."

„Oh." Dalina wusste nicht gleich, was sie darauf antworten sollte. Irgendwie war ja was dran. „Ich denke, sie ist einfach angespannt. Das wären wir doch auch an ihrer Stelle, oder? Bestimmt hat sie es nicht so gemeint …"

„Doch, hat sie! Und weißt du was? Sie hat recht", sagte Mandisa zu Dalinas Überraschung. „Aber sie wollte das doch so, oder? Sie hat doch immer die Kinder um sich versammelt, und nie war es ihr zu viel. Verdammt, meine Kinder

"

verbringen lieber mit ihr Zeit als mit mir. Warum beschwert sie sich jetzt?"

‚Aha‘, dachte Dalina. ‚Daher weht der Wind.‘ Laut sagte sie: „Ich weiß es auch nicht. Aber ehrlich gesagt kann ich mir vorstellen, dass es jetzt etwas anderes ist als auf der Reise. Da hätte sich Raven nicht stechen können, und Pafuri nicht so weit weglaufen. Ich habe da bisher auch nicht drüber nachgedacht." Dalina erinnerte sich an all die Gelegenheiten der letzten Tage, wo sie und Jurij ihren verschiedenen Arbeiten nachgegangen waren in der Gewissheit, dass Irina bei Elu im Tragetuch war und Damian irgendwo in ihrer Nähe. Sie waren einfach davon ausgegangen, dass Elu sich kümmern würde, wie immer. „Wenn Raven wieder gesund ist, müssen wir darüber sprechen, wie wir das in Zukunft machen. Aber jetzt bringe ich ihr erst mal was zu essen." Sie schenkte Mandisa ein aufmunterndes Lächeln zum Abschied und öffnete mit dem Ellenbogen die Tür zu Elus Kabine.

Die junge Frau saß auf dem Bettrand und legte ihrer Tochter gerade einen frischen Waschlappen auf die Stirn. Sie drehte sich zur Tür und nickte Dalina zu. Diese stellte das Tablett auf dem kleinen Tisch ab, schloss die Tür und trat an Ravens Bett.

„Wie geht es ihr?", fragte sie.

„Das Fieber geht nicht runter. Runa hat jetzt einen Umschlag mit Linden- und Birkenkohle auf die Wunde gemacht, um das Gift raus zu ziehen. Aber sie weiß immer noch nicht, welches Gift es ist." Elu sah Dalina über das Bett hinweg an, und in ihren Augen schimmerte Panik.

„Ja, das hat sie im Abendkreis gesagt. Aber auch, dass sie glaubt, dass die Kohle trotzdem hilft, und die anderen Sachen zur Entgiftung und Stärkung auch. Ist doch egal, was genau die Körperpolizei rausschmeißt, oder?" Sie hatte Elu aufheitern wollen, aber die junge Frau lächelte nicht mal.

Dalina fuhr fort: „Runa hat auch gesagt, wenn es ein Gift in einem Ökosystem gibt, gibt es auch ein Gegengift. Wir müssen es nur finden.“

Jetzt lachte Elu kurz auf, aber es klang bitter. „Wie sollen wir ein Gegengift finden, auf diesem ganzen Planeten? Hier sind Millionen von Pflanzen!“

„Naja, ganz so viele glaube ich auch nicht. Die meisten sind ja irgendwie verwandt, da reicht es, wenn ich ein paar Varianten der gleichen Gattung teste, dadurch kann ich Rückschlüsse ziehen auf …“ Dalina sah, dass Elu sie verständnislos anstarrte. „Also kurz gesagt, ich kann die Pflanzen alle testen, mit Osamus Hilfe geht es recht schnell. So identifizieren wir alle Pflanzen mit irgendwelchen unbekannten Verbindungen, dadurch wird sich die Menge der möglichen Lieferanten für das Gegengift schon reduzieren. Und dann sehen wir weiter.“

Raven bewegte sich unruhig und Elu lenkte ihre Aufmerksamkeit wieder voll auf ihre Tochter, richtete den Waschlappen und die Decke und strich dem Mädchen über den Arm. Als Raven wieder tief schlief, sah Elu zu Dalina auf.

„Was habt ihr noch besprochen im Abendkreis?“, fragte sie.

„Vor allem, wer auf die Expedition zum Pflanzensammeln geht. Cem kennt das kleine Laborgerät schon und Lowan will auch mit. Er kann sie dann auch verteidigen. Wayan wird sie durch den Dschungel führen. Ich hätte Anouk lieber hier, wegen der Pflanzenbestimmung und so.“

Elu warf ihr einen dankbaren Blick zu. Bestimmt war es ihr auch lieber, ihren Bruder in der Nähe zu haben. Und ehrlich gesagt war das der Hauptgrund, warum Dalina es vorhin vorgeschlagen hatte.

Sie hatte beschlossen, Elu nichts von der Diskussion zu erzählen, die es um den Einsatz des tragbaren Laborgerätes gegeben hatte. Eigentlich war die Regel klar: Alle Arten von moderner Erd-Technik durften nur im Raumschiff verwendet werden. Draußen sollten sie mit den dort vorhandenen Materialien neue Werkzeuge herstellen und alles selbst bauen, was sie brauchten. Ausgenommen waren Dinge, die sie auf dem Flug aus natürlichen Materialien selbst hergestellt hatten und die es auch schon in der Bronzezeit hätte geben können.

Schließlich hatte Marie die Diskussion beendet. „Es war immer klar, dass wir die Pflanzen hier testen müssen, um rauszufinden, was wir essen können und was giftig ist. Das hat auch Professor Lindsten so geplant. Und jetzt haben wir ein ernstes Problem, das eine schnelle Lösung braucht. Ich jedenfalls bin nicht bereit, Ravens Leben zu riskieren, nur damit wir uns an die Spielregeln halten, die der Professor sich ausgedacht hat.“

Kurz hatte es betroffenes Schweigen gegeben, aber nach und nach hatten alle zugestimmt und die Expedition mit dem Laborgerät war beschlossene Sache. Warum sollte sie also Elu damit belasten?

Stattdessen sage sie: „Oh, und Samira ist ganz unruhig, weil Fips verschwunden ist. Sie sagt, er geht sonst tagsüber nie weg. Aber Lowan sieht mit seinen Infrarotkameras, dass er jede Nacht in den Wald geht. Er sagt, sie soll sich keine Sorgen machen, der taucht schon wieder auf.“ Sie hatte gehofft, Elu mit der Geschichte des kleinen Tiers abzulenken, aber die ging gar nicht darauf ein. Eine Weile saßen sie schweigend da.

„Vasco geht auch mit auf die Suche“, sagte Dalina schließlich.

„Was? Warum?“, fragte Elu.

„Warum nicht?“, gab Dalina leicht gereizt zurück. Dann atmete sie tief durch und antwortete „Er wollte mit. Etwas tun. Immerhin ist er der Vater. Er will hier nicht untätig rumsitzen, er will ihr helfen.“

„Das hätte er sich früher überlegen müssen", sagte Elu. „Bisher waren wir ihm doch auch egal."

„Ihr seid ihm nicht egal", erwiderte Dalina. „Nie gewesen. Er hatte einfach Panik, als er erfuhr, dass du schwanger bist. Und dann, als du gesagt hast, du brauchst ihn nicht, da war sein Stolz verletzt. Aber als Raven geboren wurde, tigerte er durch die Gänge, dass ich fast wahnsinnig wurde. Und als Runa endlich kam und uns erzählte, dass alles gut gegangen ist und du eine gesunde Tochter hast, da hat er geweint vor Erleichterung."

„Das wusste ich nicht", sagte Elu leise.

„Natürlich nicht. Er ist viel zu sehr Macho, um dir zu sagen, dass er bereut, wie er sich benommen hat."

Beide Frauen schwiegen. Elu zog Ravens Decke noch einmal glatt, obwohl das nicht wirklich nötig war. Dann sagte sie: „Aber er könnte sich doch um Raven kümmern. Klar, er spielt manchmal mit ihr wie mit allen anderen Kindern, aber er könnte wenigstens ihr zeigen, dass sie ihm etwas bedeutet."

„Er weiß nicht wie das geht. Sein Vater – unser Vater – war kein gutes Vorbild." Dalina brach ab.

„Aber du kannst es doch auch?"

„Ich hatte Glück. Unser Vater hat meine Mutter verlassen, als ich ein paar Monate alt war." Dalina überlegte kurz, wie das wohl klang. „Jedenfalls hat meine Mutter ein paar Jahre später einen netten Mann mit solidem Beruf geheiratet und ich hatte einen richtigen Papa und eine stabile Kindheit. Bei Vasco war das anders. Ich denke, er hat seinen Vater immer nur als abwesend oder betrunken erlebt, als er klein war. Und als seine Mutter sich endlich von ihm getrennt hat, waren ihre folgenden Partner auch nicht viel besser."

„Dann seid ihr gar nicht zusammen aufgewachsen?" Sie schien ehrlich verblüfft, und Dalina fragte sich, was Vasco ihr damals erzählt hatte.

„Nein, wir kannten uns gar nicht, als wir klein waren. Aber als ich in die Pubertät kam, wollte ich herausfinden, wer mein Vater ist. Ich dachte, das sei wichtig, um meine Wurzeln zu finden oder so. Meine Mutter wollte es mir ausreden und sagte, das führt zu nichts Gutem. Aber das hat mich natürlich nicht abgehalten, im Gegenteil. Du weißt ja wie das ist, als Teenager glaubt man genau zu wissen, was gut für einen ist. Ich habe ihn gesucht und eine Spur verlassener oder betrogener Frauen vorgefunden, die meisten mit Kind. Eine davon war Vascos Mutter. Vasco war da etwa sechs Jahre alt.“

„Hast du ihm gesagt, wer du bist?“

„Zuerst nicht. Ich habe erst mal nur aus der Ferne beobachtet. Und dann … In seiner Schule gab es ein Programm für freiwillige Helfer. Weil sie in so einer schlechten Gegend war und die meisten Schüler Probleme zuhause hatten. So sind wir in Kontakt gekommen.“

Raven wimmerte im Schlaf und wand sich unruhig hin und her. Elu warf Dalina einen besorgten Blick zu und legte die Hand auf Ravens Stirn. Dann begann sie, die Wickel zu wechseln.

Dalina wusste, dass Elu das am liebsten allein machte, und hielt sich im Hintergrund. Sie ging zu der Kommode in der anderen Ecke des Zimmers, auf der Kräuter, Salben und ein Wasserkocher standen, und bereitete frischen Tee zu. Dabei dachte sie zurück an den Tag, als sie das erste Mal Vascos Schule gesehen hatte.

„Schlechte Gegend“ und „Probleme zuhause“ waren ziemliche Untertreibungen. Die Schule lag in einem der schlimmeren Slums, in der Mauer des Schulhofes waren Einschusslöcher von einem Bandenkrieg und die meisten Schüler kamen barfuß und ohne Frühstück in die Schule. Aber sie kamen, immerhin. Die Direktorin war eine willensstarke Frau, die einen ihrer Söhne in einer Schießerei im Viertel verloren hatte und sich geschworen hatte, den Kindern hier eine bessere Zukunft zu schenken. Eines ihrer Programme war „hermanos". Sie hatte unzählige Schulen in besseren Stadtteilen angeschrieben, um „große Geschwister" für ihre Schützlinge zu finden, die sich regelmäßig mit den Jüngeren trafen und mit ihnen eine schöne Zeit verbrachten. Dalina hatte den Namen des Programms sehr passend gefunden, geradezu einen Wink des Schicksals. Und daher hatte sie sich – gegen den Rat ihrer Freundinnen und ohne ihre Eltern auch nur zu informieren – angemeldet. Es war recht einfach gewesen, die Rektorin zu überzeugen, ihr Vasco zuzuteilen. Diese war froh über jeden, der sich gemeldet hatte, und gerne bereit, Wünsche zu erfüllen, auch wenn sie so oberflächlich schienen wie der eines Mädchens nach „diesem süßen kleinen Jungen mit den blauen Augen".

Dalina hatte Vasco einmal die Woche von der Schule abgeholt, war mit ihm mit dem Bus in eines der besseren Viertel gefahren (nie in ihr eigenes, damit ihre Eltern nichts erfuhren) und hatte ihren Bruder ins Kino oder in den Tierpark eingeladen. Manchmal hatten sie auch nur ein Eis gegessen und die Leute auf der Straße beobachtet. Und je mehr Zeit sie mit ihm verbracht hatte, desto größer wurde ihr schlechtes Gewissen. Warum durfte sie in einer liebevollen Familie aufwachsen, ohne Geldsorgen, während ihr Bruder von Armut, Hoffnungslosigkeit und Gewalt umgeben war?

Als sie zum Studium die Stadt verließ, sagte sie ihm die Wahrheit. Sie hatte gedacht, er wäre begeistert über eine große Schwester, stattdessen starrte er sie erst ungläubig an, drehte sich dann um und verschwand in der Menge. Sie folgte ihm nicht. Zwar war er erst acht Jahre alt, aber sie wusste, er würde ohne Probleme nach Hause kommen. Oder wohin auch immer er wollte. Und sie würde ihn nicht finden. So sehr sie auch versucht hatte, ihren positiven Einfluss auf ihn auszuüben, an den restlichen sechs Wochentagen zog er mit den anderen Kindern und Jugendlichen seiner Nachbarschaft herum, und von dem wenigen, was er ihr davon erzählte, ahnte sie nichts Gutes. Aber jedenfalls war er, was man „street wise" nannte, durchaus in der Lage, auf sich selbst aufzupassen. Also schrieb sie ihm einige Tage später eine Nachricht, dass er sie jederzeit anrufen könnte, wenn er wollte, aber bis auf ein knappes „Lass mich in Ruhe, du Lügnerin!", hörte sie nichts mehr von ihm. Auf ihre Ankündigung ein paar Jahre später, nach Europa zu gehen, kam keine Reaktion.

Bis zu dieser Nacht vor über fünf Jahren. Verschlafen war sie ans Telefon gegangen und hörte von der anderen Seite nur „Dalina? Du musst mir helfen! Die wollen mich umbringen!"

Es hatte eine Weile gedauert, bis sie aus ihm herausbekommen hatte, wo er war, aber dann war alles recht schnell gegangen. Sie hatte ihm ein Flugticket gebucht und er war nach Skandinavien gekommen. Und dann stand er vor ihr, seine blauen Augen blickten sie treuherzig an und sie wäre gerne bereit gewesen, ihm die Geschichte vom schuldlos in Schwierigkeiten geratenen Jungen zu glauben. Aber sie kannte ihn gut genug, um zu wissen, dass es nicht ganz so harmlos gewesen sein konnte.

Auch Professor Lindsten hatte sich nicht täuschen lassen. Er war ein Meister der Menschenkenntnis, und er hatte sich rundheraus geweigert, Vasco mit auf die Mission zu lassen.

„Glaubst du, ich lasse mir von ihm alles kaputt machen? Ich habe euch sorgfältig ausgewählt, damit eine würdige Menschheit überlebt, da lasse ich doch jetzt nicht diesen kriminellen Abschaum mitkommen!"

Dalina war gleichermaßen erschrocken über diesen emotionalen Ausbruch des sonst so kühlen Wissenschaftlers wie auch wütend über seine Beleidigung. Ohne nachzudenken erwiderte sie: „Wenn er nicht mit darf, bleibe ich auch hier. Schließlich ist er mein Bruder. Dann hältst du mich wohl auch für Abschaum!"

Professor Lindsten funkelte sie wütend an. „Dann bleib doch hier. Wir kommen auch ohne dich klar."

„Aber nicht ohne Jurij!", schleuderte sie ihm entgegen, drehte sich um und verließ den Raum.

Kurz bevor sie die Tür hinter sich zuschlug, hörte sie den Professor noch: „Du glaubst doch nicht, dass Jurij sich diese Chance entgehen lässt!"

Tatsächlich hatte Dalina eine sehr unruhige Nacht, in der sie sich genau diese Frage stellte. Wenn sie Jurij erzählen würde, was passiert war, wie würde er sich entscheiden? Würde er tatsächlich auf die Gelegenheit verzichten, sein eigenes Raumschiff zu steuern, auf die er sich seit Jahren vorbereitet hatte? Diesen Traum hatte er schon gehabt, als sie sich kennen gelernt hatten, ihre ganze Beziehung war darauf gegründet, dass sie gemeinsam ins All fliegen würden. Und würde sie das tatsächlich aufgeben, um mit ihrem Halbbruder auf der Erde zu bleiben, auf der Flucht vor seinen falschen Freunden? Und was wäre mit Damian? Sie würde es nicht übers Herz bringen, ihn mit seinem Vater für immer wegfliegen zu lassen, aber konnte sie ihm zumuten, mit ihr und Vasco hier zu bleiben? Wie sollte sie sich um ein Kleinkind kümmern, ohne Job und Wohnung, immer in Angst vor dem nächsten Anschlag?

Sie war abwechselnd verzweifelt und wütend auf Vasco, der sich nach all den Jahren genau zum falschesten Zeitpunkt gemeldet hatte und jetzt ihre ganze Zukunft aufs Spiel setzte. Und sie fühlte sich schuldig, weil sie ihn nie über ihre Pläne informiert hatte. Wenn er nicht angerufen hätte, wäre sie wohl ebenso sang- und klanglos verschwunden, wie ihr Vater es immer getan hatte. Nur dass sie eine ganz neue Dimension von weg gewesen wäre.

Jurij hatte sie gefragt, was sie belastete, aber sie hatte es nicht übers Herz gebracht, ihm die ganze Geschichte zu erzählen. Sie sagte ihm nur, dass sie sich Sorgen um Vasco machte, und er gab sich damit zufrieden. Er war mit den Vorbereitungen für den Start so in Anspruch genommen, dass er keine Kapazität für zusätzliche Probleme hatte.

Dalina hatte immer noch nicht entschieden, was sie tun wollte, als Professor Lindsten am nächsten Tag eine Vollversammlung einberief. Sie hatte Angst, dass er dem Team die ganze Geschichte erzählen würde, aber stattdessen kündigte er an, dass sie schon am nächsten Tag starten müssten.

„Die Regierung wird das Projekt kontrollieren, sie haben Wind von der Sache bekommen", war alles, was er dazu sagte. Dann ging es nur noch um Details zum Aufbruch, Aufgabenverteilung und Checklisten. Als die anderen den Raum verließen, gab Professor Linsten Dalina ein Zeichen, zurück zu bleiben.

„Du hast gewonnen. Vasco wird mitfliegen." Der Professor funkelte sie an. „Aber glaub ja nicht, ich mache das für dich. Ich mache es wegen ihm."

„Wie bitte?", fragte Dalina. „Wieso wegen ihm?"

„Er würde uns verraten, wenn wir ihn hier ließen. Es wird mich genug Arbeit kosten, das Ziel der Reise geheim zu halten, wenn es mir überhaupt gelingt. Und ob sie sich von der Explosion lange genug täuschen lassen, weiß auch keiner. Vasco würde nur alles ruinieren. Also muss er mit. Aber wenn irgendetwas auf der Mission schief geht wegen ihm, ist das deine Schuld. Vergiss das nie!"

Dalina erinnerte sich daran, wie sie Vasco einmal erklärt hatte, warum der Professor ihn nicht zurück gelassen hatte.

„Warum hat er mich nicht einfach umgebracht?", hatte der Teenager damals gefragt, und bei der Selbstverständlichkeit, mit der er diese Lösung in Betracht zog, hatte es Dalinas Herz zusammengeschnürt.

„Weil das allem entgegenstehen würde, wofür er sein Leben lang gekämpft hat", hatte sie geantwortet.

Vasco hatte sie nur verwirrt angeschaut.

„Professor Lindsten ist ein strenger, pedantischer Mann, aber er glaubt fest an das grundsätzlich Gute im Menschen. Deswegen hat er diese Mission zusammengestellt. Jede Art von Gewalt ist ihm zuwider, nie würde er so etwas tun."

„Er hätte ja jemanden beauftragen können …", hatte Vasco gemurmelt, und damit wieder einmal bewiesen, dass er gar nichts verstanden hatte.

Die Tür öffnete sich und riss Dalina aus ihren Gedanken. Marie trat ein und ging direkt an Ravens Bett. Sie unterhielt sich leise mit Elu, legte dabei die Hand auf Ravens Stirn und sah sich danach die Wunde genauer an.

„Das Fieber ist schon etwas runter gegangen", sagte sie.

„Aber die Rötung breitet sich immer mehr aus, schau!", sagte Elu, und Dalina konnte hören wie schwer es ihr fiel, ihre Stimme unter Kontrolle zu halten. Schließlich wussten sie nicht, ob Raven sie hören konnte. „Wisst ihr jetzt, was für ein Gift es ist?"

Marie sah kurz zu Dalina und lud sie mit einer Kopfbewegung ein, zu ihnen ans Bett zu kommen. Dann legte sie Elu die Hand auf den Oberarm.

„Wir wissen es noch nicht genau. Wir wissen aber eine ganze Menge schon, zum Beispiel alles, was es nicht ist."

„Und wie hilft uns das?", fragte Elu leicht verzweifelt.

„Wir wissen, dass es kein Gift ist, was Ravens Körper kennt. Oder überhaupt der menschliche Körper. Vielleicht ist es sogar überhaupt kein Gift, sondern er reagiert nur darauf, dass es etwas ganz Neues ist. Dann würde es helfen, es auszuschwemmen. Das versuchen wir gerade mit der Kohle und mit den verschiedenen Tees, und damit, dass wir dem Körper helfen, zu schwitzen. Deswegen ist auch das Fieber eigentlich gut. Es sollte nur nicht zu lange zu hoch sein."

Dalina sah, dass Elu nicht überzeugt war. Die junge Mutter brauchte etwas Konkreteres, daher ergänzte sie: „Runa macht gerade aus dem extrahierten Gift ein Mittel, dass Raven stärken soll und ihre Selbstheilung unterstützen. Und morgen früh brechen die anderen auf, um uns mehr Pflanzen zu bringen. Wir werden das Gegengift schon finden, mach dir keine Sorgen."

Über Elus Kopf hinweg sah sie Marie an. In den Augen ihrer Freundin spiegelten sich ihre eigenen Zweifel. Aber das würden sie Elu nicht spüren lassen.

DAS EI

Am nächsten Morgen traten Keoma und Anouk nach dem Morgenkreis auf den Gang und machten sich auf den Weg zu Elus Kabine. Die meisten anderen Siedler waren nach draußen oder zu einer der Rampen gegangen, die die Stockwerke miteinander verbanden, aber Keoma wandte sich nach rechts und schlurfte den kurzen Gang entlang zur Treppe. Der Weg war kürzer und für seine Knie leichter zu bewältigen. Jurij hatte ihn vor kurzem daran erinnert, dass sie auch einen Aufzug hatten, aber das hatte Keoma empört zurückgewiesen. Solange es noch ging, würde er aus eigener Kraft in seine Kabine kommen. Und wenn es nicht mehr ging, würde er einfach ins Gartengeschoss ziehen, das war schon lange vereinbart.

Auf der Treppe schwiegen beide, und als sie angekommen waren, brauchte Keoma noch eine Weile, bis sich sein Atem normalisiert hatte.

Dann fragte er: „Was bedrückt dich?"

„Nichts", gab Anouk knapp zurück und ging weiter. Doch dann blieb er stehen, drehte sich um und fragte wütend: „Warum darf ich nicht mit? Es ist immerhin meine Nichte, die da liegt. Ich will nicht faul hier rumsitzen."

„Es sind schon genug junge Männer eingeteilt, wir brauchen dich hier. Und Wayan kann sie genauso gut durch den Dschungel führen", erwiderte Keoma. Er ging langsam den Gang entlang zu Elus Tür. Anouk folgte ihm.

„Ja, aber warum ausgerechnet Vasco? Wann hat er sich je gekümmert? Warum hast du mich nicht unterstützt, jetzt oder gestern im Abendkreis?"

„Deine Aufgabe ist hier."

„Was soll das heißen?"

Keoma antwortete nicht gleich. Dann sagte er langsam: „Das wirst du selbst herausfinden müssen. Ich weiß nur, dass du nicht mit der Expedition gehen sollst. Deswegen habe ich dich nicht unterstützt. Ich glaube, du hast eine größere Aufgabe, und sie wird sich bald zeigen." Ohne auf eine Reaktion zu warten, öffnete er Elus Tür und trat ein.

Elu sah zur Tür und lächelte ihn kurz an. Aber er sah, dass sie völlig erschöpft war, und ihr war die Sorge deutlich anzusehen.

„Wie geht es ihr?", fragte Keoma, als er ans Bett trat.

„Unverändert", sagte Elu. „Das Fieber sinkt ein bisschen, aber die Rötung wird mehr. Und sie wissen immer noch nicht, was es ist." Den letzten Satz beendete sie mit einem Schluchzen, atmete dann ein paar Mal tief durch und fuhr fort: „Aber sie schläft jetzt immerhin friedlich. Vorhin hatte sie wohl schlimme Träume, sie hat um sich getreten und die Arme übers Gesicht gehalten." Sie schauderte bei der Erinnerung an diese endlosen Minuten, in denen sie versucht hatte, ihre Tochter zu beruhigen, aber die hatte sich bei jeder Berührung und jedem Wort nur noch mehr aufgeregt und mit geschlossenen Augen um sich geschlagen. Dann hatte es aufgehört, ebenso plötzlich wie es angefangen hatte, und seitdem schlief Raven ruhig und hoffentlich erholsam.

In der Zwischenzeit war Anouk zu ihnen gekommen und hatte für seinen Vater einen Stuhl mitgebracht. Dieser setzte sich dankbar hinein.

„Du musst schlafen", sagte der junge Mann zu seiner Schwester.

„Ich kann nicht schlafen", erwiderte die. „Nicht bevor ich weiß, was meinem Kind hilft."

„Es hilft ihr jedenfalls nicht, wenn du dich selbst krank machst", sagte Anouk, ließ das Thema dann aber fallen und holte sich auch einen Stuhl.

„Wayan war ein paar Mal hier", sagte Elu nach einer Pause. „Sie hat alles Mögliche probiert. Reiki und Fußreflexzonen und Akkupunktur und was weiß ich." Es schien sie nicht zu beruhigen, dass alles versucht wurde, im Gegenteil. „Sie haben einfach keine Ahnung, was sie machen sollen, oder?" Sie klang plötzlich sehr jung, wie ein kleines Kind, das zum ersten Mal erkennt, dass sein Vater auch nicht alle Antworten weiß.

Keoma sah sie aufmerksam an. „Hat Wayan sonst noch was gemacht? Oder gesagt?"

„Sie war lange hier, hat mir beim Verbandswechsel geholfen und später sogar meditiert. Und sie hat den einen Alptraum gesehen. Sie glaubt, es hätte mit einem Vogel zu tun." Sie sah unsicher zu Anouk.

„Heißt das, du glaubst auch, dass ich schuld bin?", brauste Anouk auf. Elu zuckte zusammen, und auch Keoma war erstaunt von der heftigen Reaktion. Trotzdem konnte er es nicht lassen, an Elus Stelle zu antworten.

„Niemand sagt, du bist schuld. Aber auch ich spüre, dass es mit dem toten Vogel zusammenhängt. Wir haben die Geister dieses Planeten gegen uns aufgebracht, und jetzt bezahlen wir dafür."

Kaum hatte Keoma das gesagt, wünschte er sich, er könnte es ungeschehen machen. Elu sah ihn so verzweifelt an, dass es ihm fast das Herz brach. Und Anouk sprang wütend auf und verließ türenknallend die Kabine.

„Na toll!", zischte Elu ihren Vater an. „Das Letzte, was ich jetzt brauche, ist, dass ihr euch auch noch streitet." Und dann flossen endlich die Tränen, die sie seit gestern zurück gehalten hatte.

Keoma wusste zunächst nicht, was er tun sollte. Dann stand er mühsam auf, ging um das Bett herum, bis er neben seiner Tochter stand, und legte ihr zaghaft die Hand auf die Schulter. Sie zuckte kurz, aber sie schüttelte ihn nicht ab. Eine Weile stand er einfach so da, während sie weiter weinte, dann setzte er sich neben sie und zog sie an sich.

Wie lange war es her, seit sie das letzte Mal an seiner Schulter geweint hatte? Keoma konnte sich genau erinnern, wie er sein kleines Mädchen getröstet hatte, als der Familienhund gestorben war. Und einmal, als sie nach langer Zeit endlich gestand, dass die anderen Kinder in ihrer Klasse sie hänselten, weil sie keine Mutter mehr hatte. Aber schon ihren ersten Liebeskummer hatte sie nicht mit ihm geteilt, und als sie damals schwanger geworden war, hatte sie bestimmt manche Träne vergossen, aber nie in seiner Gegenwart.

Nach und nach wurde ihr Schluchzen leiser und ihr Kopf an seiner Schulter schwerer. Die Erschöpfung schien sie endlich einzuholen.

„Leg dich hin", sagte er sanft und löste sie von seinem Körper. „Kuschel dich an Raven und mach kurz die Augen zu. Nur fünf Minuten. Ich passe auf."

Elu war zu müde für jeden Widerstand. „Nur fünf Minuten. Du sagst dann Bescheid", murmelte sie noch. „Natürlich", antwortete Keoma schmunzelnd, während er die Decke über ihre Schultern zog. Unzählige Male hatten sie dieses Gespräch gehabt, wenn die kleine Elu schon vor Müdigkeit torkelte, aber nur ja nichts verpassen wollte.

Natürlich sagte er nicht Bescheid, als sie nach fünf Minuten tief und fest schlief. Er drehte seinen Sessel so, dass er seine Tochter und seine Enkelin sehen konnte, und wachte über sie.

Er wusste nicht, wie viel Zeit vergangen war, als Anouk wieder ins Zimmer kam. Schweigend setzte der junge Mann sich wieder auf seinen Stuhl und betrachtete die schlafenden Mädchen. Dann stützte er die Ellenbogen auf die Knie und vergrub das Gesicht in seinen Händen.

Keoma konnte riechen, dass Anouk draußen gewesen war, im Wald vermutlich. Und er konnte sehen, dass dort irgendetwas passiert war, über das Anouk noch nachdachte. Aufmerksam beobachtete er seinen Sohn, aber er fragte nicht. Anouk würde von selbst anfangen, wenn er so weit war.

„Ich war noch mal bei der Felswand", sagte Anouk schließlich, den Kopf noch immer in den Händen. „Du weißt schon, an der Stelle …" Er sah seinen Vater von unten herab an.

Keoma nickte stumm.

„Ich dachte, wenn ich dort ein Blutopfer bringe, vielleicht …"

Wieder nickte Keoma wortlos. Er würde seinen Sohn nicht zwingen, auszusprechen, dass er möglicherweise doch verantwortlich war.

„Da war ein Nest. Ich weiß nicht, warum ich das vorgestern nicht gesehen habe, es war ganz nah. In einem Strauch auf einem Felsvorsprung. Vielleicht wollte er es nur verteidigen." Wieder brach er ab und sah unsicher zu seinem Vater.

„Vielleicht. Was hast du dann gemacht?", fragte Keoma.

„Ich habe eine Weile gewartet, ob ein Vogel auftaucht, aber da kam keiner. Dann bin ich hoch geklettert, um zu sehen, was drin ist. Da lag ein einzelnes, großes Ei."

„Hast du es mitgebracht?", fragte Keoma und versuchte sich nicht anmerken zu lassen, wie aufgeregt er war.

„Naja, ich dachte, wenn keiner kommt und sich kümmert, dann stirbt das Küken. Und wenn ich das verhindere, wenn ich den kleinen Vogel rette, dann wird Raven vielleicht auch nicht …"

Keoma schwieg lange. Dann nickte er wieder. „Einen Versuch ist es wert. Ich habe keine Ahnung, ob das funktioniert, aber warum nicht. Zeig mir mal das Ei."

Anouk griff in einen der Beutel an seinem Gürtel und holte behutsam ein Paket heraus. Er wickelte die Tücher auseinander und legte das Ei vorsichtig in Keomas Hände. Es war etwa so groß wie ein Adler-Ei, dunkelbraun und hatte einige hellere Sprenkel.

Keoma betrachtete es von allen Seiten. Wenn das wirklich das Ei des Vogels war, den Anouk getötet hatte, dann war es jetzt schon zwei Tage und Nächte unbebrütet. Ob es das überlebt hatte? Andererseits, wer sagte, dass diese Vögel überhaupt brüteten? Vielleicht wurden die Eier auch nur von der Sonne gewärmt, das würde die dunkle Farbe erklären. Oder? Er hatte sich nie mit solchen Fragen beschäftigt.

„Geh und such Wayan und Runa", bat er seinen Sohn. „Vielleicht haben die eine Idee, wie man Geistervogelküken ausbrütet."

„Wayan ist schon vor Stunden mit den anderen zur Expedition aufgebrochen", erwiderte sein Sohn mit einem Hauch von Neid in der Stimme. „Aber ich hole Taio, der kann ganz gut mit den Hühnern umgehen."

Keoma war sich nicht sicher, ob das helfen würde, aber er nickte.

PFLANZENKUNDE

Cem stand auf, um seine Beine zu strecken. Er hatte seit einer guten Stunde auf der Decke gesessen und das kleine Laborgerät bedient, das Marie ihnen mitgegeben hatte. Sie hatten ihre erste Station oben auf dem Felsvorsprung aufgeschlagen, dort, wo sie sich noch vor ein paar Tagen gefragt hatten, ob Samira nach rechts oder links gegangen war oder geradeaus in den Dschungel. Jetzt schlugen Lowan und Vasco mit ihren Messern kleine Pfade in den undurchdringlichen Urwald und brachten ihm Teile von allen Pflanzen, die sie fanden. Sie hatten entschieden, an dieser Stelle eine Komplettanalyse aller Bäume und Sträucher, Blumen und Moose zu machen. Dann wollten sie weiterziehen auf der Suche nach neuen Pflanzen. Wayan war schon ein Stück weiter nach links gegangen, um zu sehen, welche Richtung vielversprechender war. Die Bedenken der Männer hatte sie weggelacht.

„Ich war schon allein im Dschungel, als du noch Windeln getragen hast", hatte sie entgegnet, als Vasco sie begleiten wollte. „Außerdem habe ich mein Messer und bleibe in Hörweite. Und bisher habe ich noch nichts gesehen, wovor man sich fürchten muss."

Tatsächlich waren auch hier oben keine größeren Tiere zu sehen. Aber was hieß das schon? Mehrmals hatte Cem jedenfalls den Eindruck gehabt, beobachtet zu werden, wie beim letzten Mal. Jetzt hörte er ein Rascheln im dichten Laub vor sich, und er sah wie sich einige Blätter bewegten. Er trat einen Schritt näher und blickte angestrengt ins Unterholz, aber außer Pflanzen in allen Varianten von grün und braun konnte er nichts erkennen. Dann wippte ein Ast, so, als ob ein

Tier darauf gelandet wäre, oder vielleicht von dort abgesprungen, und Cem stieß frustriert die Luft aus, weil er immer noch nichts sah.

Er wandte sich ab und sah zu den anderen. Vasco und Lowan waren im Gegensatz zu den Tieren im Unterholz leicht zu erkennen. Sie alle hatten besonders robuste Kleidung an, aus hellen Hanffasern gewebt wie die anderen Overalls auch, aber zusätzlich mit Bienenwachs behandelt, so dass sie einen gewissen Schutz gegen Dornen und Stacheln boten. Sie hatten ihre Kapuzen aufgesetzt und Lederhandschuhe angezogen, und Cem fand, sie sahen aus wie eine Mischung aus Imkern, Space-Cowboys und Feuerwehrmännern in ABC-Anzügen.

Er setzte sich wieder auf seine Decke und fuhr fort, die Früchte, Wurzeln und Blätter in kleine Stücke zu schneiden und das Analysegerät damit zu füttern. Die Pflanzenteile sortierte er dann in Körbe: Der kleine Korb mit dem rotem Henkel war für „unbekannte Verbindungen", also alles was ganz neu war und daher von Marie, Osamu und Dalina bevorzugt weiter getestet werden sollte. Einen größeren Korb mit orangen Tragegriffen an der Seite nannte er „ähnlich" und sammelte dort alles, was sie schon mal in anderer Variante gefunden hatten. Neben ihm lag ein großer Haufen mit den Pflanzen, die nur bekannte Verbindungen enthielten, entweder von der Erde oder von den Pflanzen, die Dalina und Runa in den letzten Tagen im „unteren Urwald" gesammelt hatten. Diesen Ausschuss würden sie anschließend wieder in den Wald werfen, damit er dort verrotten konnte.

Lowan kam mit einer neuen Ladung, und Cem griff sich das pfeilförmige Blatt, das ganz oben lag.

„Das bringst du mir jetzt zum dritten Mal!", sagte er mit gespieltem Vorwurf. Lowan verteidigte sich.

„Tut mir leid. Für mich sieht das alles gleich aus. Ich kenne mich mit Tieren aus, nicht mit Blättern. Schade, dass Anouk nicht da ist, der könnte diese ganzen Bäume auseinander halten.“

„Warum ist er eigentlich nicht mitgekommen?“, fragte Cem.

„Wahrscheinlich hatte er Angst“, kam Vascos Stimme aus dem Wald.

„Das glaube ich kaum“, erwiderte Cem. „Schließlich ist er zweimal ohne zu zögern in den Urwald gegangen, um Samira zu suchen, und er hat diesen Vogel abgeschossen.“

„Ich glaube, damit hängt es zusammen“, meinte Lowan. „Keoma sagte, Anouk hat eine andere Aufgabe.“

„Quatsch, was hat denn der Vogel mit dem Gift zu tun?“, fragte Vasco.

„Du hast recht, vermutlich nichts“, sagte Cem. „Dalina hat gesagt, sie braucht ihn, um die Pflanzen zu bestimmen.“ Wobei, das überzeugte ihn selbst nicht so recht. Anouk hatte viele Qualitäten, aber Labortechnik gehörte nicht dazu. Auch Vasco schnaubte ungläubig.

Lowan hatte noch eine andere Idee: „Vielleicht wollte er auch nur bei Elu und Raven bleiben. Immerhin ist sie seine Nichte.“

„Und sie ist meine Tochter!“, brauste Vasco auf. „Deswegen bin ich ja hier, statt mich feige im Raumschiff zu verkriechen.“

„Ach ja? Wann hast du dich je wie ein Vater für sie verhalten?“, erwiderte Lowan außergewöhnlich heftig.

„Kann ja nicht jeder so ein Supervater sein wie ihr beide“, fauchte Vasco zurück.

Lowan sah ihn erstaunt an, und Cem fragte: „Was meinst du denn damit?“

In dem Moment entdeckte Vasco Wayan, die am Waldrand stand. Sein Gesicht verschloss sich und er wandte sich wieder den Blättern zu.

Cem fragte sich, wie viel Wayan gehört hatte. Vermutlich alles, schließlich war das der Punkt von Hörweite. Aber er hatte sie auch vergessen. Jedenfalls schien sie zu spüren, dass dies ein Männergespräch war, bei dem sie störte. Sie kam zu Cem, stellte ihm einen Korb mit Pflanzenteilen vor die Füße, nahm sich einen leeren Korb und verschwand dann entlang der Klippe in die andere Richtung. Cem sah, dass obenauf mehrere Exemplare von zwei verschiedenen Früchten lagen, die er bisher noch nicht gesehen und getestet hatte. Eine war tropfenförmig und dunkellila, mit einer hellroten Blüte am schmaleren Ende, die andere war rund und hellblau, mit fester, fast ledriger Haut. ‚Blühende Feige und blauer Granatapfel‘, dachte Cem. Er fand es einfacher, die Pflanzen auseinanderzuhalten, wenn er sich Namen ausdachte, die ihn an Erdenfrüchte erinnerten. Er beschloss, diese beiden gleich zu testen, statt mit Lowans Blättern weiter zu machen.

Während er die Früchte in feine Scheiben schnitt, wartete Cem darauf, dass Vasco das Gespräch wieder aufnehmen würde, aber der blieb weiter stumm. Also fragte er: „Glaubst du, uns fällt es immer leicht, Väter zu sein? Dass wir immer wissen, was wir tun?“

Vasco sah ihn an, und für einen kurzen Moment huschte ehrliches Erstaunen und Interesse über das Gesicht des jungen Mannes. Dann verhärtete es sich wieder.

Lowan kam zu Cem, um ihm eine neue Ladung Blätter und Früchte zu bringen. Er blieb eine Weile stehen und sah zu, wie Cem das Testergebnis ablas und erst die eine, dann auch die andere Frucht in den „unbekannt“-Korb legte. Dann ging er wieder ein paar Schritte in den Wald, stellte sich neben Vasco und pflückte weiter.

Mit leiser Stimme erzählte er: „Als ich Samira kennengelernt habe, war sie schon 5. Ich hatte keine Ahnung, wie ich mit ihr umgehen sollte, obwohl ich kleine Geschwister habe. Aber sie war so misstrauisch gegenüber allen Menschen, und sie dachte, ich nehme ihr ihre Mutter weg." Er machte eine Pause und sah zu Vasco. Der sagte nichts, aber Cem hatte den Eindruck, dass er genau zu hörte.

„Es hat lange gedauert, bis sie mir vertraut hat, aber jetzt ist sie meine Tochter, genauso wie Pafuri mein Sohn ist. Ich weiß immer noch manchmal nicht, wie ich mit ihr umgehen soll. Es wird nicht leichter, wenn sie größer werden, nur anders. Aber ich bin sicher, es ist noch nicht zu spät, ein richtiger Vater für Raven zu werden."

Bei den letzten Worten zuckte Cem zusammen. Es war so gut gelaufen, warum musste Lowan jetzt „richtiger Vater" sagen? Cem sah, dass Vasco sich sofort wieder verschloss. Wütend drehte sich der junge Mann von Lowan weg und stapfte auf Cem zu, schnappte sich die beiden Sortierkörbe, obwohl der eine immer noch nur halb voll war, und sagte nur knapp: „Ich bringe das zum Raumschiff."

Lowan warf Cem einen Blick gespielter Zerknirschung zu, so dass Cem lachen musste. Vasco war wirklich leicht zu beleidigen. Nicht zum ersten Mal fragte sich Cem, wieso Professor Lindsten ihn für die Mission ausgewählt hatte. Die anderen Siedler waren, so unterschiedlich auch ihre Herkunft, Ausbildung und persönliche Geschichte war, doch recht ähnlich in ihrer Persönlichkeit. Sie teilten grundsätzliche Werte und Vorstellungen zum respektvollen Umgang mit der Natur und anderen Menschen, waren eher reflektiert und gesundheitsbewusst, sportlich und ohne ernsthafte Laster. Cem erinnerte sich daran, wie Vasco vor Jahren einmal gestöhnt hatte, dieses ganze basisdemokratische Gutmenschentum ginge ihm auf die Nerven.

„Man muss kämpfen oder man verliert, so läuft das nun mal auf der Welt", hatte er gesagt.

Jurij hatte ihm widersprochen: „Das ist aber nicht mehr die Welt, wie du sie kennst. Wir entscheiden, wie es jetzt läuft."

Aber Vasco hatte das nicht überzeugt, und auch Cem war sich manchmal nicht so sicher, ob es wirklich so einfach sein würde.

Wayan kam wieder zu ihnen. „Wie sieht es aus?", fragte sie mit Blick auf das Testgerät.

„Ganz gut", sagte Cem. „Aber ich glaube hier finden wir nichts Neues mehr. Die beiden Früchte die du vorhin gebracht hast, die waren gut. Beide hatten unbekannte Verbindungen, viel davon sogar. Und in den Blättern von dieser blühenden Feige war das gleiche Zeug wie in der Frucht, wenn auch weniger."

„Feige? Ich fand eher, dass es wie eine Aubergine aussah. Und das andere wie blaue Mangostan. Zeig mal, wie sie innen aussehen."

„Vasco hat sie schon mitgenommen zum Raumschiff. Er braucht etwas Zeit für sich", sagte Cem.

„Schade", sagte Wayan, und Cem war sich nicht sicher, ob sie die Abwesenheit von Vasco bedauerte oder die der Früchte.

„Wie sieht es dahinten aus? Vielversprechend?", fragte er.

„Ich denke schon. Wir sollten rechts weiter gehen, da sind mehr neue Pflanzen. Auf der linken Seite waren eigentlich nur diese beiden, zumindest soweit ich gegangen bin. Ach so, und so ein Baum mit den Stachelfrüchten, die den ganzen Ärger angerichtet haben. Diese Auberginen-Dinger wuchsen direkt daneben. Ich fand, das ist ein gutes Zeichen."

Lowan kam zu ihnen und stellte seinen Sammelkorb ab. Dann sagte er: „Vermutlich wieder einige doppelt. Lasst uns ein Stück weiter ziehen. Ich mache einen Pfeil aus Zweigen

auf den Boden für Vasco, damit er nicht denkt, wir wollten
ihn abhängen.“

Aber Vasco kam nicht zurück.

ZAUBERFRUCHT UND
GEISTERKÜKEN

Etwas verloren lief Ferhat über die Lichtung. Er war auf der Suche nach den anderen Kindern. Die Erwachsenen waren entweder im Wald oder auf der Krankenstation beschäftigt, außer Bastet und Tuula, die im Garten arbeiteten und später kochen würden. Osamu und Dalina waren im Labor, und vermutlich waren Itsuko und Kazuko bei ihnen und halfen. Oder zumindest Itsuko, der kleine Kazuko machte vermutlich gerade Mittagschlaf auf seiner Liege in einer Ecke des Labors.

Ferhat war vor der gedrückten Stimmung geflohen, die er überall im Raumschiff spüren konnte, selbst wenn kein Mensch zu sehen war. Aber hier draußen war es auch nicht viel besser. Plötzlich war er sich sehr bewusst, wie dünn seine Schuhe waren, und er sah aufmerksam auf den Boden, wohin er ging. Nicht, dass er auch noch in einen Stachel trat. Außerdem war es kalt. Er war froh um die Wolljacke, die er unter seinem Overall trug, aber sie hielt den Wind nicht wirklich ab. Dann blieb er stehen und sah sich noch einmal um. Wo konnten sie sein? Eigentlich blieb nur der Strand hinter dem Felsvorsprung.

Als Ferhat um die Ecke bog, sah er tatsächlich die meisten anderen Kinder mit Jurij und Harald auf dem breiten Strand. Jurij hatte seine Tochter auf dem Rücken und erklärte Pafuri und Damian irgendetwas, wobei er den Strand entlang Richtung Fluss zeigte. Harald und Amal waren mit einem großen Stück Stoff beschäftigt. Nur Samira und Taio waren nirgends zu sehen.

„Ferhat, gut dass du da bist. Ich könnte deine Hilfe gebrauchen", rief Harald. Zögernd ging Ferhat zu ihm.

„Halt das mal", sagte Harald, und drückte ihm zwei dünne Seile in die Hand. „Und pass auf, dass es sich nicht verheddert. Hast du schon mal einen Drachen steigen lassen?"

Ferhat antwortete nicht gleich. Er kramte in seiner Erinnerung, und da war tatsächlich etwas: Ein buntes Stück Stoff, ein windiger Frühlingstag, sein Großvater, der mit ihm über die Wiese gelaufen war, und dann dieser Baum. Der Drachen war hängen geblieben, und sein Großvater hatte eine Leiter geholt und den Drachen gerettet. Ferhat erinnerte sich an das lustige Gesicht auf dem Drachen und den langen Schwanz mit bunten Schleifen. Aber das hier sah ganz anders aus.

Harald stand in einiger Entfernung von ihm und hob ein rechteckiges Stoffstück in die Höhe. Oder waren es zwei? Ferhat konnte es nicht genau erkennen, aber es sah aus, als wären es zwei Lagen, die an mehreren Stellen zusammengenäht waren und Stofftunnel formten. An jeder Ecke war ein dünnes Seil befestigt, die sich pro Seite zu einem vereinigten, so dass Ferhat nun in jeder Hand eines hielt.

„Achtung, es geht los", rief Harald.

Ferhat nickte, und Harald warf das Stoffding in die Luft. Trotz der Vorwarnung war Ferhat überrascht von der Heftigkeit, mit der der Wind in den Drachen fuhr, und er wurde ein Stück nach vorne gezogen. Harald kam zu ihm gelaufen, stellte sich hinter ihn und legte seine Hände auf Ferhats. Gemeinsam brachten sie den Drachen unter Kontrolle und schafften es einige Minuten, ihn oben zu halten, bevor er plötzlich in sich zusammenfiel und zu Boden taumelte.

„Das war schon sehr gut! Passt du bitte auf die Schnüre auf, ich muss vorne ein paar Änderungen an den Knoten machen.“

Harald ging zu dem gestrandeten Drachen, und Ferhat sah sich um. Amal war inzwischen bei Jurij und den anderen Kindern. Sie waren zur Seite gegangen, als der Drache startete, und liefen jetzt an der Klippe entlang, lachten oder schienen aufgeregt darauf zu warten, dass der Drachen wieder abhob.

Aber irgendetwas stimmte nicht an dem Bild. Es dauerte ein bisschen, bevor Ferhat bewusst wurde, was fehlte: Elu. Sonst war sie immer mitten drin in der Kindergruppe, spielte mit oder tröstete, schlichtete Streit und erzählte lustige Geschichten. Und jetzt saß sie vermutlich verzweifelt am Bett ihrer kranken Tochter, während sie hier Spaß hatten. Ferhat wurde fast wütend auf die anderen Kinder, und er schämte sich, dass er Raven für einen Moment vergessen hatte.

Harald stand plötzlich wieder neben ihm. „Fragst du dich gerade, warum wir das hier machen? Es ist nicht nur zum Spaß, weißt du?“

Ferhat sah ihn verwundert an.

„Wir wollen ein Fahrzeug bauen. Vielleicht müssen wir das Gegengift weiter weg suchen, wer weiß. Oder größere Mengen davon besorgen. Und uns ist aufgefallen, dass der Wind meistens in diese Richtung weht.“ Harald zeigte den Strand entlang Richtung Fluss und weiter, so wie Jurij vorhin. „Wir werden eine Art Wagen bauen, der dann von dem Drachen angetrieben wird. Also jemand sitzt drin und lenkt den Drachen, und der zieht dann den Wagen. So können wir ganz schnell bis zum Ende des Strandes kommen, dahinten, wo der Wald wieder bis zum Meer geht. Siehst du das?“

Ferhat kniff die Augen zusammen und sah, was Harald meinte.

„Aber wie kommt man dann wieder zurück?“, fragte er.

Harald sah ihn anerkennend an. „Du denkst schon wie ein Ingenieur. Mal sehen, ob du selbst eine Lösung findest. Ich gebe dir einen Tipp: Kletter mal auf den Felsen und schau dir das Meer genau an.“

„Ich will auch auf den Felsen!“, rief Amal, die unbemerkt zu ihnen gekommen war.

„Also gut, dann gehen wir alle drei“, erwiderte Harald, und führte sie zu den Steintreppen. Dort ließ er die Kinder vorklettern und hielt seine Hand schützend hinter Amal, ohne sie jedoch zu berühren. Ferhat beeilte sich, hinauf zu kommen, bevor er von einem kleinen Mädchen überholt wurde.

Oben war der Wind stärker und Ferhat zog den Kopf ein und die Schultern hoch, um sich zu schützen. Dann sah er aufs Meer. Von hier oben konnte man etwas weiter draußen Pflanzen im Wasser sehen, vielleicht Algen, die in langen Fäden wuchsen und in der Strömung wogten. Erst nach einer Weile fiel ihm auf, dass diese Strömung offenbar parallel zum Strand lief, und zwar entgegen dem Wind. Wie konnte das sein? Jedenfalls könnte man also mit dem Drachen-Fahrzeug den Strand hochfahren und es dann als Boot benutzen und sich von der Strömung wieder zurück treiben lassen. Er wandte sich an Harald. „Ich sehe die Strömung. Aber warum sind die Wellen dann normal?“, fragte er.

„Du meinst vermutlich, warum die senkrecht auf den Strand treffen? Das haben wir uns auch schon gefragt. Entweder gleichen sich Strömung und Wind da aus, oder, was ich eher glaube, da wo die Algen wachsen ist es tiefer als es von hier aussieht, und die Strömung ist nur da unten. Die letzten paar Meter bis zum Strand ist der Meeresboden dann recht flach, da kommen die Wellen dann normal, wie du es nennst.“

Ferhat nickte knapp und sah wieder zum Meer. Dann fiel ihm etwas anderes ein.

„Wie befestigt man die Räder, ohne Löcher in das Fahrzeug zu machen?", fragte er.

„Daran arbeiten wir noch. Willst du uns helfen?"

Bevor Ferhat antworten konnte, tauchte hinter ihnen Vasco auf. Der junge Mann trug zwei Körbe mit Pflanzen und sah unzufrieden aus. Er grüßte nicht einmal, sondern kletterte die Steintreppe hinunter und stapfte Richtung Raumschiff.

„Was hat er denn?", fragte Ferhat.

Harald zuckte mit den Schultern. „Vermutlich macht er sich Sorgen, wie wir alle", sagte er dann.

Ferhat sah Vasco hinterher, und dann sah er zu seiner großen Freude Samira in der Nähe des Stachelfrucht-Baumes am Bach. Sie kniete auf dem Boden, und er glaubte, Fips zu erkennen.

Kurz darauf sah Samira sich um, entdeckte ihn auf dem Felsen und winkte. Sie rief: „Komm her, Ferhat, ich muss dir was zeigen!"

Vorsichtig machte sich Ferhat an den Abstieg, und als er heil unten angekommen war, lief er schnell zu Samira. Dort saß tatsächlich Fips. Er sah Ferhat an (misstrauisch, fand der Junge), floh aber nicht. Stattdessen stupste er eine violette Frucht an, die in Samiras Hand lag.

„Samira! Du hast gar keine Handschuhe an! Was, wenn die auch giftig ist?", rief Ferhat entsetzt.

Aber Samira lachte nur. „Quatsch. Fips hat sie mir doch gegeben, wieso sollte sie giftig sein?"

Ferhat fand das kein gutes Argument, schließlich konnte für dieses Tier alles Mögliche harmlos sein, was Menschen nicht vertrugen. Aber jetzt war es sowieso zu spät, daher beschloss er, nicht weiter zu diskutieren. Außerdem war er neugierig.

Die Frucht in Samiras Hand sah aus wie eine kleine Birne, nur dass sie eben dunkelviolett war und eine hellrote Blüte am oberen Ende hatte.

„Er hat sie mir gebracht, und dann ist er hierher zum Stachelfrucht-Baum gekommen. Ich glaube, es ist das Gegengift!", erzählte Samira aufgeregt.

Ferhat sah sie skeptisch an, aber das beeindruckte Samira überhaupt nicht.

„Ich bin sicher, es hilft, warum hätte er sie mir sonst bringen sollen? Los, lass uns reingehen und sie Elu zeigen!"

Samira war aufgesprungen und Richtung Raumschiff gelaufen, ohne auf eine Antwort zu warten. Nicht einmal um Fips kümmerte sie sich.

„Tut mir leid, Kleiner, du musst draußen bleiben", sagte Ferhat. Dann lief er rot an, als ihm auffiel, dass er eben mit einem Tier gesprochen hatte, so als könne es ihn verstehen. Zum Glück hatte es niemand gehört.

Er beeilte sich hinter Samira her zu kommen, aber als er in die Garderobe kam, war sie schon wieder weg. Ihre Draußen-Kleider lagen in einem unordentlichen Haufen auf dem Boden. Erst auf der Rampe zu den Wohnkabinen holte er sie ein. Im Gang kam ihnen Runa entgegen, und zu Ferhats Überraschung ließ Samira die Frucht unauffällig in ihre Tasche gleiten.

„Warum hast du sie ihr nicht gezeigt?", raunte er Samira zu, sobald Runa um die Kurve verschwunden war.

„Ich weiß nicht so genau. Wir dürfen bestimmt nicht einfach so was rein bringen und ich wollte keinen Ärger. Außerdem will ich sie zuerst Elu zeigen."

Sie öffnete die Kabinentür, ohne anzuklopfen, und Ferhat hatte den Eindruck, dass Elu sich erschrocken zur Tür umwandte. Taio war auch da und zog hastig an der Bettdecke. Raven schlief.

„Was macht ihr da?", fragte Samira. Auch sie hatte anscheinend bemerkt, dass hier irgendetwas nicht stimmte.

„Nichts", antwortete Taio.

„Und was ist das für eine Beule da neben dir?", gab Samira zurück. Ferhat sah erst jetzt, dass dort tatsächlich ein Hügel in der Bettdecke war, der nicht von Raven stammen konnte.

Elu und Taio sahen sich schuldbewusst an, dann gaben sie sich einen Ruck.

„Macht die Tür zu und setzt euch her", sagte Elu. Sie wartete kurz, dann nickte sie Taio zu, der widerstrebend die Decke anhob. Ferhat und Samira beugten sich vor, um besser sehen zu können.

In Ravens Bett lag ein großes, braunes Ei. Fragend sahen sie Elu an.

„Anouk hat es vorhin gebracht", sagte sie. „Es ist wohl ein Ei von dem großen Vogel, der dich angegriffen hat."

Samira nickte. „Aber warum ist es hier?", fragte sie dann.

„Anouk hat sich Sorgen gemacht, dass jetzt niemand mehr da ist, um es auszubrüten. Und er dachte, wenn wir uns kümmern, macht es vielleicht wieder gut, dass er den Vogel getötet hat, und Raven …" Sie brach ab, und Ferhat sah Tränen in ihren Augen schimmern. Dann atmete sie ein paar Mal tief durch und fuhr dann fort: „Jedenfalls meint mein Vater, es wäre einen Versuch wert, und Runa und Taio haben sich überlegt, dass es sicher hilft, es warm zu halten."

„Ich habe gesagt, wenn ich ein Geistervogel wäre und jemand will mich besänftigen, würde ich verlangen, dass man mein Kind behandelt wie das eigene. Deswegen haben wir es ins Bett gesteckt", ergänzte Taio.

Ferhat sah verwirrt von einem zum anderen. Was hatte der Vogel mit dem allen zu tun? Woher wollten sie wissen, was ein Ei auf diesem Planeten brauchte? Und war es nicht noch mehr verboten, ein Ei ins Raumschiff zu bringen als eine Frucht? Marie und Osamu waren vorgestern jedenfalls sehr deutlich gewesen, dass der große Vogel draußen bleiben musste. Vielleicht sollten sie lieber jemandem Bescheid sagen.

Samira kam ihm zuvor. „Also wissen es Runa, Anouk, Keoma und wir. Sonst noch wer?"

„Nein, und das sind eigentlich schon zu viele. Versprecht mir bitte, dass ihr nichts verratet", bat Elu. Sie sah Ferhat direkt an, und der schämte sich ein bisschen für seine Gedanken.

„Natürlich verraten wir nichts", sagte Samira. „Wir wollen doch nicht verhindern, dass Raven gesund wird, oder Ferhat?" Sie sah ihn streng an, und er beeilte sich, zuzustimmen.

Samira half Taio, die Decken und Kissen so anzuordnen, dass das Ei nicht mehr zu erkennen war.

Dann fragte Taio: „Warum seid ihr eigentlich hier?"

„Ach, das hatte ich fast vergessen", sagte Samira und griff in ihre Tasche. Sie holte die Frucht heraus und hielt sie so, dass Elu und Taio sie gut sehen konnten.

„Fips hat sie mir gebracht. Und er hat gesagt, sie hilft gegen die Stachelfrucht."

„Gesagt?", fragten Elu und Taio gleichzeitig.

„Naja, natürlich nicht direkt. Aber er hat mich zu dem Stachelfrucht-Baum geführt. Und warum sollte er sie mir sonst gebracht haben?"

Elu nickte nachdenklich.

„Und wie verwendet man sie?" fragte Taio.

Die beiden schienen Samiras Erklärung einfach zu akzeptieren, stellte Ferhat verwundert fest. Andererseits, wer an Geistervögel glaubte und Eier ausbrütete, der glaubte wohl auch, dass Hasen-Affen was von Medizin verstanden. Ferhat fragte sich, ob er der einzige Vernünftige in diesem Raum war.

„Ich weiß nicht", gab Samira zu. „Fips weiß es bestimmt, aber ich habe mich nicht getraut, ihn mit rein zu bringen. Die Erwachsenen würden ausflippen, und ihn kann ich ja schlecht in die Jackentasche stecken."

Taio sagte nachdenklich: „Also wenn Fips die Frucht kennt, dann doch nur, weil die Stachelfrucht ihn und seine Artgenossen auch verletzt und sie das damit behandeln. Richtig?"

„Richtig", sagte Samira. „Oder, Ferhat?"

„Äh, ja. Das wäre eine Erklärung", sagte Ferhat zögernd. „Und eine andere fällt mir gerade auch nicht ein."

„Gut", sagte Taio. „Dann nehmen wir mal an, Fips und seine Artgenossen verwenden diese seltsame Aubergine als Gegengift, dann kann es nicht allzu kompliziert sein."

Es klopfte an der Tür. Hastig steckte Samira die Frucht zurück in ihre Jackentasche, und Taio warf einen Blick auf die Stelle, an der das Ei gut versteckt unter den Decken lag. Zum Glück, denn Marie trat unaufgefordert ins Zimmer. Sie trug einen Stapel Papiere und hatte den Blick noch darauf gesenkt, als sie die Tür öffnete.

Eine Erinnerung blitzte in Ferhats Kopf auf, oder besser gesagt, Dutzende. Wie oft war er aus dem Dösen in Mamas Armen gerissen worden von einem kurzen Klopfen, direkt gefolgt von einer Gestalt in Weiß mit Klemmbrett im Arm und schlechten Nachrichten. Er zwang den Gedanken beiseite und passte lieber auf, was passieren würde.

Marie lächelte den Kindern zu, wandte sich dann aber direkt an Elu. Sie setzte sich auf den Bettrand, und die beiden Frauen sprachen eine Weile über die Fieberträume und dass Raven jetzt wieder ruhig schlief.

Dann sagte Marie: „Ich glaube nicht, dass es eine echte Vergiftung ist. Dann müsste es ihr inzwischen schlechter gehen. Es scheint eher so etwas wie eine allergische Reaktion zu sein oder eine lokale Entzündung. Streng genommen suchen wir also kein Gegengift, sondern etwas, dass die allergene Wirkung aufhebt oder die Entzündung lindert." Sie machte eine kurze Pause, um sicher zu gehen, dass Elu alles verstanden hatte. Dann fuhr sie fort: „Wir haben inzwischen drei vielversprechende Früchte. Zwei hat Vasco von oben gebracht, eine wächst hier unten im Dschungel hinter dem Wasserfall. Sie haben ganz unterschiedliche Verbindungen, und jetzt müssen wir testen, was hilft."

„Wie macht ihr das?", fragte Ferhat.

„Wir sind dabei, die unbekannten Verbindungen zu isolieren und dann in Kontakt mit dem Saft der Stachelfrucht zu bringen. So können wir sehen, ob es eine Reaktion zwischen den beiden gibt. Als nächsten Schritt werden wir dann eine auswählen und Bert zu essen geben, um zu sehen, ob er es verträgt."

Ferhat wunderte sich über die Erwähnung des alten Ziegenbocks, und auch Samira fragte: „Warum Bert?"

„Naja, wir müssen erst mal schauen, ob Raven das überhaupt vertragen würde. Wir wollen nicht riskieren, dass es schlimmer wird. Und Bert ist schon alt und …" Sie brach ab. Scheinbar wusste sie nicht genau, wie sie den Kindern schonend beibringen sollte, dass die Erwachsenen gewillt waren, den Bock zu opfern.

Ferhat fand das eigentlich ganz vernünftig, wenn er darüber nachdachte. Bert hatte nicht mehr wirklich einen Nutzen für die Siedler. Mandisa hatte ihm einmal erklärt, was es mit der Ziegenherde auf sich hatte. Zwei der Ziegen waren schon trächtig an Bord gekommen, so dass ihre Kinder nicht mit Bert verwandt waren. Plangemäß waren da auch männliche Zicklein dabei gewesen. Und nachdem Bert dann mehrere Jahre lang alle Ziegen gedeckt hatte, war er durch einen dieser jungen Böcke ersetzt und kastriert worden. Auch seine Wolle war weniger geworden und irgendwie borstiger.

Ferhat vermutete, dass er nur deshalb noch nicht geschlachtet worden war, weil alte Ziegen nicht gut schmecken.

„Wir müssen sie einzeln testen, um die Wirkung beurteilen zu können. Wenn Bert keine Symptome zeigt, wäre der nächste Schritt, dass einer von uns sie isst." Marie zögerte kurz und fuhr dann fort: „Vasco hat sich freiwillig gemeldet."

„Was? Wieso?", fragte Elu. „Wenn dann mache ich das!"

„Du machst es ganz bestimmt nicht!", erwiderte Marie streng. „Raven braucht dich, und wir werden nicht riskieren, dass du auch krank wirst. Ich finde Vasco eigentlich einen ganz guten Kandidaten. Er ist jung und stark, und falls …" Wieder brach sie ab und sah zu den Kindern.

‚Sie denkt, auf Vasco kann man verzichten, wie auf Bert', dachte Ferhat erschrocken.

„Wir werden es im Abendkreis besprechen", versprach Marie. „Ich muss jetzt zurück und weiterarbeiten. Brauchst du noch irgendetwas?"

Elu schüttelte den Kopf, und alle sahen Marie nach, bis sie die Tür hinter sich geschlossen hatte.

„Das dauert doch alles viel zu lange!", rief Samira dann. „Mit ihren ganzen Tests wissen sie frühestens übermorgen, ob eine der Früchte hilft."

Auch Elu sah niedergeschlagen aus. Sie betrachtete lange ihre schlafende Tochter, dann gab sie sich sichtlich einen Ruck und sagte zu Samira: „Zeig noch mal Fips' Zauberfrucht."

Samira holte die Frucht heraus und Elu wies auf den Tisch in der Ecke des Zimmers.

„Ferhat, hol mal bitte ein Brettchen und ein Messer." An Samira gewandt sagte sie: „Du hast die Frucht in der Hand, merkst du irgendwas? Ein Jucken oder Brennen oder so?"

Samira schüttelte den Kopf.

„Schneide sie mal auf", bat Elu, und Samira nahm das Brett und Messer, das Ferhat ihr reichte und halbierte die Frucht. Gespannt beugten sich alle zu ihr. Das Fruchtfleisch war hellgelb, fast weiß, und weich. Darin waren hunderte kleiner, dunkler Samen zu erkennen. Eine milchige Flüssigkeit trat an der Schnittstelle aus.

„Vermutlich reibt man das einfach drauf, oder?" fragte Taio. „Fips wird ja kaum eine Salbe daraus machen oder die Samen auspressen."

Ferhat hielt entsetzt den Atem an, als Samira mit ihren Finger etwas von der Milch aufnahm und es sich auf den Handrücken der anderen Hand strich. Aber nichts geschah.

„Soll ich mal probieren?", fragte Samira, und machte Anstalten, ein Stück des Fruchtfleisches abzuschneiden.

„Nein!", rief Ferhat, und auch Elu schüttelte den Kopf.

„Ich muss darüber nachdenken", sagte die junge Mutter. „Könnt ihr mich eine Weile allein lassen, bitte? Taio, weißt du wo mein Vater und mein Bruder sind? Schick sie bitte zu mir."

Samira sah zweifelnd zu Ferhat, aber dann stand sie auf und sagte: „Komm, wir gehen zu Fips. Vielleicht erfahren wir da noch etwas."

Ferhat folgte ihr widerstrebend, weil ihm auch nichts Besseres einfiel. Aber als sie zu der Stelle kamen, wo sie Fips zuletzt gesehen hatten, war das kleine Tier verschwunden.

BERT

Marie warf einen letzten Blick auf ihre schlafende Tochter. Dann zog sie die Tür hinter sich zu und machte sich auf den Weg in den Garten. Sie wollte nach Bert, dem Ziegenbock, sehen. Im Abendkreis vor dem Essen hatte sie den anderen von den drei vielversprechenden Früchten erzählt. Die birnenförmige lila Frucht und die runde blaue, die Vasco ihr gebracht hatte, und die dunkelrote aus dem unteren Dschungel, die fast aussah wie ein Apfel.

Wayan hatte von ihrer Expedition berichtet und wie weit sie gekommen waren. Sie waren am Rand des oberen Dschungels entlang gegangen, bis in etwa zu dem Punkt über der Stelle, wo Anouk den Vogel getötet hatte. Ganz sicher war sich Wayan nicht, von oben war es nicht so gut zu erkennen. Aber sie hatten einen kleinen Bach überquert und die Felskante hatte einen Knick gemacht, wie sie es unten auch gesehen hatten. Morgen wollte sie mit Cem und Lowan noch einmal losziehen und dann weitergehen, bis zum Ende der Felswand, die vermutlich bis zum Meer reichte. Schließlich sollte ja auch eine Karte der Insel entstehen, und von dort oben konnte man einfach mehr erkennen. Sie hatten schon vor einigen Tagen beschlossen, die Himmelsrichtungen wie auf der Erde zu benennen und so zu definieren, dass Süden dort war, wo die Sonne mittags stand. Das hatte eine kurze Diskussion zwischen den ehemaligen Bewohnern der Nord- und Südhalbkugel der Erde gegeben, aber nachdem Humaira gesagt hatte, sie wären auf der Nordhalbkugel dieses Planeten gelandet, wenn man vom Sonnenaufgang im Osten ausging, war es dann beschlossene Sache. Die Bucht, in der sie gelandet waren, war also am

Südende der Insel, und die Expedition wollte morgen oben auf der Klippe bis zum östlichen Rand der Insel kommen und diesem vielleicht sogar ein Stück folgen. Tief in den oberen Dschungel waren sie noch nicht vorgedrungen, vor allem weil das Unterholz dort so dicht war, dass man sich erst einen Weg hätte schlagen müssen. Tierpfade wie den hier unten hatten sie noch nicht entdeckt.

Marie war am Garten angekommen, ging durch die Schleuse, wo sie ihre Schuhe anzog, und dann über den Steg auf die zentrale Wiese. Dort traf sie Mandisa, die Bert gerade in einen mit Stäben und Schnüren abgetrennten Bereich führte. Einem ernsthaften Ausbruchsversuch würde dieser Zaun nicht standhalten, aber Bert war alt und faul geworden, und so lange er genug zu Fressen bekam, würde er sich wohl ruhig verhalten.

„Hast du die Früchte?", fragte Marie.

Mandisa nickte und zeigte auf einen Korb, den sie an einen Ast gehängt hatte, damit die neugierigen Ziegen nicht dran kamen. Sie hatten sich für die lila Frucht entschieden. Aus Maries Sicht gab es keinen Unterschied zwischen den drei, alle enthielten unterschiedliche unbekannte Substanzen und ein erster Test mit dem Stachelfrucht-Saft hatte auch nicht weitergeholfen. Sie würden ausprobieren müssen, was passierte. Aber Wayan hatte berichtet, dass die lila Frucht neben einem Stachelfrucht-Baum gewachsen war, und ein paar der älteren Kinder hatten ganz aufgeregt darum gebeten, dass diese zuerst getestet wurde. Marie hatte gefragt warum, und Taio hatte etwas davon gestammelt, dass Lila Ravens Lieblingsfarbe wäre. Marie glaubte, dass irgendetwas anderes dahinter steckte, aber letztlich war es ihr egal. Wayan und Lowan waren gleich nach dem Abendkreis noch einmal losgezogen und hatten noch mehr der Früchte besorgt, so dass jetzt zehn Exemplare bereit lagen, um an Bert verfüttert zu werden.

„Hoffentlich frisst er sie überhaupt", sagte Marie.

„Keine Sorge. Ziegen fressen alles", antwortete Mandisa, während sie den Zaun hinter ihnen verschloss. Dann fragte sie: „Was meinst du, sollen wir ihm mehrere auf einmal geben oder erst mal nur eine?"

„Gib ihm jetzt zwei Stück. Und dann warte eine Stunde oder so und wenn sich keine Symptome zeigen, gibt ihm noch zwei und so weiter. Kannst du die ganze Nacht hier bleiben?"

„Ja, kein Problem. Ich habe heute Nachmittag ein bisschen geschlafen, ich war ja sowieso zum Nachtdienst eingeteilt. Harald auch, er wird ab und zu hier vorbeischauen, wenn sonst nichts zu tun ist. Wenn Bert sich komisch verhält oder so komme ich dich holen. Kann's losgehen?"

„Nein, warte. Ich will ihm noch Blut abnehmen, damit ich die Proben hinterher vergleichen kann."

Marie holte alles Nötige aus ihrem Arztrucksack, und Mandisa stellte sich über die Ziege, fixierte den Oberkörper mit ihren Beinen und hielt seinen Hals fest. Wieder einmal freute sich Marie, dass Bert so ein gutmütiger alter Bock war, er ließ sich auch durch die Nadel nicht aus der Ruhe bringen.

Dann entdeckte sie in der Ecke des Geheges einen Haufen Ziegenköttel.

„Ist das von Bert?", fragte sie.

„Ja, die sind ganz frisch. Bedien' dich", antwortete Mandisa mit einem Grinsen, und Marie sammelte tatsächlich einige der Kotklumpen mit einem sauberen Tuch auf. Auch hiervon wollte sie einen Vorher-Nachher-Vergleich.

„Okay, jetzt habe ich alles. Es kann losgehen."

Mandisa zog ihre Handschuhe an und holte den Korb aus dem Baum. Gespannt beobachtete Marie, wie sie eine der lila Früchte aus dem Korb holte und auf der flachen Hand vor

Berts Schnauze präsentierte. Der Ziegenbock beäugte die Frucht interessiert, schnupperte daran und nahm sie dann mit spitzen Lippen von Mandisas Hand. Sie schien ihm zu schmecken, denn er versuchte gleich, den Kopf in den Korb zu stecken. Mandisa zog lachend den Korb weg und gab ihm eine zweite Frucht. Dann sagte sie: „Das reicht fürs Erste. In einer Stunde darfst du noch welche haben.“

Marie blieb noch eine Weile da, um zu sehen, wie Bert reagieren würde. Doch der verhielt sich ganz normal, trank aus seinem Eimer, fraß noch ein paar Pflanzenreste, die Mandisa ihm hingelegt hatte, und schien ansonsten im Stehen zu dösen. Schließlich verabschiedete sich Marie und machte sich auf den Rückweg zu ihrer Kabine.

Auf dem Weg begegnete sie Lowan.

„Wo kommst du denn her?“, fragte sie. Da Mandisa Nachtdienst hatte, hätte sie Lowan bei den Kindern vermutet.

„Ich musste noch mal nach Fips sehen, sonst kann Samira nicht schlafen. Aber leider ist er nicht da. Keine Ahnung wie ich ihr das beibringen soll. Dafür ist dieser große, lautlose Vogel wieder übers Raumschiff geflogen.“

„Wirklich? Ich dachte, das wäre der, den Anouk abgeschossen hat.“

„Nein, das kann nicht sein. Warst du nicht dabei als ich das erzählt habe? Als Cem und ich uns die Federn von Anouks Vogel genau angeschaut haben, war klar, dass der nicht so lautlos gleiten kann. Die Federn verursachen Luftwirbel, das hört man. Bei Eulen zum Beispiel sind die Federn ganz anders konstruiert, daher können die lautlos fliegen.“

„Das heißt, da draußen ist noch eine andere Vogelart?“

„Ja, und sie ist deutlich größer und nur nachtaktiv.“

Lowan sah fast so aus, als fände er das ebenso gruselig wie Marie. Aber sie entschied, darüber heute Nacht nicht weiter nachdenken zu wollen. Schließlich hatte sie genug, über das sie sich Sorgen machen konnte.

Eigentlich wollte sie noch einmal bei Elu und Raven vorbei gehen, aber als sie sah, wie Anouk und Keoma zu der Kabine gingen, überlegte sie es sich anders. Sie hatte sowieso noch keine Neuigkeiten, da wollte sie die Familie lieber in Ruhe lassen.

DURCHBRUCH

Wieder schlurfte Keoma nach dem Frühstück zur Treppe. Anouk ging hinter ihm und trug ein Tablett mit Essen für Elu und Raven. Das Mädchen war heute früh aufgewacht und schien etwas erholt.

„Glaubst du wirklich, es liegt an dieser Frucht, dass es ihr besser geht?", fragte Anouk. Als sie gestern Abend in Elus Zimmer gekommen waren, hatte Elu sich gerade eine halbierte lila Frucht auf den Arm gedrückt. Sie hatte ihnen erzählt, woher sie sie hatte, und nachdem sie auch eine Stunde später noch keine negative Auswirkung gespürt hatte, hatten sie es einfach gewagt und die andere Hälfte auf Ravens Fuß gelegt. Und dann hatten sie zusehen können, wie sich Ravens Zustand verbesserte. Ihre Temperatur sank, die Haut nahm wieder eine normale Farbe an, und in den frühen Morgenstunden war sie aufgewacht, hatte sich aufgesetzt und verkündet, dass sie Hunger hatte.

„Ich weiß es nicht. Vielleicht auch an dem Ei. Oder an Runas komischem Wasser. Oder an Wayans heilenden Händen oder an irgendwas anderem, was wir versucht haben. Aber ist das nicht egal?" Keoma sah seinen Sohn an, und der zuckte mit den Schultern.

Sie betraten Elus Kabine, und vom Bett her hörten sie eine helle Stimme: „Hallo Opa, hallo `Nouk!" Raven strahlte sie an. Elu saß neben ihr auf dem Bett und hielt die kleine gepolsterte Kiste im Arm, in die sie gestern das Ei umgebettet hatte, damit Raven sich im Schlaf nicht versehentlich drauf legte.

„Kommt her und seid ganz ruhig", sagte sie geheimnisvoll.

Anouk stellte das Tablett auf den Tisch, Keoma schloss die Tür und die beiden kamen zum Bett.

Keoma strich seiner Enkelin über den Kopf und prüfte dabei unauffällig ihre Temperatur. Kein Fieber mehr. Dann sagte er: „Zeig mal deinen Fuß. Tut es noch weh?" Raven streckte ihm vertrauensvoll ihren Fuß entgegen. Er hob den Verband mit der zerdrückten Frucht an und hielt den Fuß ans Licht. Die Rötung war deutlich zurück gegangen, und sie schien auch keine Schmerzen mehr zu haben.

„Schau da!", sagte Raven ungeduldig mit einer Kopfbewegung Richtung Kiste und zog ihren Fuß wieder unter die Decke. In der Kiste lag das Ei, halb zugedeckt, und auf den ersten Blick sah es aus wie immer. Doch dann hörte Keoma ein leises Klopfen und Knacken, und meinte feine Risse in der dunklen Schale zu erkennen. Gebannt schauten sie alle auf das Ei, aber erst einmal passierte nicht viel. Doch dann platzte plötzlich ein kleines Stück der Schale ab, und man konnte eine Bewegung darin erahnen.

„Es hat tatsächlich funktioniert! Unglaublich!", murmelte Anouk.

„Hast du etwa nicht daran geglaubt?", fragte seine Schwester.

„Doch, schon …", erwiderte Anouk zögerlich.

Jetzt bildete sich ein Riss quer durch das Ei, und die beiden Hälften bewegten sich etwas auseinander, um gleich wieder zusammen zu gehen.

Raven streckte ihre Hand nach dem Ei aus. „Helfen", sagte sie.

Keoma hielt sie zurück. „Das muss das Küken ganz alleine schaffen. Und es braucht Zeit."

„Ja", stimmte Elu zu. „Bei den Hühnern dauert es manchmal einen ganzen Tag, erinnerst du dich?"

Raven nickte. Das hatte sie schon öfters gesehen, und auch da hatten die Erwachsenen ihr nicht erlaubt, zu helfen.

Eine Weile war es still, während alle auf das Ei schauten, das sich in regelmäßigen Abständen bewegte. Das Loch wurde langsam größer.

Plötzlich fragte Elu: „Was frisst das Küken denn dann?"

Keoma und Anouk sahen sich an.

„Keine Ahnung", sagte Anouk. „Aber vermutlich können wir ihm nicht einfach Körner und Fischreste geben wie den Hühnern, oder?"

„Am besten gehst du nach dem Morgenkreis mit Taio raus und schaut mal, was in der Nähe von dem Nest so wächst. Bringt eine Auswahl mit. Vielleicht könnt ihr sogar einen Vogel beobachten und seht, was der frisst. Wir können nur hoffen, dass das Küken selbst weiß, was gut für es ist."

„Morgenkreis …", sagte Elu zögernd. „Wollt ihr vom Küken erzählen?"

„Wir können es kaum weiter verheimlichen. Außerdem müssen wir ja auch erzählen, dass es Raven wieder gut geht", erwiderte Keoma. „Ich wundere mich sowieso, dass Marie noch nicht hier war."

Als hätte sie auf das Stichwort gewartet, klopfte es und Marie trat unaufgefordert ein. Elu zog den Kopf zwischen die Schultern, und auch Keoma bereitete sich innerlich auf eine Konfrontation vor.

„Hallo Mie", rief Raven fröhlich, und Marie stieß einen überraschten Laut aus. Anouk nutzte die Gelegenheit, um die Kiste unter die Decke zu stopfen. Lange würde das nicht gut gehen, schließlich zeichnete sich die eckige Form deutlich ab, aber vorerst war Marie abgelenkt genug.

„Raven, du bist ja wach. Wie geht es dir?", fragte sie.

„Gut", antwortete das Mädchen und streckte unaufgefordert ihren Fuß unter der Decke hervor. Marie hob den Verband und schaute ungläubig auf die zerdrückte Frucht darunter.

„Was hat das zu bedeuten? Wo habt ihr die her?", fragte sie und sah Elu scharf an.

„Ist das nicht egal? Es hat jedenfalls geholfen", erwiderte Elu fast trotzig.

„Das ist überhaupt nicht egal. Wir haben sie noch nicht fertig getestet. Da hätte wer weiß was passieren können!"

„Ich konnte jedenfalls nicht länger zusehen, wie mein Kind leidet und ihr keine Ahnung habt, was ihr machen sollt", rief Elu heftig.

Raven sah von einem zum anderen, und ihre Augen füllten sich mit Tränen.

„Jetzt mal langsam, ihr macht Raven Angst", mahnte Keoma.

Elu sah betreten zu ihrer Tochter und zog sie in ihre Arme, und auch Marie riss sich sichtlich zusammen. Sie lächelte Raven aufmunternd zu.

„Naja, die Hauptsache ist, dir geht es besser. Tut es noch weh?"

Raven schüttelte den Kopf und sah stumm zu, wie Marie ihren Fuß von allen Seiten genau betrachtete.

„Das sieht gut aus. Wenn ich hier drauf drücke, tut es dann weh?"

Wieder schüttelte Raven den Kopf.

„In Ordnung. Und das Fieber scheint ja auch weg zu sein. Dann würde ich sagen, du bleibst noch eine Weile im Bett und erholst dich. Und jetzt isst du erst mal was, du hast bestimmt Hunger, oder?"

Raven nickte und lächelte scheu.

Marie blickte zum Tablett. „Oh, hier hat dir jemand jede Menge leckere Sachen mitgebracht. Auf was hast du denn Lust? Vielleicht Hirsebrei mit Beeren? Oder ein Ei?"

Bei dem Wort zuckte Elu zusammen, und Raven schaute zu der Kiste unter der Decke.

Aber Marie war in Gedanken ganz woanders.

„Dann kann ich Vasco wohl sagen, dass er die Frucht nicht mehr testen muss, oder? Na, der wird begeistert sein", ergänzte sie sarkastisch.

„Wieso? Er sollte sich doch freuen!", sagte Anouk.

„Ich denke, er wollte einfach auch etwas beitragen zu Ravens Genesung", sagte Marie.

Keoma sah zu Elu und versuchte ihren Blick und das leichte Lächeln zu deuten. War sie etwa froh darüber, dass Vasco diese Chance jetzt nicht mehr hatte? Er fragte sich wieder einmal, was für unausgesprochene Dinge noch zwischen dem ehemaligen Paar standen. Aber zum ersten Mal war er sich nicht mehr sicher, dass seine Tochter dabei nur das unschuldige Opfer war. Er wischte den Gedanken schnell beiseite und konzentrierte sich wieder auf Raven.

Ein leises Piepsen war zu hören.

„Was war das?", fragte Marie.

„Was war was?", antwortete Anouk, aber als Marie ihn direkt ansah, wurde er rot. Wieder piepste es.

„Das", sagte Marie, und schaute direkt in die Richtung, aus der das Geräusch gekommen war. Dann hob sie die Decke an und entdeckte die Kiste.

„Was hat das zu bedeuten? Habt ihr etwa ein Ei hier rein gebracht? Spinnt ihr?", brauste sie auf.

Raven gab einen erschrockenen Laut von sich und kuschelte sich enger an ihre Mutter, aber diesmal ließ sich Marie davon nicht aufhalten.

„Kann mir mal jemand erklären, was hier los ist? Ihr wisst doch genau, dass wir nichts von draußen rein bringen dürfen. Erst die Frucht und jetzt ein Ei? Und wie es aussieht, demnächst ein lebendiger Vogel!"

Keoma fühlte sich wie ein kleiner Junge, der von seiner Lehrerin bei einem Streich erwischt wurde. Dabei war er mehr als doppelt so alt wie Marie. Er richtete sich auf und sah sie direkt an. Dann sagte er: „Beruhige dich, ich erkläre es dir.

Du hast recht, es war gegen die Regeln. Aber wenn du die ganze Geschichte hörst, wirst du verstehen."

Marie sah nicht gerade besänftigt aus, aber wenigstens hörte sie auf zu schimpfen.

„Da bin ich mal gespannt", sagte sie und verschränkte die Arme.

Keoma fasste in kurzen Worten zusammen, was es mit dem Ei auf sich hatte. Marie sah ab und zu ungläubig von einem zum anderen, aber sie unterbrach ihn nicht.

Er endete mit den Worten: „Und dann wurde Raven wieder gesund und kurz danach fing der Vogel an zu schlüpfen. Das kann doch kein Zufall sein."

„Hmpf", machte Marie. „Das beweist überhaupt nichts. Schließlich hat Raven auch Runas Sauerhonig und den verdünnten Stachelfrucht-Saft bekommen, und all die anderen Dinge, die wir versucht haben. Es gibt ganz sicher eine logische Erklärung, die nichts mit irgendwelchen Vogelgeistern zu tun hat. Jedenfalls kann der nicht hier bleiben!"

„Sagt wer?", fragte Keoma herausfordernd.

Marie sah ihn überrascht an. „Na, die Regeln!"

„Aber es war auch gegen die Regeln, das Laborgerät nach draußen zu bringen, und das war immerhin deine Idee", gab Keoma zurück.

„Das war doch nur, um Raven zu helfen!"

„Das hier auch. Wer sagt, dass du mehr Recht hast, die Regeln zu brechen, als jemand anderes?"

Marie schnaubte frustriert. „Ich gebe es auf, mit dir kann man nicht vernünftig diskutieren. Wir besprechen das im Morgenkreis. Mal sehen, was die anderen sagen."

„In Ordnung, lass uns gehen", erwiderte Keoma und erhob sich. Er war selbst davon überrascht, wie aufgebracht er war. Warum war das Gespräch so schnell eskaliert? Er atmete tief durch und sah zu seiner Enkelin, die sich immer noch an ihre Mutter schmiegte und mit großen Augen von einem Erwachsenen zum anderen sah. Er zwang sich zu einem Lächeln. „Keine Sorge Raven, alles wird gut. Manchmal hat man einfach unterschiedliche Meinungen dazu, was man machen soll. Schließlich ist das für uns auch alles neu. Wir besprechen das jetzt mit den anderen und dann komme ich wieder zu dir. Und du isst solange etwas, damit du wieder zu Kräften kommst, in Ordnung?"

Raven nickte.

„Ich würde gerne mitkommen", sagte Elu. „Anouk, kannst du bei Raven bleiben?"

Das Mädchen verzog das Gesicht, als würde es gleich wieder anfangen zu weinen, aber Anouk sah seine Nichte aufmunternd an.

„Natürlich. Wir machen uns eine schöne Zeit solange, was, Raven? Soll ich dir die Geschichte erzählen wie ich das Vogelei gefunden habe?"

Ravens Gesicht hellte sich auf. Sie löste sich von ihrer Mutter und lud Anouk mit einem Klopfen auf die Matratze ein, sich auf ihre andere Seite zu setzen. Dann kuschelte sie sich vertrauensvoll an ihn und protestierte nicht, als Elu mit Keoma und Marie das Zimmer verließ.

GESTÄNDNISSE

Aus irgendeinem Grund war Kuimba an diesem Morgen unruhig. Nicht einmal Meditation hatte geholfen. Sie fragte sich, ob das nur an der Sorge um Raven lag oder an der Verzögerung im Ablauf. Marie hatte gesagt, sie würde kurz nach dem Mädchen schauen und Keoma und Anouk zum Morgenkreis holen, aber jetzt war sie schon eine Weile weg. Hoffentlich ging es der Kleinen nicht schlechter. Die meisten anderen waren schon im Yogaraum versammelt, aber Kuimba stand noch auf dem Gang und suchte mit den Augen die Rampen ab, soweit sie sie durch die Pflanzen sehen konnte. Da endlich sah sie Marie ein Stockwerk tiefer, und zu ihrer Überraschung war es Elu, die Keoma am Arm führte. Sie fragte sich, ob das ein gutes oder ein schlechtes Zeichen war. Als die kleine Gruppe näher kam, versuchte Kuimba, die Gesichtsausdrücke zu deuten, aber sie wurde nicht schlau daraus. Marie und Keoma blickten finster, aber wenn es Raven wirklich schlechter gehen würde, wäre Elu bestimmt nicht von ihrer Seite gewichen. Und sie schaute zwar hin und wieder besorgt zu ihrem Vater, aber ansonsten wirkte sie geradezu fröhlich.

„Geht es Raven gut?", fragte Kuimba, sobald sie nah genug waren.

Elu strahlte sie an. „Sie ist wach!"

„Warum schauen die beiden dann so grimmig?", fragte Kuimba, aber Marie sagte nur: „Das wirst du gleich hören", und verschwand im Yogaraum.

Elu lächelte Kuimba entschuldigend an, ohne eine weitere Erklärung zu liefern. Kuimba atmete tief durch, folgte dann den anderen in den Yogaraum und schloss die Tür. Sie ging an ihren Platz, wartete noch kurz, bis alle ruhig geworden waren, und schlug dann die Klangschale.

„Wir werden ganz still. Wir lassen unsere Gedanken zur Ruhe kommen und konzentrieren uns auf unsere Atmung. Alles ist wie es ist, und alles ist gut." Die Worte klangen in ihren eigenen Ohren seltsam hohl.

Sie versuchte sich auf ihren Atem zu konzentrieren, das half sonst immer. Durch das linke Nasenloch einatmen, rechts ausatmen. Rechts einatmen, links ausatmen …

Sie gab auf, öffnete die Augen und schlug die Klangschale erneut. Dann sagte sie: „Ich glaube, Elu will gerne anfangen."

Die junge Frau sah in die Runde und ihr Gesicht leuchtete förmlich. „Raven ist aufgewacht!", wiederholte sie.

Sofort begannen alle aufgeregt durcheinander zu reden. „So ein Glück!", „Wann?" und „Was hat denn geholfen?" waren die häufigsten Ausrufe.

Und Pafuri fragte gleich: „Kann ich sie besuchen?"

Marie ergriff das Wort. „Sie ist wach und hat kein Fieber mehr. Die Rötung ist fast weg, aber sie muss sich noch etwas schonen." Dann sah sie Elu durchdringend an und die junge Frau errötete. „Elu hat die lila Frucht, die wir gerade testen, auf eigene Faust schon mal ausprobiert, und das hat wohl die allergische Reaktion oder was es war beendet."

„Das ist ja wunderbar", „Großartig", riefen die Siedler durcheinander, und von Samira kam ein triumphierendes „Ich hab's gewusst!" In dem Tumult merkte kaum jemand, dass Vasco aufstand und aus dem Zimmer stürmte. Kuimba fragte sich, ob er zu Raven ging.

Marie hatte sich inzwischen an Samira gewandt. „Hast du die Frucht etwa reingebracht?", fragte sie streng.

„Äh, ja", gab Samira zu. „Fips hat sie mir gegeben."

„Das wird ja immer besser!", schnaubte Marie. „War der etwa auch hier drin?"

„Natürlich nicht", beteuerte Samira. „Ich würde doch kein Tier hier reinbringen!"

„Und was ist mit dem Vogel?"

„Das war ich nicht."

„Aber du wusstest davon! Typisch!"

„Moment mal!", schaltete sich Mandisa ein. „Ich weiß zwar nicht um, was es geht, aber ganz bestimmt ist es nicht allein Samiras Schuld."

„Genau. Und du solltest dich lieber freuen, dass Raven wieder gesund ist!", ergänzte das Mädchen.

„Was denn für ein Vogel?", fragte Kuimba.

Marie wollte antworten, aber Keoma kam ihr zuvor.

„Ich werde das erklären", sagte er mit ungewohnter Autorität in der Stimme. Und dann erzählte er in seiner bedachten Art eine unglaubliche Geschichte, angefangen von dem Moment, als Anouk den Vogel getötet hatte, um Samira zu schützen (hier sah das Mädchen etwas beschämt aus), von seiner Vision während des Beschwörungsrituals, das er mit Runa und Wayan am Wasserfall gehalten hatte und während dem plötzlich das Gewitter ausgebrochen war, genau in dem Moment als Cem den Vogel aufschnitt, und davon, wie Anouk das Ei gefunden und zu Ravens Bett gebracht hatte. Und schließlich, wie der kleine Vogel sich heute früh daran gemacht hatte, zu schlüpfen. „Wir mussten es einfach versuchen, das versteht ihr doch?", sagte er zum Abschluss und sah in die Runde.

Einige Siedler nickten tatsächlich, andere schauten deutlich skeptischer. Aber keiner widersprach. Auch sie hätten vermutlich alles versucht, um dem Mädchen zu helfen, auch wenn die meisten nicht an die Geisterwelt glaubten und nie auf so eine verrückte Idee gekommen wären.

„Wer heilt hat recht", sagte Wayan schließlich zu Marie. „Das sagst du doch sonst immer."

„Unfug. Wieso soll ausgerechnet das Ei geholfen haben? Dann wohl noch eher die Frucht.“

„Die Fips gebracht hat“, warf Samira ein, und Marie strafte sie mit einem finsteren Blick.

„Die Wayan gefunden hat und die wir getestet und wissenschaftlich untersucht haben!“, erwiderte sie bestimmt.

Kuimba hob beschwörend beide Hände. „Das bringt uns hier nicht weiter. Egal, was letztlich geholfen hat, wir sind alle erleichtert, dass Raven wieder gesund ist.“

Zustimmendes Gemurmel breitete sich aus und Marie riss sich sichtlich zusammen.

„Aber was ist mit dem Ei?“, fragte Taio.

„Wir werden wohl abwarten müssen, was da rauskommt“, antwortete Kuimba. „Ganz einfach.“

„Heißt das, es darf hier drin bleiben?“

„Nein“, rief Marie entschlossen, und auch einige andere Siedler schüttelten den Kopf.

„Aber wenn wir es jetzt rausbringen, wird es bestimmt sterben. Während dem Schlüpfen darf man die Eier nicht bewegen“, warf Taio ein.

Mandisa stimmte ihm zu. „Er hat recht. Und direkt danach sollte es auch nicht einfach so raus, wenn kein großer Vogel da ist, der es wärmt.“

„Was schlagt ihr also vor?“, fragte Kuimba.

„Können wir unter dem Raumschiff, wo Fips schläft und das Draußen-Labor ist, nicht noch ein paar Wände aufstellen? Und dann bleibt einer von uns draußen mit den Tieren?“, fragte Samira.

„Das finde ich einen guten Vorschlag“, sagte Lowan. „Aber nicht du.“

„Warum denn nicht?“, maulte Samira, aber Lowan ging nicht darauf ein.

„Vielleicht könnte Anouk das machen? Ihn stört es bestimmt nicht, draußen zu schlafen, oder?“ Lowan sah zu

Elu und Keoma, die nickten. Dann fuhr er fort: „Es sollte dann nur schnell jemand rausfinden, was diese Küken fressen. Haltet bitte alle die Augen auf, wenn ihr im Wald seid", sagte er in die Runde.

Nachdem das geklärt war und sich alle wieder etwas beruhigt hatten, führte Kuimba den Morgenkreis wie gewohnt zu Ende. Die Aufgaben des Tages wurden verteilt und die Expedition neu geplant. Dann lud Elu die Siedler ein, im Laufe des Tages Raven zu besuchen, nur nicht alle auf einmal, und die Gruppe löste sich auf.

INSELERKUNDUNG

Als sie endlich aufbrachen, um die Insel weiter zu erforschen, waren sie nur zu dritt: Cem, Wayan und Lowan. Vasco hatte beim Frühstück noch groß angekündigt, beim Raumschiff zu bleiben, um die „blühende Feige" zu testen. Bert hatte die Nacht gut überstanden und keinerlei Symptome gezeigt, und auch Maries Testergebnisse waren unauffällig. Jetzt sollte der Ziegenbock die nächste Frucht gefüttert bekommen und Vasco als menschliches Versuchskaninchen dienen. Doch dann war alles anders gekommen, als Marie und Elu im Morgenkreis berichtet hatten, dass es Raven besser ging. Marie hatte keinen Hehl daraus gemacht, was sie von dem Alleingang der jungen Frau hielt, und Vasco war wütend aufgesprungen und hatte den Raum verlassen. Cem schüttelte bei der Erinnerung den Kopf. Er hätte doch überglücklich sein müssen, dass es seiner Tochter wieder gut ging. Stattdessen schien er irgendeine Ego-Sache daraus zu machen. Jedenfalls hatte keiner der drei große Lust gehabt, ihn zum Mitkommen zu überreden, und so waren sie allein aufgebrochen. Weil sie jetzt keine Früchte mehr suchen mussten, würden sie versuchen so weit wie möglich an der Kante entlang zu kommen, um sich ein besseres Bild von der Insel machen zu können.

Den ersten Teil der Strecke waren Dalina und Runa mitgekommen. Sie wollten Nachschub von den lila Früchten holen und sich den Baum genauer anschauen. Wayan führte sie an die richtige Stelle, dann trennten sich ihre Wege und der Erkundungstrupp wandte sich nach rechts. Wie geplant gingen sie zügig an der Felskante entlang bis zu den Punkt, wo sie gestern umgedreht hatten. Dort blieben sie stehen, und Wayan zog einen kleinen Spiegel aus der Tasche.

„Was hast du vor?", fragte Cem.

„Ich habe mit Jurij ausgemacht, dass ich mich melde, wenn wir hier sind. Er sitzt oben in der Brücke. Er misst dann wie groß wir aussehen und kann dadurch die Entfernung berechnen." Wayan fing mit dem Spiegel die Sonnenstrahlen ein und lenkte sie in Richtung Raumschiff, wo sie vom Fenster der Brücke reflektiert wurden. Dreimal lang, Pause, lang-kurz-lang.

„Morse?", fragte Cem.

„Klar. Hast du eine bessere Idee?", fragte Wayan.

„Funk", scherzte Cem, und Lowan lachte.

„Ja, das wäre einfacher. Aber wir sollten uns schon noch an die Regeln halten, wenigstens ein bisschen."

Cem wollte einwenden, dass es in der Steinzeit doch auch keine Spiegel gegeben hatte, aber da er keine Lust auf eine weitere Diskussion hatte, ließ er es bleiben.

Vom Raumschiff aus kam ein starker Lichtstrahl zurück. Jurij hatte offenbar einen der Scheinwerfer zu ihnen gerichtet, und auch von ihm kam das OK: lang-lang-lang lang-kurz-lang.

„Wir melden uns wieder, wenn wir das östliche Ende der Insel erreicht haben", sagte Wayan und steckte den Spiegel in ihre Gürteltasche.

Sie gingen weiter am Rand der Klippe entlang, die einen weiten Bogen um die Lichtung und den unteren Dschungel formte. An dieser Seite war der Wald unter ihnen ebenso undurchdringlich wie hier oben und bisher nicht betreten worden. Von oben sah es aus wie ein riesiger Teppich in verschiedenen Grüntönen, mit ein paar bunten Sprenkeln.

Der Pfad oben am Rand der Klippe wurde zwar manchmal so schmal, dass sie hintereinander laufen mussten, aber zum Glück war er nie ganz zugewachsen. Sie untersuchten nun nicht mehr alle Pflanzen, sondern hielten nur die Augen offen nach Früchten, die sie bisher noch nicht gesehen hatten, und sammelten davon mehrere Exemplare ein, die später getestet werden würden, auch wenn sie jetzt hoffentlich erst einmal kein neues Gegenmittel mehr brauchen würden. Das Ziel dieser Expedition war ein anderes: Sie wollten wissen, wie es auf der anderen Seite der Insel aussah. Cem hatte seine Zeichensachen dabei und machte sich unterwegs Notizen und Skizzen für eine Landkarte. Die Entfernungen maß er dabei in Schritten ab. Eine grobe Orientierung würde erst einmal reichen, im Laufe der Zeit würde er genauere Karten erstellen.

Nach etwa einer Stunde erreichten sie das östliche Ende der Klippe. Anders als an der Westseite reichten die Felsen hier bis ins Meer und die Brandung brach sich an Steinbrocken im Wasser. Es gab keinen Strand und scheinbar keine Möglichkeit, unten an den Klippen vorbei zu kommen. Sie waren die ganze Zeit leicht bergauf gegangen, und Cem schätzte, dass sie nun etwa 40 Meter über dem Meer waren. Die Felsspitze, auf der sie nun standen, war rund fünf Meter breit, und während Wayan dem Raumschiff ein weiteres Mal das OK morste, sah Cem sich um.

Auch auf der anderen Seite ging es steil bergab. Das Wasser am Fuß der Klippe war aufgewühlt und von weißen Schaumkronen bedeckt. Schaudernd trat Cem einen Schritt zurück. Wenn er hier hinunter stürzte, gäbe es keine Rettung mehr.

„Auf der Erde wäre hier wohl ein Geländer", sagte er zu Lowan.

„Ja, und dann würden irgendwelche verrückten Jugendlichen drüber klettern, um beim Sprung den ultimativen Kick zu erleben, und die trauernden Eltern würden klagen, weil das Geländer nicht hoch genug war."

Wayan kam zu ihnen. „Lasst uns weitergehen."

Auch auf dieser Seite reichte der Urwald nicht bis zum Rand der Klippe, und sie konnten auf dem kurzen Gras weiterlaufen. Der Plan war, bis Mittag weiter zu gehen und dann umzukehren.

Wayan setzte sich an die Spitze, Cem folgte ihr und Lowan bildete den Abschluss, den Bogen locker in der Hand. Cem überlegte gerade, ob sie den überhaupt brauchen würden, als sie ein lautes Krachen aus dem Unterholz hörten. Direkt vor ihnen kam ein Tier aus dem Wald. Es hatte die Größe eines Wildschweines und auch in etwa die Form, aber das Gesicht war platt wie bei einem Mops. Mehr konnte Cem nicht erkennen, denn das Tier hatte beim Anblick der Menschen einen Haken geschlagen, war ein kurzes Stück am Abgrund entlang gelaufen und dann wieder im Wald verschwunden, bevor Lowan seinen Bogen auch nur anlegen konnte.

„Was war das?", fragte Cem.

„Ein Flach-Schwein", scherzte Lowan. „Von der Form könnte es eines der Vierbeiner sein, die wir in der ersten Nacht mit unserer Infrarotkamera gesehen haben. Seitdem waren sie wohl nicht mehr da."

„Anscheinend haben alle Tiere hier Angst vor uns. Darum sehen wir auch kaum welche", kommentierte Wayan. Die anderen nickten zustimmend, dann stutzte Cem.

„Aber warum ist dann Fips so zutraulich? Seine Artgenossen verstecken sich immer, wir haben höchstens mal eine Ahnung, wo sie sind. Warum hat er sich auf Samira eingelassen und kommt sogar freiwillig zum Raumschiff zurück?"

„Vielleicht hält er sich ebenso ungern an die Regeln seiner Spezies wie Samira? Deswegen verstehen sie sich auch so gut", gab Lowan zurück, und Wayan lachte. Cem ließ das Thema fallen, aber die Frage nagte weiter an ihm.

„Viel wichtiger ist, wo wir weiter gehen", sagte Lowan und zeigte in den Wald. Tatsächlich war das Tier auf einer Art Wildwechsel gekommen, und sie konnten einige Meter weit in den Dschungel sehen, bevor der Pfad hinter einem Baum verschwand.

„Ich bin trotzdem dafür, dass wir am Außenrand entlang gehen, soweit wir kommen", sagte Cem. „Das macht es einfacher, die Karte zu zeichnen."

„Sehe ich auch so", ergänzte Wayan. „Außerdem, wenn wir uns durch den Wald schlagen wollen, brauchen wir mehr Werkzeug als die Messer. Der Pfad wird ja nicht ewig gehen."

Lowan zuckte mit den Schultern und sie setzten sich wieder in Bewegung.

Sie gingen jetzt fast direkt nach Norden entlang der Kante, die unregelmäßig verlief, aber immer steil abfiel. In weiter Entfernung konnten sie Land entdecken, die Insel beschrieb wohl eine große Kurve. Cem versuchte die Distanz zu schätzen, aber er hatte zu wenige Referenzpunkte.

Die nächsten Stunden vergingen ereignisarm, fast langweilig. Ab und zu mussten sie einen umgestürzten Baum überklettern, und sie entdeckten einige weitere Pfade im Unterholz. Doch dann kamen sie zu einem Abgrund.

Cem trat vorsichtig vor und sah in die Tiefe. Es ging etwa 20 Meter senkrecht hinunter, dann begann ein Geröllfeld mit einigen größeren Felsbrocken. Er legte sich auf den Bauch und robbte zur Kante am Meer, um zu versuchen, die Höhe des Geröllfeldes abzuschätzen. Auch etwa 20 Meter.

„Komisch, dass es hier nicht bis ganz unten geht", sagte er und stand auf.

Lowan sah ihn fragend an.

„Ich glaube, das ist der gleiche Canyon wie auf der anderen Seite", erklärte Cem. „Wenn das stimmt, geht hier ein Riss durch die Insel, und ich hatte überlegt, ob das von einem Erdbeben kommt oder ob der Fluss ihn ausgewaschen hat. Wenn hier aber kein Wasser ist, muss es ja eine andere Ursache haben. Der Boden des Grabens ist schräg, aber hier ist er ungefähr genauso tief wie auf der anderen Seite."

„Und was heißt das jetzt?", fragte Lowan.

„Keine Ahnung. Wir müssen Jurij fragen, der kennt sich doch mit Steinen aus, oder?"

„Ja", sagte Wayan. „Zumindest hat er mir vorgestern ganz begeistert erzählt, dass er Feuerstein an dem langen Strand gefunden hat. Die Klippen sind wohl aus Kreide."

„Das ist ja praktisch", entfuhr es Cem. „Ich habe mich schon gefragt, ob wir wirklich erst Metall schmelzen müssen bevor wir Werkzeug machen können."

„Na, man kann doch auch aus anderen Steinen Werkzeug machen", widersprach Wayan.

„Natürlich, aber nicht so gut", kam es von Cem. Er musste es ja wissen, schließlich hatte Bastet ihm und Ferhat oft genug die gesamte Entwicklungsgeschichte der Menschheit erzählt.

Wieder war es Lowan, der die Aufmerksamkeit zurück auf das Wesentliche lenkte.

„Es ist schon Mittag. Was machen wir jetzt?", fragte er. „Eigentlich wollten wir jetzt umdrehen, aber ich wüsste schon gerne, ob der Graben tatsächlich durch geht."

Wayan und Cem sahen beide entlang der Kante. Auch wenn einige Sträucher bis an den Rand wuchsen, sah es doch so aus als könnte man dort entlang kommen.

Wayan wandte sich an Cem. „Kannst du abschätzen wie weit es ist?", fragte sie.

Cem sah auf seine Skizze. „Hm. Ich bin mir nicht sicher, ob ich alle Winkel richtig habe, aber eigentlich müsste es in zwei, drei Stunden machbar sein. Wenn nicht irgendwelche unvorhergesehenen Hindernisse im Weg sind. Es geht leicht bergab, immerhin", fügte er hinzu, auch wenn das bei einem

Marsch durch Unterholz nicht wirklich eine Rolle spielen würde.

„Lasst uns erst mal essen", schlug Wayan vor. „Mit leerem Magen kann ich keine Entscheidungen treffen."

Die Männer waren einverstanden, setzten ihre Rucksäcke ab und Cem breitete die Decke aus. Dann packten sie ihren Proviant aus: Linsen-Bratlinge, Hummus, gekochte Eier, Süßkartoffelpuffer, Obst und Gemüse, Ziegenkäse und für jeden eine große Flasche Wasser.

„Wir sollten genug für ein Abendessen und Frühstück aufheben", warnte Lowan. „Falls wir uns verlaufen oder umdrehen müssen."

Wayan nickte zustimmend, und Cem versuchte sich nicht anmerken zu lassen, wie ungern er im Wald übernachten würde. ‚Wer weiß, welche Tiere hier nachts rumlaufen‘, dachte er. Aber er war zuversichtlich, dass er recht hatte und sie noch vor Einbruch der Dunkelheit wieder zuhause wären.

Als alle satt waren, packten sie ihre Rucksäcke wieder und setzten sich in Bewegung. Ohne dass sie noch einmal darüber gesprochen hätten, drehte Wayan dem Meer den Rücken zu und sie gingen im Gänsemarsch an der Kante des Grabens entlang. Cem fühlte sich zurückversetzt zu seiner Suche nach Samira am zweiten Tag, nur das jetzt der Graben auf der anderen Seite lag. Aber auch hier fühlte er sich beobachtet.

Immer wieder mussten sie Wege um Bäume und Sträucher finden, und manchmal bewegten sie sich dabei so weit in den Wald hinein, dass sie den Graben nicht mehr sehen konnten. Aber mit ihrem untrüglichen Orientierungssinn führte Wayan sie immer wieder zurück zum Abgrund. Manchmal mussten sie kleine Bäche überqueren, die dann in den Abgrund stürzten und dort vermutlich den Fluss bildeten, der auf der anderen Seite ins Meer mündete.

Einmal blieb Wayan abrupt stehen, hob die Hand und die Männer schlichen sich vorsichtig neben sie. An der anderen Seite der Schlucht sahen sie eine Bewegung an der Steilwand. Cem stockte der Atem: Ein großer Vogel! Braun, mit orangem Schopf und schwarz-weißen Flügeln. Kein Zweifel, das war die gleiche Art wie der, den Anouk abgeschossen hatte und dessen Ei heute früh so einen Wirbel verursacht hatte.

Dieser hier war gerade an seinem Nest gelandet. Offenbar war er schon etwas weiter: Im Nest saß ein hellgraues Küken und sperrte laut piepsend den Schnabel auf. Der große Vogel beugte sich vor und das Piepsen verstummte.

„Hast du gesehen, was er ihm füttert?", fragte Cem Wayan.

Die schüttelte den Kopf. „Es ist zu weit weg. Wenn wir Glück haben können wir beobachten, was der Große fängt", sagte sie.

Und so verbrachten sie eine ganze Weile damit, von ihrem Versteck zwischen den Bäumen dem großen Vogel bei der Jagd zuzuschauen. Dann waren sie sicher, dass er Fisch aus dem Fluss holte, selbst fraß und dann zerkleinert seinem Jungen anbot.

„Das wird Elu freuen", sagte Cem. „Fische können wir leicht beschaffen."

Sie setzten ihren Weg fort, aber es dauerte doch länger als gedacht und erst etwa vier Stunden nach dem Mittagessen kamen sie an eine kleine Lichtung, an deren anderem Ende ein dicker Felsbrocken lag.

„Hier war ich schon mal!", rief Cem aus. Er hoffte, dass seine Erleichterung nicht allzu offensichtlich gewesen war.

Die anderen sahen ihn fragend an.

„Na, als wir Samira gesucht haben. Hier hat sie Fips gefunden." Dann fiel ihm die Schlange wieder ein und er schaute sich erschrocken um. Zum Glück hatte er die ganz vergessen gehabt, sonst wäre er wohl deutlich unentspannter gewesen, vorhin im Unterholz.

„Dann kann es ja nicht mehr weit sein", sagte Lowan und blickte zur Sonne. „Wird auch Zeit, ich denke in einer Stunde etwa geht sie unter. Ich schlage vor, wir essen noch etwas, ruhen uns kurz aus und dann geht es weiter. Vermutlich werden wir schon vermisst."

Tatsächlich warteten Mandisa, Osamu, Bastet und die Kinder schon auf der Lichtung und sahen immer wieder beunruhigt zu der Klippe am östlichen Ende. Keiner bemerkte die kleine Gruppe, die von der anderen Seite kam.

Cem legte die Hände an den Mund und rief: „Hallo!"

Samira entdeckte sie als Erstes und jubelte laut auf, die anderen Kinder fielen ein und alle rannten ihnen entgegen.

„Wo wart ihr so lange?", fragte Ferhat, als sie sich am Fuß der Aussichtsklippe trafen. „Bastet hat sich Sorgen gemacht", fügte er dann hinzu und wurde rot.

Cem sah zu Bastet, die ihn anlächelte. Bestimmt war sie auch unruhig gewesen, aber es war doch deutlich, dass Ferhat mehr Angst gehabt hatte.

Cem nahm seinen Sohn in den Arm, aber der löste sich schnell und wandte den Blick ab. Dann fuhr er sich verstohlen mit der Hand über die Augen und sah wieder zu seinem Vater.

„Habt ihr euch mitten durch den Wald geschlagen?", fragte er.

„So ähnlich. Da geht ein Graben ganz durch die Insel. Schau hier", antwortete der und zeigte seine Skizze. Dann nahm er Bastets Hand und sagte: „Lasst uns rein gehen, dann erzählen wir es allen zusammen."

DAS FEST

„Mama, komm endlich!" Amal zog Marie ungeduldig an der Hand. Sie wollte nach draußen, wo die Vorbereitungen für das Festessen in vollem Gange waren.

„Wir feiern unsere sichere Ankunft und Ravens Genesung damit, dass wir erst mal einen Haufen Holz verbrennen und den Klimawandel auch hier starten", hatte Harald sarkastisch angemerkt, aber weder Marie noch die anderen ließen sich davon die Laune verderben. Sie freute sich auf das Lagerfeuer wie ein kleines Kind, und in den letzten Tagen hatte es kaum ein anderes Gesprächsthema gegeben als die Feier. Gestern hatten Anouk, Taio und einige andere den ganzen Tag totes Holz aus dem Dschungel zusammengetragen, und in sicherer Entfernung vom Raumschiff eine Feuerstelle eingerichtet.

Marie hätte nie gedacht, dass sie echtes Feuer so sehr vermissen würde. Aber es schien tatsächlich ein menschliches Urbedürfnis zu sein. Professor Lindsten hatte ihr einmal erzählt, dass er lange darüber gegrübelt hatte, wie man auf dem Flug Feuer machen könnte, aber alle Experten, die er dazu befragt hatte, hatten ihn für verrückt erklärt. Feuer auf einem Raumschiff, das ging überhaupt nicht. Wo sollte der Sauerstoff herkommen und wohin der Rauch abziehen? Abgesehen davon, dass sie nicht genug Holz gehabt hätten. Also hatte er sich mit den künstlichen Feuern zufrieden geben müssen, die es nun an verschiedenen Stellen im Raumschiff gab. Aber auch wenn es fast aussah wie echt und tatsächlich Wärme abstrahlte und sogar knisterte, es war eben nicht das gleiche. Nur Runa hatte manchmal etwas verbrannt, zum Beispiel Buchenrinde, deren Asche als

Heilmittel und zur Zahnpflege verwendet wurde. Aber immer nur kleine Mengen unter dem Abzug in ihrem Kräuter-Raum. Der Rauch wurde direkt in den Garten geleitet, wo die Bäume das Kohlendioxid gut gebrauchen konnten. Jetzt würde es ein richtig großes Feuer geben, wenn sie den Haufen so betrachtete.

Amal führte sie zur Feuerstelle, wo Lowan und Mandisa o damit beschäftigt habt, Decken in gebührendem Abstand auszulegen. Aus dem Raumschiff kamen immer mehr Leute mit Schüsseln und Tabletts voller Essen, die sie darauf verteilten.

Samira und Pafuri standen in der Mitte des Kreises, den die jungen Leute aus größeren Steinen geformt hatten, und sahen Anouk dabei zu, wie er alles für das Feuer bereit legte. Bei seinen Streifzügen durch den Wald hatte er verschiedene trockene Gräser, Flechten und Kleinholz gesammelt, und Runa war heute früh mit einem besonderen Fund gekommen: In der Nähe des Wasserfalls hatte sie einen großen umgestürzten Baum entdeckt, der dort wohl schon länger lag. Jedenfalls war sein Kern schon ganz vermodert und würde wunderbar glimmen.

„Wollt ihr mir helfen?", fragte Anouk, und Samira und Pafuri nickten eifrig.

„Ich will auch!", rief Amal und lief zu Anouk, ohne ihre Mutter auch nur anzusehen.

Marie sah etwas besorgt zu, wie die jüngeren Kinder sich im Kreis um Anouk knieten. Der nahm ein Stück des morschen Baumes und bearbeitete die Oberfläche, bis lauter winzige Stückchen herausgebrochen waren. Dann drückte er Pafuri und Amal je ein Büschel Gras in die Hand.

„Reibt das so ein bisschen hin und her, damit es zerfasert. Genau so. Und dann haltet es bereit, bis ich Bescheid sage. Samira, du kannst mir helfen, indem du in die Flamme bläst.

Ganz behutsam, schau so." Er machte vor, was er meinte, und Samira nickte und setzte sich in Position.

Anouk zog einen Stein und ein Stück Stahl aus seiner Gürteltasche.

„Was ist das?", fragte Pafuri. „Das ist ein Feuerstein, den Jurij am Strand gefunden hat. Und das andere ist ein Stück Stahl, das nennt man Feuerschläger. Das haben wir mitgebracht." Er warf einen besorgten Seitenblick auf Marie, aber die zuckte nur mit den Schultern. Das war ja kaum Hightech, und keiner hatte Lust, solange Hölzer zu drehen, bis ein Feuer entstand.

Anouk schlug den Stahl auf den Stein, und nach ein paar Versuchen glimmte das Morschholz tatsächlich. Dann ließ er sich das Gras reichen und setzte die Glut vorsichtig hinein. Samira blies behutsam in das Bündel, und nach kurzer Zeit war eine Flamme sichtbar. Der Jubel der Kinder schallte über die Lichtung und rief alle zusammen. Anouk legte vorsichtig Kleinholz über die Flamme und ging dann zu größeren Ästen über, und bald gab es ein knisterndes, flackerndes, heißes Feuer.

Marie sah sich um. Alle Siedler waren inzwischen da, standen in einem großen Kreis um die Feuerstelle und starrten andächtig hinein. Und alle sahen glücklich aus.

Nach einer Weile unterbrach Kuimba das Schweigen. „Wir sind sehr dankbar, dass wir heute hier zusammen sein dürfen, alle gesund und munter. Wir freuen uns auf diese neue Welt, und wir werden unser Bestes geben. Fasst euch alle an den Händen und nutzt die nächsten paar Minuten, um Gott oder dem Universum oder wem auch immer ihr wollt zu danken und um Kraft für die kommende Zeit zu bitten."

Marie dachte an Professor Lindsten. Sollte sie ihm danken? Schließlich hatte er das alles verursacht. Aber es widerstrebte ihr, schließlich hatte Kuimba von einem höheren Wesen gesprochen oder einer unerklärlichen Macht. Dann dachte sie an Per und an all die Menschen, die sie zurück gelassen hatte. Doch bevor sie von der Trauer überwältigt wurde, drückte Amal ihre Hand. Sie schaute zu ihrer Tochter, und das strahlende Gesicht mit den Augen, die im Feuerschein glänzten, vertrieb alle dunklen Gedanken. Sie waren jetzt hier, und das war alles, was zählte. Sie lächelte Amal zu.

Einige Minuten später erklärte Kuimba das Buffet für eröffnet, und die nächsten Stunden waren alle mit Essen, Lachen und Pläneschmieden beschäftigt. Das Feuer wurde stetig weiter gefüttert, und nach einer Weile zogen Tuula und Jurij noch einmal los, um mehr Holz zu holen. Die Kinder jagten sich quietschend über die Lichtung.

Als die Sonne langsam unterging, sah Marie, wie Vasco unter das Raumschiff ging, direkt zu dem kleinen geschützten Raum, den sie für den Vogel gebaut hatten. Eigentlich war das Anouks Bereich. Er schlief seit einigen Tagen dort draußen und fütterte das Küken mit Fisch, den er aus dem Teich am Wasserfall holte und mit einem Messer kleinhackte.

„Wenn der große Vogel noch leben würde, würde der den Fisch fangen und töten. Ich greife gar nicht ins Gleichgewicht ein, ich erhalte es nur", hatte er gesagt, und damit jeden Protest im Keim erstickt.

Jetzt waren Elu und Raven dort, um nach dem Vogel zu sehen, und Marie war gespannt, was passieren würde, wenn Vasco dazu stieß. Leider konnte sie nichts hören, aber die Körpersprache sagte genug aus. Vasco blieb in einiger Entfernung stehen, und Elu versteifte sich merklich. Raven hingegen war fröhlich wie immer und schien Vasco aufgeregt zu erklären, was der Vogel für Fortschritte gemacht hatte. Vasco ging in die Hocke, und Elu verschränkte die Arme, ging aber einen Schritt zurück, wie um Vasco und Raven Raum zu geben. Nach einer Weile entspannte sie sich merklich und ihr Gesicht wurde weicher, als sie ihre lachende Tochter betrachtete. Vasco sah zu ihr auf und für einen Moment sahen sie sich geradezu freundlich an, bevor Elu den Kopf wegdrehte und Vasco sich wieder um Raven kümmerte.

‚Vielleicht gibt es ja doch noch Hoffnung‘, dachte Marie.

Humaira trat neben sie und schaute eine Weile schweigend ins Feuer.

„Ich habe nachgedacht“, sagte sie dann leise. „Als Raven so krank war und Elu fast verzweifelt wäre. Ich habe darüber nachgedacht, ob ich diese Angst aushalten könnte. Und dann habe ich gedacht, das schaffe ich nicht.“ Sie verstummte.

Marie sah ihre Freundin an. Die Perlenohrringe, die sie trug, seit Marie sie das erste Mal gesehen hatte, schimmerten im Feuerschein. Humaira sah nachdenklich aus, aber nicht unglücklich. Marie spürte, dass noch mehr kommen würde und ließ ihr Zeit.

„Und dann haben sich alle so gut gekümmert. Jeder hat seinen Beitrag geleistet und Elu gestärkt. Und ich habe mir unendlich Sorgen um Raven gemacht, wir alle vermutlich. Ich glaube nicht, dass dieses Gefühl bei einem eigenen Kind stärker gewesen wäre.“

‚Du hast ja keine Ahnung‘, dachte Marie, aber sie sagte nichts.

„Und dann, als keiner wusste, was zu tun ist, habe ich noch etwas anderes gedacht. Was, wenn Raven stirbt? Was, wenn noch andere sterben, an irgendeiner unbekannten Frucht oder Krankheit oder einem Vulkanausbruch oder was weiß ich. Und wenn wirklich niemand mehr von der Erde kommen kann. Dann haben wir nur eine Chance, wenn wir viele Kinder bekommen.“ Sie hatte immer schneller gesprochen, eindringlicher, und eine Träne war ihre Wange hinunter gelaufen. Jetzt drehte auch sie den Kopf und sah Marie direkt in die Augen.

Marie nickte langsam. So einen ähnlichen Gedanken hatte sie auch schon gehabt.

Eine Weile schwiegen sie. Dann sagte Humaira: „Übermorgen wäre ein guter Zeitpunkt."

Marie musste lachen und die Spannung in der Luft verflog. Spontan umarmte sie ihre Freundin. Das machte sie sonst nie. Humaira war erst stocksteif, aber dann entspannte sie sich und legte ihren Arm um Maries Schulter.

Nach einigen Augenblicken löste sich Marie, sah Humaira ins Gesicht und fragte: „Hast du dir über den Vater auch Gedanken gemacht?"

„Nein. Also ja. Ich habe beschlossen, dass ich das Schicksal entscheiden lassen will. Nimm irgendeinen."

Ein bisschen später setzte sich Marie neben Harald. „Heute kannst nicht mal du etwas zum Meckern finden", neckte sie ihn.

Der Ingenieur sah versonnen Fips dabei zu, wie der eine Frucht mit harter Schale aufknabberte. Das Tier saß auf den Hinterbeinen und hielt sein Futter in den Pfoten wie ein Eichhörnchen.

„Das stimmt", sagte er zu ihrer Überraschung. „Aber hast du dich nicht auch schon gefragt, warum Fips Samira ausgerechnet die passende Frucht gebracht hat?"

„Das war Zufall. Was denn sonst?"

„Ich bin mir da nicht so sicher. Wer sagt eigentlich, dass wir die intelligentesten Lebewesen auf diesem Planeten sind?"

Marie sah ihn verblüfft an. So ein Unsinn, und das aus seinem Mund! „Die Sonde fliegt hier seit Jahrzehnten drüber und nie hat man ein Zeichen von Zivilisation gesehen."

„Das beweist gar nichts. Große Eingriffe in die Umwelt, wie man sie von da oben gesehen hätten, sind nicht unbedingt ein Zeichen von Intelligenz. Oder andersrum:

Vielleicht ist es schlauer, sich so gut anzupassen, dass man das nicht braucht."

„Unsinn", wiederholte Marie, diesmal laut. Harald ließ das Thema fallen.

Aber als Marie dem kleinen Fips dabei zusah, wie er seine Frucht knabberte und dabei mit seinen großen Augen in alle Richtungen gleichzeitig schaute, bekam sie doch Zweifel.

Wenn dir dieses Buch gefallen hat, freue ich mich sehr über eine positive Rezension oder persönliche Empfehlung.

Melde dich auch gerne zum Gaya-Leserclub an und erfahre, wann es weitergeht:

https://juliascales.de/gaya-de